Nora Noé
Blutspur nach Mannheim

Wellhöfer Verlag
Ulrich Wellhöfer
Weinbergstraße 26
68259 Mannheim
Tel. 0621/7188167
info@wellhoefer-verlag.de
www.wellhoefer-verlag.de

Titelgestaltung: Uwe Schnieders, Fa. Pixelhall, Mühlhausen
Satz: Creative Design, Lukas Fieber, Mannheim

© 2014 Wellhöfer Verlag, Mannheim

ISBN 978-3-95428-158-9

Nora Noé

Blutspur nach Mannheim

Kriminalroman

Ich widme dieses Buch
meiner geliebten Mutter Eleonora Jung, geb. Noé
und meinem lieben Onkel Hans,
die meinen schriftstellerischen Werdegang
stets begleitet haben,
das Erscheinen dieses Romans jedoch leider
nicht mehr miterleben durften.

Prolog

Mit vor Entsetzen weit aufgerissenen Augen blickte das Mädchen zwischen den feinen Spalten des aus Weide grob geflochtenen Wäschewagens hindurch. Es hielt seine Hand vor den Mund gepresst, versuchte keinen Laut von sich zu geben. Sein Atem war flach und geräuschlos, aber in ihm tobte, hechelte es wie in der Brust eines gehetzten Tieres. Sein Herz pulsierte bis zum Hals. Es wagte nicht, sich zu rühren, keinen Millimeter, denn jede Bewegung, auch nur die kleinste, konnte die Räder des riesigen Wäschekorbs in Bewegung setzen oder ihn zum Knarren bringen. Dann würde man es entdecken und es wäre verloren.

Trotzdem zuckte es unmerklich in sich zusammen, als erneut eine Gewehrsalve zu hören war, dieses Mal in seiner unmittelbaren Nähe. Die Kugeln waren augenscheinlich ins Mauerwerk der Hauswand und in die Tür aus schwerem Eichenholz eingedrungen. Von draußen war das Jammern und Kreischen von Verzweifelten zu vernehmen, die augenscheinlich um ihr Leben liefen.

Und wieder erscholl dieses grausame todbringende Knattern, als wolle es nie mehr aufhören, immer und immer von Neuem. Abermals vernahm es die markerschütternden Schreie von Menschen in der Stunde ihres Todes. Dann herrschte eisige Stille.

Es fürchtete sich, fühlte sich von Gott und der Welt verlassen, begann fast lautlos vor sich hinzuweinen. Und doch nicht lautlos genug.

»Pscht!« Die Stimme war ihm vertraut.

Wieder blinzelte es zwischen den schmalen Spalten des Geflechts hindurch, zum gegenüberliegenden Bett, unter dem nun ein Gesicht hervorschaute, das zu ihm herüberblickte und in dessen liebevollem Lächeln so viel Zuversicht lag.

Im selben Augenblick wurde die Tür aufgerissen. Zwei Männer stürmten in die Wäscherei, rannten den Tisch um, auf dem sich die bereits gemangelte und zur Abholung bereit liegende Wäsche befand und rissen die Leinen herunter. Dann schleuderte einer das schwere Bügeleisen gegen das Fenster, dessen Scheiben klirrend in sich zusammenfielen.

Das Mädchen konnte die Beine der Männer erkennen und die Gewehrläufe, die nach unten gerichtet waren. Für ein paar Sekunden standen sie regungslos mitten im Raum – misstrauisch – lauernd. Plötzlich bewegte sich der eine. Er kam auf das Mädchen zu. Näher und näher. Unmittelbar vor dem Wagen mit der dreckigen Wäsche blieb er stehen. Es wagte kaum noch zu atmen, spürte wie seine Beine feucht wurden und es seine Ausscheidungen nicht mehr kontrollieren konnte. Es presste seine Körperöffnungen zusammen. Was, wenn der Urin unter dem Wäschewagen herauslaufen würde? Aber vielleicht war es eh egal und es war sowieso verloren. Denn wenn der Mann jetzt die Bettbezüge und Laken über ihr zur Seite schöbe, würde er es unweigerlich entdecken. Schon spürte es die Schwere seiner Hand, die über ihm in den Korb griff.

Im selben Augenblick ertönte ein leichtes Poltern aus der Richtung des Bettes, so als wäre jemand mit seinem Schuh gegen die hölzernen Bodenplanken gestoßen. Unwillkürlich ließ der Mann die Wäsche los und wandte sich um. Er schritt hinüber zum Bett, griff forsch darunter. Er schien gefunden zu haben, was er gesucht hatte, denn er verfiel sogleich in ein triumphierendes Lachen, in das sein Kumpan miteinstimmte.

Während der Mann die schreiende, sich heftig wehrende Frau unter dem Bett hervorzerrte, glaubte das Mädchen in seinem Versteck ersticken zu müssen. Als die Frau nun da am Boden lag, blickte sie dem Mädchen ein letztes Mal ins Gesicht. Die Zuversicht war der Verzweiflung gewichen.

Es wäre am liebsten herausgesprungen, um ihr zu Hilfe zu eilen, aber deren Augen geboten ihm, das Versteck auf gar keinen Fall zu verlassen. Dann zog der Mann die Frau hoch und schleuderte sie auf die Matratze. Was nun folgte, würde dem Mädchen nur noch bruchstückhaft in Erinnerung bleiben. Zwei lachende, grölende Kerle, in bis zu den Kniekehlen heruntergelassenen Hosen, die sich abwechselnd auf den Körper der Frau auf dem Bett warfen, um sie wie ein Tier zu nehmen, wie ein seelenloses Stück Fleisch. Am Anfang hatte sie sich noch gewehrt, sich gewunden wie ein Aal, gespuckt, gekratzt, getreten, gebissen. Doch sie hatte keine Sekunde auch nur die geringste Chance gegen die beiden gehabt. Im Gegenteil, ihr Widerstand schien sie noch mehr zu reizen und ihre Brutalität anzustacheln. Irgendwann war sie verstummt.

Zusammengekauert in seinem Versteck hatte das Mädchen jegliches Gefühl für Zeit und Raum verloren. Schließlich hatten die Kerle von der Frau abgelassen. Triumphierend hatten sie ihre Hosen hochgezogen, ihre Gürtel zugeschnallt und die Knöpfe ihrer Jacken geschlossen. Gerade als sie das Haus verlassen wollten, hatte die Frau sich noch einmal aufgebäumt und ihnen mit letzter Kraft etwas hinterhergeschrien, worauf der hintere sich reflexartig umgewandt, seine Pistole gezogen und abgedrückt hatte. Zielsicher und kaltblütig schoss er ihr in den Kopf.

Sie sackte in sich zusammen, ihr Körper rutschte von der Matratze und fiel mit einem dumpfen Knall zu Boden. Ihr Kopf schlug unmittelbar neben dem Wäschewagen auf die harte Erde. Der Aufprall war nur noch vom heftigen Zuschlagen der Tür übertönt worden.

Lange Zeit hatte das Mädchen nicht gewagt, sich zu rühren und hatte wie versteinert in seinem Versteck gekauert. Dann jedoch ergriff es plötzlich eine unbeschreibliche Panik. Es wollte nicht länger in seinem Versteck bleiben, das ihm nun wie eine tödliche Falle erschien. Es musste hier raus. Angestrengt lauschte es in die Stille. Nichts war zu hören. Absolut nichts. Die Männer schienen tatsächlich weg zu sein.

Vorsichtig erhob es sich und drückte die schmutzige Wäsche nach oben, worauf diese hinunter zu Boden fiel. Da es nicht sehr groß war, kostete es das Mädchen einige Mühe, aus dem hohen Wäschewagen herauszusteigen. Langsam ließ es sich an der Außenseite hinuntergleiten. Es spürte, wie seine Füße am Boden kleben blieben. Als es an sich hinunterschaute, erstarrte es vor Abscheu und Entsetzen. Dunkelrotes Blut quoll zwischen seinen Zehen hindurch, denn es stand mitten in einer riesigen Blutlache. Es war das Blut der Frau, die mit zerschossenem Gesicht und geschundenem Körper neben dem Wäschewagen lag.

Das Mädchen sank zu Boden, beugte sich über den Körper der Frau und schüttelte sie. »Du darfst mich nicht allein lassen, hörst du!«, schrie es die Tote an, während es laut schluchzend über ihr zusammenbrach. Dann legte es sich neben sie auf die Erde. Minutenlang? Stundenlang? Es streichelte ihren Körper, ihre Arme, ihr Gesicht oder vielmehr das, was davon übrig geblieben war. Die Frau hatte ihm das Leben gerettet, indem sie die Männer abgelenkt hatte. Tränen strömten ihm über die Wangen, während es die Hände der Frau küsste. Dabei blieb es plötzlich mit der Lippe an etwas Metallenem hängen. Es richtete sich auf und schaute genauer hin. Was war das? Die linke Hand der Toten hatte anscheinend etwas umklammert.

Vorsichtig öffnete es ihre Finger, denen sogleich ein Amulett an einer goldenen Kette entglitt. Das Mädchen überlegte, es musste einem der Männer gehört haben. Es betrachtete das Amulett von allen Seiten und konnte erkennen, dass auf der Rückseite etwas eingraviert war. Etwas in einer seltsamen Schrift, die es nicht entziffern konnte. Vielleicht war es der Name von einem der Männer. Vielleicht sogar der Name des Mörders.

Als die Tränen des Mädchens versiegt waren, legte sich für den Bruchteil eines Augenblickes ein kleines, kaum erkennbares, bitteres Lächeln um seinen Mund, während es der Toten zuflüsterte:»Mama, ich verspreche dir, irgendwann werde ich die Männer finden, die dir das angetan haben, und dann werden sie dafür büßen. Ich werde sie aufspüren, und wenn ich sie auf dem ganzen Erdball suchen müsste.«

1

»Dzierwa! Jozefina Dzierwa!« Die zierliche Frau um die fünfzig mit den kurzen hellblonden Haaren lächelte ihre Platznachbarin freundlich an.

»Jadwiga Kaczmarek«, erwiderte diese mit sichtlich gestresstem Gesichtsausdruck, während sie sich gleichzeitig mit einem Papiertaschentuch den Schweiß aus dem Gesicht wischte. Die Frau hatte sich kurz zuvor in den Sitz neben ihr fallen lassen, nachdem sie mehrere Taschen und Plastiktüten in den oberen Ablagen des Busses verstaut hatte. »Das ist ja eine Hitze, nicht zum Aushalten, alles klebt!« Sie wischte sich eine lange braune Haarsträhne aus dem Gesicht. »Und eng ist es hier in dieser Kiste! Eine Frechheit, wenn man überlegt, was die für das Busticket verlangen.« Sie atmete schwer, während sie nach oben griff und an einem hellen Rädchen drehte. »Hoffentlich gibt es wenigstens eine anständige Lüftung. Das hält ja sonst kein Mensch aus in dieser Sauna«, sie schüttelte missmutig den Kopf.

»Na, ja, wenn man im August reist, muss man mit solchen Temperaturen auch bei uns rechnen. Aber mir macht das nicht soviel aus. Im Zweifelsfall ist mir die Wärme lieber als die Kälte«, entgegnete Jozefina Dzierwa.

»Ich konnte mir ja den Zeitpunkt leider nicht aussuchen, denn eigentlich wollte ich schon im Juni fahren. Aber da war bereits alles belegt. Ich hatte gedacht, ich muss nicht allzu lange vorher reservieren, weil sowieso fast jeder vor der Glotze sitzt und die Fußball-WM in Südafrika anschaut. Aber da habe ich mich getäuscht. Alles voll bis auf den letzten Platz. Es gab erst wieder Tickets ab August. Wenn ich mir vorstelle, dass ich jetzt 23 Stunden in dieser Affenschaukel hocken soll!« Jadwiga wirkte entnervt.

»Dann fahren Sie wohl auch nach Süddeutschland?«
Jozefina Dzierwa blickte die Frau neben sich zum ersten Mal
etwas länger an. Sie schätzte, dass die andere etwa in ihrem
Alter war, sie wirkte jedoch durch ihr erhebliches Überge-
wicht um einiges älter. Darüber hinaus schien sie nicht viel
auf sich zu halten. Ihr ungepflegtes, strähniges Haar, ihre
ausgebeulten Leggins und das verwaschene, ausgeleierte
T-Shirt zeugten von wenig Sorgfalt im Umgang mit sich
selbst. Ihre ganze Aufmachung verstärkte den Ausdruck ihres eh schon derb wirkenden Gesichts.
»Ja, ganz runter in den Süden muss ich, bis fast an die
französische Grenze. Irgend so eine Stadt am Rhein. Fried-
richshafen oder Wilhelmshaven ..., ach, Quatsch, Ludwigshafen heißt sie – glaub ich zumindest. Ich muss nachher
nochmal in meine Unterlagen schauen. Das scheint eine
unbeschreiblich hässliche Industriestadt zu sein. Da gibt es
nix wie Fabriken und es soll stinken wie die Pest, hat man
mir erzählt. – Und du, wo fährst du hin?«, fuhr Jadwiga
Kaczmarek fort. »Ist doch okay, dass wir ›du‹ sagen, oder?«
Obwohl es Jozefina nicht recht war, sich mit der Frau zu
duzen, die sie ja überhaupt nicht kannte und die ihr darüber hinaus auch nicht sonderlich sympathisch war, wollte
Jozefina sie nicht vor den Kopf stoßen, schließlich würde
sie die nächsten Stunden mit ihr auf engstem Raum verbringen müssen.
»Geht schon in Ordnung«, erwiderte sie darum zurückhaltend.
»Du kannst Iga zu mir sagen, so nennen mich alle daheim. Wo fährst du überhaupt hin? Sag bloß nicht, auch
nach Ludwigshafen?«
»Nein. Ich reise nach Mannheim. Aber das ist ganz in der
Nähe von Ludwigshafen, genau genommen, direkt auf der
anderen Rheinseite. Das sind zwar verschiedene Bundes-
länder, aber eigentlich ist es wie eine einzige große Stadt«,
erwiderte Jozefina.

»Du kennst dich da unten ja ganz gut aus. Warst du schon mal dort?« Jadwiga wunderte sich, dass Jozefina über so genaue Ortskenntnisse verfügte.

»Nein, aber mein Vater hat Anfang der 90er-Jahre, unmittelbar nach der Öffnung der Grenzen zum Westen, fast jedes Jahr seinen alten Freund dort besucht und dann erzählte er uns stets alles ganz ausgiebig. Jede Kleinigkeit!«, erklärte Jozefina lächelnd. »Aber das ist ja nun auch schon eine ganze Weile her«, fügte sie versonnen hinzu.

»Du scheinst trotzdem ein gutes Gedächtnis zu haben, wenn du das alles noch so genau weißt. Ja, und was willst du jetzt da unten?«, wollte Jadwiga wissen.

»Ich werde den Freund meines Vaters pflegen. Er ist alt und gebrechlich und hat sich das wohl so gewünscht, und da ich zurzeit sowieso keine Arbeit habe, ist das eine gute Möglichkeit, ein bisschen Geld zu verdienen«, erklärte Jozefina ihrer Busnachbarin.

»Hab ich mir schon gedacht, dass du auch jemanden pflegen willst.« Jadwiga lachte. »Wahrscheinlich sind wir nicht die Einzigen hier im Bus, die sich nach Deutschland karren lassen, um dort denen ihre Alten zu hüten.«

Jozefina blickte nach hinten zu den anderen Mitreisenden. Es waren tatsächlich fast ausschließlich Frauen mittleren Alters, die sich wohl alle aus ähnlichen Gründen in Richtung Westen aufgemacht hatten. Jadwiga schien mit ihrer Vermutung nicht ganz falsch zu liegen.

»Aber was soll's«, fuhr Jadwiga fort, »die ›Szkopy‹ zahlen gut. Und Geld stinkt nicht. Bei denen verdienen wir in einem Monat mehr als zu Hause in einem halben Jahr, wenn wir in unserem geliebten Polen überhaupt eine freie Stelle finden.«

»Da hast du allerdings recht. Ich dachte immer, ich hätte einen guten Job. Ich war in der Buchhaltungsabteilung einer Textilfabrik beschäftigt. Aber dann haben die einfach dicht gemacht. Die lassen mittlerweile doch nur noch in

Bangladesch oder anderen Billiglohnländern arbeiten. Und wir schauen in die Röhre. Und dann stand ich zusammen mit über vierhundert Kolleginnen von heute auf morgen auf der Straße.« Jozefina konnte nicht umhin, Iga in diesem Punkt beizupflichten. »Darum habe ich auch keinen Augenblick gezögert, als man mich bat, die Pflege zu übernehmen«, fuhr Jozefina fort. »Und abgesehen davon hat es ja auch etwas durchaus Bereicherndes, sich um einen alten Menschen zu kümmern.«

»Bereicherndes? Du hast vielleicht Nerven! Ich wüsste mit meiner Zeit durchaus etwas Besseres anzufangen, als so einen Alten rund um die Uhr zu versorgen. Wenn ich mir vorstelle, wie die alles vollspucken und am Ende auch noch inkontinent sind. Da bist du den ganzen lieben langen Tag nur am Schuften und nachts geht es dann grad so weiter. Also, ich mach das nur wegen des Geldes.«

»Du magst wohl keine alten Leute?«, hakte Jozefina nach.

»Ich mag vor allem keine Szkopy«, kam es wie aus der Pistole geschossen. Die Tatsache, dass Jadwiga das Schimpfwort »Szkopy« für »Deutsche« gebrauchte, sprach Bände. »Meine Familie hat im Krieg wegen diesen Faschisten-Schweinen einiges mitgemacht. Aber wer hat das nicht in Polen? Ich konnte es mir halt leider nicht aussuchen, in welchem Land ich arbeite.«

»Kommst du aus Sczcezin?« Jozefina versuchte das Thema zu wechseln.

»Ja, ich bin da geboren, aber meine Eltern sind erst nach dem Krieg dorthin umgesiedelt worden. Die stammen ursprünglich aus Byalistok, das ist ganz im Osten. 1945 sind die dann nach Stettin, so hieß es ja früher wohl mal, und haben die ›Adolfkis‹ zum Teufel gejagt.« Jadwiga lachte und fügte nach einer Weile leicht sarkastisch hinzu: »Das hätte ich mir auch nicht träumen lassen, dass ich mal für die schaffe. – Wo kommst du eigentlich her?«, fragte sie kurz darauf.

Jozefina erwiderte, dass auch sie in Szczecin geboren sei.
»Und deine Familie? Kommt die auch daher?« Jozefina schüttelte den Kopf. »Nein, die Vorfahren meines Vaters kommen aus dem ehemaligen Galizien, genauer gesagt aus Lemberg, das liegt heute in der Ukraine«, erklärte sie. »Ich weiß, wo das liegt. Aber es heißt Lwów auf Polnisch oder Lwiw auf Ukrainisch, das müsstest du doch eigentlich wissen. Warum benutzt du noch immer den alten deutschen Namen?« In Jadwigas Stimme lag ein Hauch von Misstrauen. »Stammst du etwa von Deutschen ab?« »Nein, ich bin Polin wie meine verstorbene Mutter. Und mein Vater war auch kein Deutscher. Er war Galizier oder wenn dir das lieber ist, ›Ukrainer‹. Dass ich noch immer die deutschen Namen benutze, kommt wahrscheinlich durch ihn, weil er das bis zu seinem Tod vor sechs Jahren so getan hat. Mein Vater lebte immer irgendwie in der Vergangenheit. In Galizien gab es nun mal viele Deutsche. Er hat fast seine ganze Jugend mit ihnen verbracht und darum auch sehr gut Deutsch gesprochen. Das hat ihn einfach geprägt. Auch während des Krieges war er mit Deutschen zusammen. Da hat er auch seinen Freund Friedrich kennengelernt. Er meinte, er sei stets gut mit ihnen ausgekommen. Sie hätten ihm nie etwas in den Weg gelegt«, versuchte Jozefina ihr zu erklären.

»Ach, so einer war dein Vater, jetzt verstehe ich. Einer dieser verdammten Überläufer, die mit den Deutschen gemeinsame Sache gemacht haben. Davon gab es ja mehr als genug. Für mich waren und sind das Vaterlandsverräter, Gesinnungsschweine und sonst gar nichts!« Iga machte keinen Hehl aus ihren Gefühlen und zeigte deutlich ihre Verachtung und ihre Abneigung.

»Mein Vater hat niemanden verraten.« Jozefina war empört über die Art und Weise, wie Iga sie und ihre Familie angriff. »Das waren ganz schwere Zeiten damals und

14

jeder hat versucht, irgendwie durchzukommen. Ich will ja gar nicht abstreiten, dass mein Vater vielleicht auch irgendwelche Fehler gemacht hat, aber das gibt dir noch lange kein Recht, ihn zu verurteilen und ihn schlecht zu machen. Außerdem ist er tot und Tote bewirft man nicht mit Dreck.«

Jozefina wandte sich ab und blickte zum Fenster hinaus. Sie war verletzt und hatte Tränen in den Augen.

Iga merkte, dass sie zu weit gegangen war. »Ist ja schon gut. Interessiert mich im Prinzip auch gar nicht, was dein Alter gemacht hat. Aber jetzt wird mir auch klar, warum du so gut Deutsch sprichst. Ich hab mich vorhin schon darüber gewundert, wie gut du dich mit dem deutschen Busfahrer unterhalten hast.« Iga schlug einen verbindlichen Ton an.

Sie zählte zwar nicht zu den Menschen, die Auseinandersetzungen aus dem Wege gingen, aber in diesem Augenblick verspürte sie nur wenig Lust, mit ihrer Busnachbarin einen Streit vom Zaun zu brechen. Eigentlich wollte sie lieber ihre Ruhe haben.

Trotzdem war offensichtlich geworden, dass Iga ein heikles Thema angeschnitten hatte. Obwohl Jozefina ihren Vater verteidigte, war sie insgeheim nicht glücklich darüber, dass er im Krieg auf der Seite der Deutschen gekämpft hatte. Sie war deshalb auch ganz froh darüber, dass Iga nicht mehr nachhakte und das Thema auf sich beruhen ließ. Darum meinte sie in verbindlichem Ton: »Weißt du, mein Deutsch ist gar nicht so perfekt. Ich kenne zwar viele Wörter, aber von der Grammatik habe ich wenig Ahnung.«

»Na ja, im Vergleich zu meinen Deutschkenntnissen ist das schon ein gewaltiger Unterschied! Die Agentur hätte mich beinahe abgelehnt, sie meinten, ich hätte nicht genug Sprachkenntnisse. Die haben doch einen an der Waffel! Um eine verkalkte Oma zu pflegen, dafür reicht mein Deutsch doch allemal, obwohl es mir bei dem Gedanken, monatelang Deutsch sprechen zu müssen, schon jetzt graut.«

15

Jozefina gefiel Igas überhebliche Art überhaupt nicht. Sie fand es gemein, wie sie über alte, kranke Menschen sprach. »Und wie geht das bei dir jetzt weiter, wenn du in Mannheim ankommst?«

»Du, das weiß ich selbst noch nicht genau. Morgen werde ich mich erst einmal in Göttingen, wo wir einen längeren Zwischenstopp machen, mit Harald von Sploen, das ist der Sohn des Freundes meines Vaters, treffen. Und der wird mir dann bestimmt alles erklären. Ich gehe davon aus, dass er mich instruieren wird, wie er sich die Pflege seines Vaters in Mannheim vorstellt. Ich bin selbst gespannt, was da auf mich zukommt«, erklärte Jozefina ein wenig unsicher.

»Aha, ›von Sploen‹! Adlige! Die haben doch bestimmt ganz schön Kies.

Hoffen wir, dass sie dir wenigstens einen anständigen Lohn zahlen«, erwiderte Iga, »aber meist sind die mit der dicksten Brieftasche auch die Geizigsten. Die hocken auf ihrem Geld. Deshalb haben sie ja auch genug davon.«

»Ich denke schon, dass die von Sploens mich angemessen bezahlen. In den vielen Jahren, in denen mein Vater seinen Freund besuchte, war der immer sehr großzügig. Es gibt also keinen Grund für mich, daran zu zweifeln, dass er mich für meine Arbeit angemessen entlohnen sollte. Ich habe da, ehrlich gesagt, ein gutes Gefühl. Aber ganz abgesehen davon, mache ich das auch nicht nur wegen des Geldes. Geld ist doch schließlich nicht alles.«

»Für mich ist Geld das Wichtigste überhaupt«, widersprach Iga energisch. »Schau dir doch die Welt an: ›Hast du nichts, bist du nichts‹. Geld kann man nie genug haben. Ich würde alles dafür geben, wenn ich endlich frei und finanziell unabhängig leben könnte.«

2

Nach rechts geneigt, akkurat, zackig, schnörkellos – so hatte er einen Buchstaben nach dem anderen zu Papier gebracht. Kein einziger Abweichler, keine Neigung nach links. Undenkbar! Unanständig wäre das, gehörte sich nicht, zeugte von Orientierungslosigkeit. *Friedrich von Sploen*. Die Initialen »F« und »S« überragten alles, während sich das »von« dazwischen eher bescheiden abhob. Die Kapitälchen waren wie Generäle, die alle nachfolgenden Lettern kompromisslos in dieselbe Richtung zwangen. Der militärische Drill war selbst in seiner Unterschrift unverkennbar.

Er hatte alles geplant. Bis ins Kleinste und bis zum letzten Augenblick. Nichts sollte dem Zufall überlassen bleiben und schon gar nicht sollten andere über sein Leben Entscheidungen treffen, am allerwenigsten sein Sohn.

Professor Harald von Sploen atmete tief durch. »Das passt zu dir, du bleibst dir treu, bis zum bitteren Ende.« Er ließ das notariell beglaubigte Testament auf seinen Schreibtisch gleiten und nahm seine Pfeife aus dem Aschenbecher. Er zog mehrmals genüsslich daran, so als wollte er sich das Nikotin im Voraus zuführen, das ihm während seines Transatlantikfluges stundenlang vorenthalten bleiben würde. Er blickte zur Tür, wo sein Koffer mit dem Kleidersack und der kleine Bordcase standen, und gleich danach zu der Uhr auf seinem Schreibtisch. »Jetzt könnte sie langsam kommen, sonst wird es knapp«, murmelte er vor sich hin. ›Vielleicht stand der Bus ja im Stau?‹ Er schaltete das Radio ein. Aber statt des Verkehrsfunks ertönte Frank Sinatras *My way*. ›Das auch noch! Perfekt! Das passte! Man könnte meinen, das Lied wäre für meinen Vater geschrieben worden.‹

Harald von Sploen hatte das Dokument, seit man es ihm zugeschickt hatte, immer mal wieder durchgelesen und stets darauf gewartet, dass es irgendeine Reaktion bei ihm auslösen würde: Überraschung, Trauer, Wut, Schmerz. Aber nichts von alledem hatte er empfunden. Was da geschrieben stand, rührte ihn in keiner Weise, war ihm schlicht und ergreifend egal. Vielleicht empfand er es sogar als Erleichterung, denn es war für ihn wie eine Art Legitimation, sich auch künftig aus allem raushalten zu können. Sollte der Alte doch machen, was er wollte. Schließlich hatte er ihn ja im Vorfeld auch nie nach seiner Meinung gefragt.

Sein Vater hatte stets einsame Entscheidungen getroffen und sich einen Teufel darum geschert, was seine Familie darüber gedacht hatte. Aber nachdem zwei Monate zuvor sein Schulfreund, der Neurologe Dr. Hans-Rüdiger Carstens, bei ihm angerufen und ihm mitgeteilt hatte, dass er bei seinem Vater Alzheimer in einem fortgeschrittenen Stadium diagnostiziert habe und er in absehbarer Zeit eine Vierundzwanzig-Stunden-rund-um-die-Uhr-Betreuung benötige, hatte er sich doch verpflichtet gefühlt, das, was sein Vater notariell verfügt hatte, auf den Weg zu bringen. Es wäre das Letzte, was er für ihn tun würde.

Friedrich von Sploen war nun mal sein Vater und er sein einziger noch lebender Verwandter. Seine Mutter war früh gestorben. In einer ihrer depressiven Phasen hatte Birgitta von Sploen sich mit 34 vor einen Zug geworfen. »Personenschaden!« Wie oft hatte er diese Durchsage gehört, wenn er mal wieder auf einer seiner Vortragsreisen mit der Bahn quer durch die Lande fuhr. Die meisten Reisenden wussten, was das bedeutete. Ihre Emotionen galten jedoch weniger dem Opfer als vielmehr der Tatsache, dass dies eine erhebliche Verspätung bedeutete, denn nun würde erst einmal die Staatsanwaltschaft zur Unfallstelle gerufen und das konnte dann Stunden dauern. Und die Anschlusszüge waren mit Sicherheit weg. Für ihn war es jedoch jedes Mal ein kleiner Alptraum, ein Film, der immer gleich in seinem Kopf ablief: mit einer schönen verzweifelten Frau in einem beigen Trenchcoat, die sich vor eine Lok wirft, mit einer Frau, welche stets die Gesichtszüge seiner Mutter trug. Er hatte seine Mutter unendlich geliebt. Nach ihrem Selbstmord durfte ihr Name jedoch im Hause von Sploen nicht mehr erwähnt werden. Sein Vater hatte es ihm und seiner Schwester strengstens verboten, über die Mutter zu sprechen. Er hatte sie zur »Unperson« erklärt und seinen Kindern damit gedroht, sie ins Heim zu stecken, sollten sie nicht gehorchen. Harald war damals sieben gewesen, seine Schwester Annika fünf. Sein Vater hatte zwar erreicht, dass die Kinder aus Angst nicht mehr über die Mutter sprachen, aber ihre Gedanken konnte er nicht kontrollieren und auch nicht die Liebe, die sie für sie empfanden. Haralds Erinnerungen an seine geliebte Mutter waren stets präsent gewesen.

Es wird ja alles wieder gut,
nur ein kleines bisschen Mut,
lässt das Schicksal dich manchmal allein,
es wird ja immer wieder Mai
auch dein Kummer geht vorbei
und du brauchst nicht mehr traurig zu sein.
Denn es kann nicht jeden Tag die Sonne scheinen
und wer lacht, der muss auch hin und wieder weinen,
es wird ja alles wieder gut,
nur ein kleines bisschen Mut
und du brauchst nicht mehr traurig zu sein.

Mit diesem Lied hatte seine Mutter ihn stets getröstet, wenn er sich wehgetan hatte oder wenn sein Vater, was viel schlimmer war, mal wieder versucht hatte, seinem Sohn die preußischen Tugenden auf recht unsanfte Art und Weise nahezubringen. Aus Harald sollte ein »richtiger Mann« werden, was auch immer sein Vater darunter verstand. Im Nachhinein war er sich ziemlich sicher, dass seine Mutter dieses Lied auch ein Stückweit für sich selbst gesungen hatte, wahrscheinlich um sich zu beruhigen, wenn sie spürte, wie wieder einmal dunkle Gefühle sie mehr und mehr umklammerten. Erstaunlicherweise war es Birgitta von Sploen erfolgreich gelungen, ihre Krankheit vor ihren kleinen Kindern gut zu verbergen, sodass denen nie etwas Außergewöhnliches an der Mutter aufgefallen war.

Erst als Harald in die Pubertät kam und er mehr und mehr verstand, woran seine Mutter letztendlich gestorben war, hatte ihn die Angst geplagt, er könne die Krankheit seiner Mutter geerbt haben und möglicherweise auch eines Tages psychisch krank werden. Dass Harald den Tod seiner Mutter dennoch recht unbeschadet überstand, verdankte er letztendlich seiner Tante Evelyn. Die Schwester seiner Mutter hatte ihn nämlich damals zur Seite genommen und ihm von seiner Mutter und ihrer gemeinsamen Kindheit erzählt.

»Weißt du, Harald, deine Mutter war am Ende des Krieges nicht einmal so alt wie du heute. Als die Russen damals von Osten nahten, hat unsere Mutter, deine Großmutter, versucht, mit Birgitta und mir zu fliehen. Wir wollten uns damals im Winter 1944/45 einem riesigen Treck anschließen. Aber es kam nicht mehr dazu. Irgendwie waren wir zu spät dran, unsere Mutter hatte zu lange gewartet. Die Soldaten drangen damals in unser Haus ein. Ich hatte Glück, ich war unterwegs, um Brennholz zu sammeln und habe alles vom Waldrand aus beobachtet. Dort habe ich mich im Unterholz vor den Männern versteckt. Birgitta hat es wohl auch geschafft, sich irgendwo im Haus zu verbergen. Es grenzt an ein Wunder, ich weiß bis heute nicht wirklich, wie sie das bewerkstelligt hat. Jedenfalls haben sie deine Mutter nicht entdeckt. Aber deine Großmutter hat es nicht überlebt. Die Soldaten haben sie fürchterlich zugerichtet. Als sie dann weg waren, habe ich mich ins Haus zurückgeschlichen.

Der Anblick, der sich mir bot, war schrecklich. Birgitta saß wie versteinert neben der Leiche unserer Mutter. Ich musste sie damals mit Gewalt wegziehen. Du kannst dir nicht vorstellen, wie schwer mir das fiel. Denn auch ich habe unsere Mutter unendlich geliebt. Aber wir waren in Gefahr und mussten uns schnellstens in Sicherheit bringen, die konnten doch jederzeit zurückkommen. Was meinst du, wie furchtbar es für uns beide war, unsere tote Mutter einfach so zurückzulassen. Ich hab mich oft gefragt, was wohl mit ihrem Leichnam passiert ist und ob jemand sich ihrer erbarmt und sie begraben hat. Wir sind dann monatelang umhergeirrt. Frag mich nicht, Junge, was wir alles gesehen haben. Für mich mit meinen sechzehn Jahren war es schon schlimm genug, aber für Birgitta, sie war kurz zuvor zwölf geworden, muss es die Hölle gewesen sein. Sie hat das alles nie verkraftet. Besonders schlimm war eben, dass sie miterleben musste, wie unsere Mutter umgebracht wurde. Sie hat niemals mit mir darüber geredet. Ich weiß, wie gesagt, bis heute nicht, was damals in unserem Haus alles passiert ist.«

»Und was war mit meinem Großvater?«, hatte Harald wissen wollen.

»Dein Großvater ist schon 1943 gefallen, irgendwo im Osten, in Russland. Auch ihn konnten wir nie zu Grabe tragen.« Tante Evelyn hatte ihm dann berichtet, wie sie sich durchschlugen und schließlich nach Kriegsende elternlos, unterernährt und total verwahrlost in Litauen landeten. »Dort nahm man uns auf einem Bauernhof auf. Wir mussten hart arbeiten, aber wir hatten wenigstens etwas zu essen und ein Dach über dem Kopf. Doch dann haben sie uns aufgespürt, deine Mutter und mich, die ›Wolfskinder‹, wie sie uns Kriegswaisen nannten. Sie steckten uns in ein sowjetisches Kinderlager. Zwei Jahre später hat man uns dann in ein Heim in der DDR eingewiesen.«

Sie hatte Harald weiter erzählt, dass man sie 1950 zusammen entlassen hatte. Tante Evelyn musste damals der Heimleitung versprechen, sich um ihre noch minderjährige Schwester Birgitta zu kümmern. »Ich hätte deine Mutter niemals alleine in diesem Heim zurückgelassen. Irgendwie habe ich mich für sie verantwortlich gefühlt. Wir sind dann nach Berlin gezogen. Ich erinnere mich noch an die schnuckelige kleine Wohnung. Eigentlich war sie gar nichts Besonderes, wir hatten ja am Anfang fast keine Möbel, nur das Allernötigste, aber wir waren so was von glücklich. Endlich in den eigenen vier Wänden! Na ja, und den Rest kennst du ja, Harald. 1955 begegnete Birgitta dann deinem Vater. Er sprach sie auf dem Kudamm an und wollte von ihr wissen, wo das KaDeWe ist. Aber er ging dann gar nicht in das Kaufhaus, sondern lud deine Mutter ins *Kranzler* zum Kaffeetrinken ein. Du kannst dir vorstellen, dass er sie damit sehr beeindruckt hat, denn wir hatten ja nichts, waren arm wie die Kirchenmäuse. Sie war jedenfalls sehr von deinem Vater angetan. Er war zehn Jahre älter als sie, stand mit beiden Beinen fest im Leben und wusste genau, was er wollte. Vielleicht zu genau! Jedenfalls empfand deine Mutter ihn als Beschützer und fühlte sich bei ihm geborgen. Endlich schien sie angekommen zu sein. Und so folgte Birgitta ihm nach Mannheim.« Tante Evelyn lächelte. Es war jedoch ein Lächeln, das ein gewisses Maß an Bitterkeit erkennen ließ.

»Manchmal denke ich, Mama wäre ihm besser nicht begegnet«, hatte Harald seiner Tante entgegnet und geseufzt.

»Ich kann dich ja verstehen, mein Junge. Aber trotzdem solltest du so etwas nicht sagen. Denn sieh mal, ohne ihn gäbe es dich nicht. Und das fände ich richtig schade.« Tante Evelyn hatte ihn auf die Stirn geküsst. »Und außerdem hat deine Mutter ihn geliebt und irgendwie wusste sie deinen Vater auch ganz gut zu nehmen. Aber das Trauma, das sie im Krieg durchleben musste, das hat sie eben doch nie verkraftet. Als wir klein waren, war sie ein aufgewecktes, fröhliches Mädchen gewesen, wir hatten unglaublich viel Spaß miteinander, aber nach dem Krieg habe ich sie nie wieder richtig lachen sehen. In Birgittas Lächeln lag stets eine große Melancholie.

Aber warum erzähle ich dir das alles, mein Junge? Weißt du, ich möchte einfach nur, dass du begreifst, dass der Selbstmord deiner Mutter in den traumatischen Erlebnissen ihrer Kindheit begründet liegt. Und die sind Gott sei Dank nicht erblich. Du musst dir also keine Sorgen um deine Zukunft machen. Du bist kerngesund, Harald.« Tante Evelyn hatte ihn in ihre Arme genommen und ihm liebevoll über den Kopf gestreichelt.

Das Gespräch mit Tante Evelyn hatte Harald sehr geholfen und ihm vor allem die Ängste genommen, möglicherweise so wie seine Mutter zu enden. Es hatte ihm die Kraft gegeben, seinen Weg ins Leben zu finden.

Seine zwei Jahre jüngere Schwester Annika hingegen hatte der frühe Tod der Mutter wesentlich stärker entwurzelt und die strenge Erziehung des Vaters hatte bei ihr genau das Gegenteil bewirkt. Anstatt zu kuschen, war sie in einer Nacht- und Nebelaktion mit 17 von zu Hause abgehauen. Ein halbes Jahr später hatte sie dann eine Karte aus dem ägyptischen Assuan geschickt und mitgeteilt, sie werde nun weiter nach Tansania reisen. Sie habe sich in einen jungen Mann aus Bukoba an der Westküste des Viktoriasees verliebt und werde ihm nach Tansania folgen. Er sei die große Liebe ihres Lebens und sie wüsste nun endlich, wo sie hingehöre.

Friedrich von Sploen hatte zunächst getobt und dann auch sie zur Unperson erklärt, deren Namen in seinem Hause nie mehr fallen dürfe.

Harald hatte insgeheim gegrinst, dass seine kleine Schwester so viel Mut gehabt und es verstanden hatte, sich aus den Klauen des despotischen Vaters zu befreien. Allerdings war ihm das Lachen schnell wieder vergangen. Annika hatte sich nämlich einen denkbar ungünstigen Moment für die Reise in das zentralafrikanische Land ausgesucht, denn im Oktober 1978 war die ugandische Armee von Idi Amin in die Provinz Kagera eingedrungen und hatte in den tansanischen Dörfern im Grenzgebiet Tausende Zivilisten, vor allem Frauen und Kinder massakriert. Eine der Frauen war Annika gewesen. Ende 1979 war ihre Leiche nach Deutschland überführt worden. Sie hatte das Pech gehabt, zur falschen Zeit am falschen Ort gewesen zu sein. Als Harald damals nach der Beisetzung mit Tante Evelyn allein den breiten Weg des Mannheimer Hauptfriedhofs entlangging, war seine Tante plötzlich stehen geblieben und hatte gemeint: »Wie sich die Dinge doch wiederholen: erst die furchtbare Ermordung deiner Großmutter, dann vor zwölf Jahren der Freitod deiner Mutter und jetzt die grausame Bluttat an deiner kleinen Schwester. Als hinge das alles irgendwie zusammen und hinterließe seine Spuren bei der jeweils folgenden Generation. Manchmal habe ich den Eindruck, dass auf unserer Familie ein Fluch lastet.«

3

Mit den Jahren war Harald von Sploen gegenüber seinem Vater etwas milder geworden. Er war seinen Weg gegangen, hatte sein Leben so realisiert, wie er sich das als junger Mann vorgenommen hatte und war mit allem, was er anfasste, erfolgreich. Das Schicksal war ihm wohlgesonnen und er hatte keinen Grund, sich über irgendetwas zu beklagen. Tante Evelyns Prophezeiung schien auf ihn nicht zuzutreffen. Vielleicht hatte sich dieser »Fluch«, so es ihn überhaupt gab, nur auf die weiblichen Familienmitglieder bezogen, vielleicht hatte er aber auch mit dem Tod seiner kleinen Schwester sein Ende gefunden.

Harald hatte unter die Vergangenheit einen dicken Strich gezogen. Die Tragödie um den Tod seiner Mutter und seiner Schwester lag nun über dreißig Jahre zurück. Es waren harte Schicksalsschläge gewesen, doch er glaubte, dass er an ihnen gewachsen war. Auch wenn er beide sehr geliebt hatte, so war er doch zu sehr Rationalist, um nicht irgendwann einmal die Dinge auf sich beruhen zu lassen und nicht weiter mit dem Schicksal zu hadern oder dagegen anzukämpfen. Natürlich hätte er sich ein liebevolles und vor allem vertrauensvolles Verhältnis zu seinem Vater gewünscht. Aber Friedrich von Sploen war unnahbar und nicht imstande, Gefühle zu zeigen. Harald hatte sich oft gefragt, ob er erst nach dem Tod seiner Frau so geworden war. Aber so sehr Harald auch in seinen frühen Kindheitserinnerungen grub, es kam ihm keine einzige Situation in den Sinn, in dem sich sein Vater ihm gegenüber liebevoll oder gar zärtlich gezeigt hatte. Aber wer weiß, vielleicht hatte er das auch über die Jahre hinweg verdrängt. Er nahm seinen Vater nur als schlechtgelaunten, oftmals zynischen Menschen wahr, der sich in nichts reinreden ließ und der jetzt als Greis darüber hinaus auch noch einen ausgeprägten Altersstarrsinn entwickelt hatte. Mit ihm zu reden oder sogar zu versuchen, einen Sinneswandel bei ihm herbeizuführen, das wäre ein Kampf gegen Windmühlen gewesen. Es war nicht die Mühe wert, kostete nur Energie, die er viel nötiger für andere Dinge brauchte. Trotzdem brachte es Harald nicht fertig, den »Alten« einfach so seinem Schicksal zu überlassen.

Das Testament, das Friedrich von Sploen aufgesetzt hatte, trug sicher nicht dazu bei, das Verhältnis der beiden zu verbessern und Vater und Sohn einander näher zu bringen. Wahrscheinlich hätten die meisten Kinder mit ziemlicher Sicherheit sogar versucht, diesen seinen »Letzten Willen« juristisch anzufechten.

Harald wusste selbst nicht, warum er sich so verhielt. Vielleicht war es ja trotz allem eine gewisse Dankbarkeit, weil sein Vater ihn schließlich allein groß gezogen und ihm das Studium finanziert hatte. Vielleicht war es auch so etwas wie Mitleid, weil er nun im Alter mit dieser furchtbaren Alzheimer-Krankheit allein dastand. Vielleicht war es aber auch sein schlechtes Gewissen, weil er gleich nach dem Abitur sein Bündel gepackt und Mannheim verlassen hatte.»Bloß schnell raus aus dem Oststadt-Mief«, das war das Einzige, was er damals wollte. Natürlich hätte er auch in Heidelberg studieren und zu Hause wohnen bleiben können, aber er hatte sich in Göttingen für einen Studienplatz in Astrophysik beworben. Nur fort, und zwar so weit wie möglich! Weg aus dem Dunstfeld des »Alten«. Er konnte es nicht länger ertragen, dieses autoritäre Verhalten, das keinerlei Widerspruch zuließ. Aber was Harald vor allem nicht ertrug, war, dass sein Vater reaktionär war bis auf die Knochen.

Nachdem Harald von Sploen damals aus der Villa in der Oststadt ausgezogen war, hatte er seine Besuche in Mannheim auf Heiligabend beschränkt und war stets am ersten Weihnachtsfeiertag in aller Frühe bereits wieder abgereist. Da sein Vater regelmäßig unterm Christbaum beim traditionellen Weihnachtskarpfen in verklärten Kriegserinnerungen geschwelgt und mit jedem Glas Riesling die alten Zeiten mehr und mehr gerühmt hatte, war es stets zu heftigen Streitgesprächen zwischen Vater und Sohn gekommen.

»Ja, ja, früher war alles viel besser. Bei meinen Eltern damals in Ostpreußen hätte es so was nicht gegeben. Da hatte alles seine Ordnung und jeder hatte seinen Platz. Ich denke oft, es war ein großer Fehler, dass mein Vater Ende der 20er-Jahre unser Gut aufgegeben hat und mit uns nach Mannheim gezogen ist. Meine frühe Kindheit auf dem Sploen'schen Gutshof, das sind meine schönsten Erinnerungen. Wir hatten viele Arbeiter aus dem Osten, Russen und Polacken hauptsächlich. Von denen hätte es keiner gewagt, gegen den Gutsherrn aufzumucken. Das war nicht so wie heute, wo das ganze Gesindel aller Herren Länder nach Deutschland kommt und dann auch noch einen Haufen Geld in den Hintern geschoben bekommt. Die sollten erst mal was schaffen, aber stattdessen plündern sie unsere Sozialkassen aus. Früher, da konnte man noch stolz darauf sein, ein Deutscher zu sein, aber heute?!«, hatte Friedrich von Sploen im Brustton der Überzeugung festgestellt.

»Oh, Vater, hör doch auf mit diesem kalten Kaffee! Ich kann diese Parolen einfach nicht mehr hören«, hatte Harald abgewinkt.

»Das verstehst du nicht. Ihr seid doch heute alle verweichlichte Memmen, keinen Mumm habt ihr mehr in den Knochen! Das war in meiner Zeit anders. Wir waren ganze Kerle, standen unseren Mann. Wir haben noch für unsere Ideale gekämpft.« Der Stolz in seiner Stimme war unüberhörbar.

»Hör mir bloß auf mit deinen Idealen. Größenwahnsinnig wart ihr, wolltet die ganze Welt versklaven. Ich fass es nicht, wie man so verbohrt sein kann.« Harald hatte ihn kopfschüttelnd betrachtet.

Doch sein Vater hatte ihn gar nicht wahrgenommen. »Denn heute gehört uns Deutschland und morgen die ganze Welt ...«, hatte der alte Mann vor sich hin gesummt. »Wenn wir den Krieg gewonnen hätten«, hatte er sinniert, um dann weiter festzustellen, »davon hätte die ganze Welt nur profitiert. Dann sähe es heute überall anders aus. Die hätten alle von uns Deutschen lernen können: Ordnungsliebe, Gehorsam, Pünktlichkeit, Zuverlässigkeit – alles deutsche Tugenden, die den anderen abgehen.«

»Ja, ja, am deutschen Wesen soll die Welt genesen ..., ich fasse es nicht!« Harald hatte einen großen Schluck Weißwein genommen. Diesen Schwachsinn konnte er nur im alkoholisierten Zustand ertragen.

Sein Vater hatte jedoch unbeirrt weiter in seinen Erinnerungen geschwelgt. »Weißt du, der Adolf, der war gar nicht so schlecht, wie er immer dargestellt wird. Im Gegenteil, das war ein exzellenter charismatischer Politiker, ein richtig kluger Kopf und wacher Geist. Ich gebe ja zu, das mit den Juden, das war ein Fehler gewesen, diese Geschichte hätte er anders angehen müssen. Aber irgendwie musste er das Judenproblem lösen, denn die Gefahr des Weltjudentums sollte man nicht unterschätzen.«

Spätestens bei dieser Feststellung hatte Harald regelmäßig das Weite gesucht. Er hatte die Gegenwart des Alten einfach nicht länger ertragen. Obwohl sein Vater studiert und als Ingenieur auch überaus erfolgreich gewirkt hatte, war er Haralds Meinung nach, was seine Weltanschauung anbelangte, auf der Stufe eines Neandertalers stehengeblieben und zwar nicht nur geistig, sondern auch was seine Fähigkeit zur Empathie anbelangte. Wie konnte sein Vater nur angesichts von weltweit 65 Millionen Kriegstoten und 6 Millionen ermordeter Juden solche Reden schwingen?

Obwohl Harald sich jedes Jahr vorgenommen hatte, den Alten einfach reden zu lassen und die Ohren auf Durchzug zu stellen, war es seinem Vater immer wieder gelungen, ihn aus der Reserve zu locken. Er hatte ohne Ende gestichelt und seinen Sohn so lange provoziert, bis dem der Kragen geplatzt war. Und so hatte jeder Weihnachtsabend mit einem Eklat im Hause von Sploen geendet. Vater und Sohn hatten sich alles Mögliche an den Kopf geworfen, wobei »Nazi« und »Terrorist« noch zu den harmloseren Bezeichnungen gehört hatten.

Wenn er heute darüber nachdachte, drängte sich ihm oft der Verdacht auf, dass dies vielleicht schon die ersten Anzeichen seiner Alzheimer-Erkrankung gewesen sein konnten, denn sein Vater hatte damals bereits damit begonnen, mehr und mehr in der Vergangenheit zu leben.

4

Durch ein stürmisches Klingeln wurde Harald von Sploen aus seinen Gedanken gerissen.
»Sie müssen Jozefina Dzierwa sein!«Die Frau mit den kinnlangen hellblonden Haaren, die ein wenig atemlos vor seiner Tür stand, nickte und begann, irgendetwas in leicht polnischem Akzent zu stammeln, das wie eine Entschuldigung klang.

»Schön, dass es noch geklappt hat. Zumindest können wir noch einen Kaffee zusammen trinken und uns über ein paar Dinge unterhalten«, begann Harald von Sploen das Gespräch, während er Jozefina in den Wohnraum geleitete. »Sie trinken doch einen Kaffee?«

Jozefina nickte. »Sehr gerne. Mein Bus machen hier zwei Stunden Pause. Das ist sehr gut, dass Bus über Göttingen fahren.«

»Ja, das war wirklich ideal, sonst hätten wir uns nicht mal persönlich kennengelernt und alles über Rechtsanwalt Jantzen regeln müssen.« Harald ging kurz hinaus, um gleich darauf mit zwei Kaffeebechern zurückzukehren.

»Entschuldigen Sie, dass ich Ihnen keine gediegene Kaffeetasse anbieten kann, aber ich habe eben einen typischen Junggesellenhaushalt.« Harald lächelte.

»Ach, das macht nichts«, erwiderte Jozefina und fuhr fort: »Ich möchte Ihnen danken. Sehr nett, dass Sie mich anrufen und mir die Stelle bei Ihrem Vater anbieten. Ich kann Arbeit sehr gut brauchen.«

»Eigentlich müssen Sie da eher meinem Vater danken, das war seine Entscheidung. Ich bin nur das ausführende Organ und leite alles in die Wege, was er notariell festgelegt hat.«

Jozefina blickte ihn irritiert an: »Dann Sie das gar nicht wollen, dass ich komme?«

Harald schüttelte den Kopf: » Nein, das ist schon in Ordnung!«

»Ich möchte nix tun, was Sie nicht wollen, Herr von Sploen.« Jozefina wurde unsicher.

»Nein, alles ist gut, so wie es ist. Machen Sie sich keine Sorgen um mich! Wissen Sie, ich will nicht lange um den heißen Brei herumreden: Das Verhältnis zwischen meinem Vater und mir ist schon seit vielen Jahren – ja, wie soll ich es ausdrücken? ... – gelinde gesagt, sehr schwierig. Und da ich nun mal der einzige Verwandte bin, der ihm geblieben ist, war es ihm auch immer klar, dass, falls er je zum Pflegefall werden würde, ich mit Sicherheit nicht für ihn sorgen würde. Darum hat er schon vor Jahren verfügt, dass die Tochter seines alten Freundes und Kriegskameraden Oleg Dzierwa, also Sie, ihn bis zu seinem Ableben pflegen solle. Ihr Vater hat wohl immer in den höchsten Tönen von Ihnen geschwärmt, das muss meinem alten Herrn mächtig imponiert haben.«

Jozefina lächelte verschämt. »Das kann schon sein. Mein Vater immer sehr stolz sein auf mich.«

»Schön für Sie«, antwortete Harald ein wenig bitter, »das kann man von meinem Vater leider nicht behaupten. Der hätte sich bestimmt andere Kinder gewünscht, wenn er es sich hätte aussuchen können. Aber lassen wir das! Das würde jetzt zu weit führen.« Harald von Sploen hatte keine Lust, das Thema zu vertiefen. »Jedenfalls war mein Vater davon so sehr beeindruckt, dass er Sie in seinem Testament bedacht und mich auf meinen Pflichtteil zurückgesetzt hat«, stellte Harald nüchtern fest.

»Aber das ich nicht nehmen können!« Jozefina war das, was Harald von Sploen ihr gerade eröffnete, äußerst unangenehm. Sie war stets davon ausgegangen, dass die Entscheidung, dass sie Friedrich von Sploen pflegen solle, einvernehmlich innerhalb der Familie getroffen worden war. Sie hatte darüber hinaus in keiner Weise damit gerechnet, dass er sie testamentarisch berücksichtigen würde. »Da ich mir vorkommen wie eine ..., wie eine ...wie man sagen in

Deutsch?« Sie schaute Harald von Sploen fragend an. »Ach, mein Deutsch, nicht mehr ist so gut. Ich so viel vergessen«, stöhnte Jozefina.

»Ach, was! Ihr Deutsch ist ganz prima. Wo haben Sie es denn gelernt?«, hakte Harald von Sploen nach.

»Mein Vater von klein auf oft mit mir auch Deutsch reden. Aber seit er tot, ich keine Möglichkeit mehr haben, Deutsch zu sprechen.«

»Wenn ich so gut Polnisch könnte wie Sie Deutsch, würde ich mich ›von‹ schreiben«, er stockte lachend, »obwohl, das tue ich ja eh' schon … Aber hören Sie, um nochmals auf Ihre Frage zurückzukommen, ich denke, Sie suchten nach dem Wort ›Erbschleicherin‹, das vergessen Sie mal ganz schnell! Das ist Unsinn! Ich habe keinerlei Probleme mit dem Testament meines Vaters. Wenn er das so will, dann werden wir das genauso realisieren. Schauen Sie mal, erstens bin ich nicht auf das Geld meines alten Herrn angewiesen und zweitens habe auch ich meinen Stolz. Ich will nichts haben, was er mir nicht zukommen lassen will. Also, Sie brauchen da wirklich keinerlei Bedenken zu haben.«

Jozefina war noch immer ein wenig verstört und konnte das alles gar nicht glauben, was Harald von Sploen ihr da eröffnete.

»Nun freuen Sie sich doch einfach! Mein Vater ist ein wohlhabender Mann. Das, was Sie einmal bekommen werden, das ist kein Pappenstiel. Wir reden hier von mindestens sechsstelligen Beträgen …«

»Was? Sechsstellige Beträge?« Jozefina rechnete in Gedanken nach. »Aber das ja hunderttausend Euro sein! – Sie machen Spaß mit mir!« Jozefina war fassungslos.

»Das Vermögen meines Vaters, seine Sparbücher und sonstige Wertanlagen sowie die Villa in Mannheim sind mindestens eineinhalb Millionen wert. Und wahrscheinlich hat er noch jede Menge Bargeld, Goldmünzen und Schmuck irgendwo im Haus versteckt oder unter seiner

Matratze gebunkert. Und davon die Hälfte. Ich denke, Sie haben ausgesorgt.«

Jozefina glaubte zu träumen. Sie hatte sich immer gewünscht, endlich so viel zu verdienen, dass sie sich keine Sorgen mehr um ihre Zukunft machen müsste. Aber dass ihr jemand ein solches Vermögen vererben würde, damit hatte sie nie und nimmer gerechnet.

»Ich glaube, jetzt brauchen Sie einen Cognac.« Während Harald ihr einschenkte, fügte er in ironischem Unterton hinzu, »Na ja, ein wenig müssen Sie sich schon gedulden, denn mein Vater lebt ja schließlich noch. All das tritt ja erst nach seinem Tod in Kraft. Also, ein bisschen was müssen Sie vorher schon noch für ihn tun. Und stellen Sie sich das nicht zu einfach vor. Mein Vater ist ein harter Brocken.«

»Ich keine Angst haben, ich hart im Nehmen.« Sie lächelte. »Und ich ja extra nach Deutschland kommen, um Vater zu pflegen und zu sorgen für ihn.« Und dann fügte sie fast schon euphorisch hinzu: »Ich werde ganz gut Ihre Vater pflegen. Ich alles tun für ihn. Er von mir beste Pflege bekommen, das gibt. Ich Vater alle Wünsche erfüllen.« Langsam kam Jozefina zu sich und begriff, dass sie an einem entscheidenden Wendepunkt ihres Lebens stand. »Vater soll schöne Lebensabend bekommen, ich alles gut machen. Ich jede Sekunde ihm danken, dass er mich in sein Testament schreiben.« Sie schaute Harald erneut an. »Und Sie wirklich nicht böse, dass Vater mich in sein Testament schreiben?«

Harald von Sploen verneinte lächelnd: »Keine Sorge!« Und während er sie nachdenklich betrachtete, wandte er ein: »Stellen Sie sich das alles nicht zu leicht vor. Vergessen Sie nicht, mein Vater ist hochgradig dement. Es kostet viel Kraft, einen Alzheimerkranken zu betreuen. Und mein Vater war immer ein ganz heftiger Charakter, er war ziemlich aufbrausend, wenn nicht sogar cholerisch, und jetzt kommt noch diese schwere Krankheit dazu, das macht es sicher nicht einfacher.«

»Ich das schon schaffen. Ich Vater viel Liebe und Geduld geben!« Jozefina schien recht zuversichtlich zu sein.

»Dann kann ich Ihnen ja nur noch Glück wünschen und, um nochmals auf das Testament zurückzukommen: Sehen Sie, ich habe keine Familie und keine Erben und für mich selbst bleibt noch genug übrig, das kann ich in diesem Leben gar nicht mehr alles ausgeben. Ich bin ganz erfolgreich mit dem, was ich mache und verdiene gutes Geld. Also nochmals, machen Sie sich darüber nicht so viele Gedanken. Übrigens, apropos erfolgreich, jetzt muss ich doch langsam in Richtung Flughafen starten, sonst fliegt die Maschine noch ohne mich los und wer weiß, was dann mit meinem neuen Job wird.«

Er ging kurz nach nebenan und kam mit einem Umschlag und einem Schlüsselbund zurück. »Also, hier ist der Schlüssel für die Villa und an dem Schildchen steht die genaue Adresse in der Mannheimer Oststadt. Wenn Sie ankommen, nehmen Sie einfach ein Taxi und lassen sich hinfahren. Mein Vater wird übermorgen aus der Klinik entlassen und es wäre schön, wenn Sie bis dahin alles vorbereiten würden. Das Haushaltsgeld und Ihr Lohn werden jeden Monat auf ein Konto bei der Postbank überwiesen, das Rechtsanwalt Jantzen für Sie eröffnet hat. Hier ist die Scheckkarte, damit Sie Geld am Automaten ziehen können, und hier in dem Kuvert ist die PIN. Sie sollten die Karte und Nummer immer getrennt voneinander aufbewahren. Aber das wissen Sie ja vermutlich alles.«

Jozefina nickte lächelnd.

»Und zum Schluss habe ich hier noch Ihr Exemplar der notariellen Verfügung und des Testaments meines Vaters.«

Sie nahm die Unterlagen entgegen. »Ja, und was ich machen...?« Sie zögerte, ehe sie fortfuhr: »Was ich machen, wenn Vater sterben?«

»Ihr Ansprechpartner ist Rechtsanwalt Jantzen. Er hat seine Kanzlei in Bensheim. Sein Name, seine genaue Adresse und seine Telefonnummer sind in dem Kuvert. Er wird alles regeln. Mein Vater hat das so gewollt und für mich ist es okay.«

Haralds Gesichtsausdruck verriet für einen Augenblick, dass die ganze Angelegenheit ihn doch nicht so kalt ließ, wie er vorzugeben versuchte. Auch die übertriebene Nüchternheit, mit der er sprach, und die Eile, mit der er alles abzuwickeln versuchte, konnten darüber nicht hinwegtäuschen.

Jozefina hakte noch einmal nach.»Ich nicht mit Ihnen telefonieren können, wenn große Probleme kommen? Mir bitte Telefonnummer geben, nur für Notfall?«Jozefina ängstigte der Gedanke, nur diesen Rechtsanwalt als Ansprechpartner zu haben. Dieser Mann war ihr total fremd. Wer wusste, was das für ein Mensch war. Und er wohnte nicht mal in Mannheim. Sie hatte plötzlich doch Befürchtungen, ob sie mit all dem, was sie erwartete, klarkommen würde.

Harald spürte ihre Verunsicherung und ruderte nun doch ein wenig zurück.»Okay. Wenn alle Stricke reißen, können Sie mich auf meinem Handy erreichen. Doch ich warne Sie gleich, das ist ziemlich teuer. Und ich möchte Sie noch einmal ausdrücklich bitten, mich wirklich nur im absoluten Notfall anzurufen. Wie schon gesagt, am liebsten wäre es mir, wenn Sie die Dinge hier ohne mich klären könnten. Ich möchte mich in den USA auf meine Arbeit konzentrieren und mich eigentlich nicht mit den Angelegenheiten meines Vaters auseinandersetzen müssen.«

Jozefina war nun doch ein wenig gelassener, wenigstens hatte sie jetzt seine Handynummer.»Sie schon wissen, wann wieder zurückkommen?«

»Das kann ich jetzt beim besten Willen noch nicht sagen. Sehen Sie, zunächst werde ich im kommenden Semester am Institut für Astrophysik an der Universität Princeton lehren. Es ist aber durchaus möglich, dass ich ein weiteres Semester oder sogar zwei anhänge. Das ist alles möglich.

Ich muss drüben erst mal sehen, wie sich die Dinge entwickeln«, erklärte er ihr.

»Aber das sehr lange Zeit, das ganzes Jahr sein oder noch mehr?« Jozefina erschrak erneut bei dieser Vorstellung. Was war, wenn sie sich in Deutschland, wo ihr alles fremd war, doch nicht zurechtfinden würde?

Harald konnte ihre erneute Besorgnis erkennen. »Hören Sie, Ihre Ängste sind unbegründet. Aber wenn es Sie beruhigt, ich werde darüber hinaus auch noch meine Tante Evelyn informieren. Sie ist zwar voraussichtlich bis zu Beginn des nächsten Jahres in Australien bei ihrer Tochter, kommt dann aber nach Deutschland zurück. Sie wohnt seit Jahren auf dem Lindenhof. Das ist ein Mannheimer Stadtteil, also gar nicht so weit weg. Ich bin mit ihr per E-Mail in Verbindung. Meine Tante ist eine wunderbare Frau und wenn wirklich Probleme auftauchen, wird sie Ihnen mit Sicherheit helfen, wenn sie wieder im Lande ist. Also, Kopf hoch!«

Die Aussicht, in dieser Tante Evelyn eine zusätzliche Ansprechpartnerin zu haben, beruhigte Jozefina ein wenig. Vielleicht würde sie ja auch schon etwas früher aus Australien zurückkehren.

»Sie schaffen das schon! Da mache ich mir keine Sorgen!«, ermutigte Harald Jozefina, als sie gemeinsam seine Wohnung verließen.

Harald von Sploen machte sich tatsächlich keine tiefschürfenden Gedanken darüber, wie es mit seinem Vater weitergehen sollte. Er hatte seinen Part erfüllt, war den Wünschen seines Vaters nachgekommen. Damit war die Angelegenheit für ihn erledigt. Sicherlich hätte er auch Mittel und Wege finden können, das Testament zu verhindern. Oder er hätte seinen Vater in ein Heim einweisen lassen können. Aber dieses triste Dasein sollte er nicht erleiden. Schließlich war es sein Geld. Es war sein Vermögen. Er hatte es sich im Laufe seines Lebens erarbeitet und konnte somit letztendlich selbst entscheiden, wofür er es verwenden würde. Und wenn er sich damit eine Pflegerin »gekauft« hatte, dann war das seine Entscheidung, die er als sein Sohn zu respektieren hatte.

Diese Jozefina machte ja auch einen guten Eindruck. Bescheiden, gepflegt, herzlich und einfühlsam. Sie sprach recht gut Deutsch und würde sicher alles in ihrer Macht Liegende tun, seinen Vater gut zu versorgen.

Harald von Sploen bestellte sich bei der Flugbegleiterin einen Gin Tonic, während er aus dem Fenster blickte. Es war dunkle Nacht, nur ein Meer von Sternen bevölkerte das Firmament, Tausende von Lichtpunkten, die jedoch nicht wirklich Licht spendeten. ›Hoffentlich ist sie nicht zu sensibel für den Job‹, dachte er bei sich. Auch wenn er ihr gegenüber optimistisch aufgetreten war, wusste er doch, dass eine äußerst schwierige Aufgabe auf die Frau wartete. Sein Freund Dr. Hans-Rüdiger Carstens hatte ihn damals in dem Gespräch darauf hingewiesen, dass bei seinem Vater ein Krankheitsbild vorliege, bei dem der Betroffene mit sehr hoher Wahrscheinlichkeit seine Persönlichkeit und sein Sozialverhalten drastisch verändern würde. Harald hatte gegrinst und spontan gemeint: »Das wäre ja bei meinem Vater gar nicht so schlecht, vielleicht wird er dann endlich mal ein bisschen menschlicher und liebenswerter.« Hans-Rüdiger hatte ihm diese Illusion jedoch sofort wieder geraubt und ihn gewarnt: »Leider ist das Gegenteil zu erwarten, denn meist reagieren die Kranken schroff und taktlos und oft werden sie auch sehr aggressiv.«

Das bedeutete, seine eh schon schwer ertragbaren Charaktereigenschaften würden sich noch verstärken. Vielleicht hätte er diese Jozefina ja doch warnen müssen? Kurzfristig stiegen ein paar Zweifel in ihm hoch.

»Ach was!« Harald von Sploen trank seinen Gin aus und klemmte den Becher in die Plastikhalterung. Dann stellte er seinen Sitz zurück und schloss die Augen. »Das wird schon klappen. Außerdem ist das jetzt nicht mehr mein Problem.«

5

»Scheiß Bus!« Iga war stinksauer. Ihr tat alles weh. »Anstatt dass die den direkten Weg von Szczecin nach Mannheim nehmen, fahren sie riesige Umwege über Dortmund, Köln und Wiesbaden. Das macht fast 500 km aus. Das sind mindestens sechs bis sieben Stunden, die wir länger unterwegs sind. Und alles nur, um noch mehr Reibach zu machen. Die können den Hals nicht voll genug kriegen.«

Jozefina antwortete ihr nicht. Sie saß in ihrem Sitz und schaute verträumt hinaus auf die vorüberziehenden Landschaften. Sie hatte sich wieder gefangen und ihre alte Ruhe zurückgewonnen. Als Harald von Sploen sie Ende Juni angerufen und gefragt hatte, ob sie die Pflege seines Vaters übernehmen wolle, hatte sie keine Sekunde gezögert. Sie war überglücklich gewesen, endlich wieder eine Arbeit gefunden zu haben und Geld verdienen zu können. Und dazu noch tausendzweihundert Euro im Monat und zusätzlich Kost und Logis. Das war unglaublich viel Geld für polnische Verhältnisse. Nun würde es endlich wieder bergauf gehen! Und jetzt ging es nicht nur bergauf, nein, sie würde sogar ein Vermögen erben. Sie hatte nie etwas geschenkt bekommen und hätte nie zu hoffen gewagt, dass irgendwann jemand sie in seinem Testament bedenken würde. Ihr Vater hatte ihr nach seinem Tod lediglich seine alte Taschenuhr und ein goldenes Amulett ihrer schon viele Jahre zuvor verstorbenen Mutter vermacht. Sie hatte das Schmuckstück damals angelegt und es seither täglich getragen. Es sollte ihr Glück bringen. Sie hatte sich immer geschworen, sich nie davon zu trennen. Und wenn überhaupt, dann nur im äußersten Notfall. Schließlich war es das Einzige, was ihr von ihrer Familie geblieben war. Und es hatte ihr allem Anschein nach tatsächlich Glück gebracht, denn bald würde sie eine reiche Frau sein. Endlich konnte sie sich etwas leisten: ein schönes Auto, nagelneue Möbel, eine supermoderne Stereoanlage, ein Handy, auf dem aktuellen Stand der Technik und nicht so ein altes Ding wie ihres, bei dem der Akku ständig seinen Geist aufgab. Und dann noch einen Fernseher mit einem großen Flachbildschirm und ganz viele neue Kleider. Keine Massenware mehr aus Billigläden, dafür aber edle Stoffe und elegante Designs. Vor allem aber würde sie reisen können.

Als hätte sie es bestellt, ertönte in diesem Augenblick Shakiras *Waka, waka, this time for Africa*, der Song der Fußball-WM, im Radio. Ja, das würde sie sich alles ansehen: Südafrika, Australien, Brasilien, am besten würde sie gleich eine ganze Weltreise buchen. Sie hatte ja so großen Nachholbedarf. Plötzlich ertappte sie sich, wie sie leise mitsang: »Waka, waka, eh, eh …«

»Hallo, was ist denn mit dir los? Wir sind hier nicht beim Karaoke!« Iga fuchtelte mit der Hand vor Jozefinas Gesicht herum und riss sie recht unsanft aus ihren Tagträumen. »Das muss ja ein toller Mann gewesen sein, mit dem du dich in Göttingen getroffen hast! Der hat dich ja anscheinend schwer beeindruckt?!«

Igas Versuch, im Folgenden mehr von ihrer Busnachbarin über ihren Besuch zu erfahren, war jedoch nicht von Erfolg gekrönt, denn diese lächelte nur, ohne zu antworten. ›Wenn die wüsste!‹ dachte Jozefina bei sich. Aber sie würde sich davor hüten, auch nur einem Menschen ein Sterbenswörtchen von dieser Erbschaft zu erzählen, und schon gar nicht ihrer Busnachbarin, die sie kaum kannte und die auch keinen sehr vertrauenerweckenden Eindruck auf sie machte. Das Testament sollte ihr großes Geheimnis bleiben. Nie in ihrem Leben war sie glücklicher gewesen. Sie wusste, sie hatte ausgesorgt. Um ihre Zukunft musste sie sich keine Gedanken mehr machen.

Jozefina schien tatsächlich eingenickt zu sein, denn als sie die Augen wieder öffnete, fuhren sie gerade an einem großen blauen Schild vorbei, das besagte, dass sie gleich das Darmstädter Kreuz passieren würden.

»Oh, wir sind schon südlich von Frankfurt, jetzt ist es nicht mehr weit. In circa einer Stunde sind wir da.« Jozefina räkelte sich in ihrem Sitz, denn ihre Glieder waren ganz steif. Sie hatte tatsächlich über drei Stunden tief und fest geschlafen.

»Gleich da! Ich hatte zeitweise das Gefühl, die Fahrt nimmt überhaupt kein Ende mehr. Ich beneide dich wirklich um deinen gesunden Schlaf, du hast geschlummert wie ein Murmeltier.« Igas Stimmung schien erneut auf einem Tiefpunkt zu sein.

»Ich habe keine Probleme, im Bus zu schlafen. Im Gegenteil, das monotone Rollen der Räder auf dem Asphalt wiegt mich erst so richtig in den Schlaf«, entgegnete Jozefina gut gelaunt.

»Na ja, in deiner Situation lässt es sich ja auch gut schlafen. Du weißt, dass du für eine gutsituierte Familie arbeitest und in ein schönes Haus kommst. Wer weiß, wo ich lande?!« Iga schloss die Augen. Sie wollte versuchen, wenigstens noch ein bisschen vor sich hin zu dösen. Sie war total übernächtigt und wenn sie Pech hatte, würden die sie in Ludwigshafen gleich voll einspannen.

Iga konnte jedoch nicht schlafen. Sie spürte eine Unruhe in sich und die Gedanken begannen in ihrem Kopf zu kreisen. Mit Widerwillen dachte sie an die Zeit, die ihr bevorstand: weit weg von zu Hause, ein fremdes Land und fremde Menschen, dazu auch noch ausgerechnet »Szkopy« und dann noch diese verdammte Sprache! Sie haderte mit ihrem Schicksal. Ein Leben lang hatte sie nur geschuftet und sich abgemüht und war bis heute auf keinen grünen Zweig gekommen. Nicht mal ihre Ehe hatte gehalten! Und an all ihre Krankheiten und so vieles andere, wollte sie gar nicht erst denken. Egal, wo sie hinschaute: ein einziges Desaster! Ihr ganzes Leben war ein Scherbenhaufen.

Je mehr sie über all das nachdenkte, desto gewaltiger ging Iga ihre Busnachbarin auf die Nerven mit ihrem aufgesetzten Optimismus. Die hatte gut lachen. Das Schicksal war so was von ungerecht! Während sie eine alte Schrulle in Ludwigshafen für einen an deutschen Verhältnissen gemessenen »Hungerlohn«, denn den größten Batzen steckte ihre Agentur in Polen ein, bis zu ihrem Tode pflegen durfte, arbeitete diese Jozefina privat für eine Familie, wurde direkt von denen bezahlt und konnte ihren gesamten Lohn für sich behalten. Bei dem Gedanken an diese Ungerechtigkeit krampfte sich Igas Herz zusammen. Wie sehr sie Jozefina doch beneidete! Aber sie wollte auch ein bisschen daran teilhaben und so beschloss sie, auf jeden Fall den Kontakt zu Jozefina zu halten. Vielleicht konnte sie ja auch ein bisschen finanziell von der Situation profitieren.

»Aufwachen, Iga! Gleich sind wir da!« Jozefina rüttelte sie leicht an ihrem Arm. »Jetzt bist *du* aber nochmals richtig eingenickt.«

Iga öffnete die Augen und tat so, als würde sie gähnen. Sie versuchte sich nichts anmerken zu lassen und meinte nur verdrossen: »Wird aber auch Zeit!«

Als sie am Mannheimer Busbahnhof ausstiegen und Jozefina ihr die Hand entgegenstreckte, um sich zu verabschieden, hielt Iga inne. »Meinst du nicht, wir sollten unsere Handynummern austauschen? Vielleicht können wir ja an unserem freien Tag mal etwas gemeinsam unternehmen?«

Jozefina zögerte. »Ich glaube nicht, dass ich einen freien Tag haben werde. Friedrich von Sploen braucht mich, so wie es aussieht, Tag und Nacht.«

»Das macht doch nichts. Dann komm ich einfach mal bei dir vorbei und besuche dich in der Villa«, schlug Iga nun vor. Jozefina war nicht sehr angetan von diesem Vorschlag. Sie war nicht sonderlich darauf erpicht, den Kontakt zu ihrer Busnachbarin zu vertiefen. Sie fand ihre Zufallsbekanntschaft nicht sonderlich sympathisch. »Aber ich weiß nicht, ob das den von Sploens recht ist, wenn fremde Leute in ihr Haus kommen«, meinte Jozefina ausweichend. »Das kommt mir ja jetzt gerade so vor, als würdest du mich nicht sehen wollen«, erwiderte Iga beleidigt. »Dann eben nicht!«

»Aber nein, so ist das nicht.« Jozefina war von Igas Direktheit sichtlich betroffen. Es lag ihr fern, ihrer Landsmännin vor den Kopf zu stoßen und so tauschte sie schließlich doch mit Iga die Handynummern aus. »Vielleicht hast du ja recht. Schließlich sind wir beide in einem fremden Land und ab und zu ist es bestimmt schön, sich auf Polnisch zu unterhalten.«

Als Jozefinas Taxi losfuhr, drehte sie sich nochmals um und winkte Iga zu. Diese lachte und winkte heftig zurück. Kaum war das Taxi außer Sichtweite zog Iga eine Zigarette aus der Tasche und nahm einen tiefen Lungenzug. Langsam ließ sie den Rauch aus ihren aufgeblähten Nasenflügeln gleiten, während sich ein abschätziges Lächeln um ihren Mund legte.

6

»Ja, das war dann wohl nichts.« Arteo blickte ratlos hinunter zu Sly, der sofort freundlich mit dem Schwanz wedelte. »Hunde müssen draußen bleiben!«

»Die glauben doch wohl nicht ernsthaft, dass ich Sly hier an dem Pfosten anbinde, direkt am Luisenring, wo der Verkehr nur so durchrauscht. Und heute Nacht sowieso nicht, mit den vielen Menschen.«

»Dann schauen wir uns die Moschee halt ein anderes Mal an«, meinte Arteo gespielt gelassen und versuchte Jennifer zu beschwichtigen. »Gib mir doch mal den Folder. Was ist denn dieses Jahr noch so alles im Busch geboten?« Gemeinsam studierten sie das Programm des Nachtwandels 2010.

»Lass mich mal sehen, das wär doch was!« Jennifer las vor: »Hier die Ausstellung in der Galerie *Strümpfe* oder wenn du lieber Musik magst, dann könnten wir auch in die Schifferbörse gehen, da spielt *Dirty Age*.«

Arteo verzog sein Gesicht. »Bitte, Jennifer, tu mir das nicht an. Wenn sich eine Gruppe schon Schmutziges Alter nennt, dann kann ich mir lebhaft vorstellen, wie sich deren Musik anhört.«

»Das kannst du doch gar nicht beurteilen, solange du die Band nicht gehört hast. Du und deine Vorurteile!«

»Du meinst wohl eher Lebenserfahrung!«, korrigierte sie Arteo.

»Nenn es, wie du willst, aber entscheide dich bitte, was wir als Nächstes machen! Ich mag nicht länger hier herumstehen, denn langsam wird es mir kalt.«

»Na ja, kein Wunder, für Ende Oktober bist du ja auch viel zu dünn angezogen, du mit deinem knappen Lederjäckchen. Aber ich muss zugeben, es steht dir gut.« Arteo betrachtete Jennifer, die sich wieder intensiv mit dem Nachtwandel-Flyer beschäftigte. Aus dem kleinen Mädchen mit dem dunklen Wuschelkopf war wirklich eine junge, attraktive Frau geworden. Er sah sie bildlich vor sich, wie sie damals im Kindersitz seines Fahrrades gesessen und ihn angetrieben hatte, schneller in die Pedale zu treten, wenn er sie zum Einkaufen für die Wohngemeinschaft mitnahm. Sie war ein niedlicher Fratz gewesen. Ihre großen braunen Augen und die schwarzen Locken hatten damals alle bestaunt. »Du bist aber nicht aus Deutschland«, hatten viele zu ihr gemeint, worauf Jennifer stets in breitem Mannheimer Dialekt und nicht überhörbarem, trotzigem Unterton geantwortet hatte: »Doch! Isch bin aus Monnem, aus em Jungbusch!« Die Kleine war eben schon immer vorwitzig gewesen und nicht auf den Mund gefallen.

Arteo wunderte sich manchmal darüber, dass Jennifer bei ihrem Aussehen nicht längst unter der Haube war. Die Männerwelt schien blind zu sein! Wenn er noch jung und nicht nur der väterliche Freund wäre, der sie damals in der Wohngemeinschaft mit großgezogen hatte, wer weiß?

»Ist ja schön, dass dir meine Lederjacke gefällt, aber vor allem, dass du dich so um mich sorgst, Papa!« erwiderte Jennifer, als hätte sie gerade seine Gedanken gelesen. »Aber jetzt lenk mal nicht immer ab! Sieh mal da unten die Hafenkirche.« Sie deutete auf einen anderen Programmpunkt. »Was gibt es denn dort, Arteo?« Sie schaute genauer hin. »Da wird anscheinend eine Ausstellung gezeigt, eine Künstlerin. Hast du den Namen schon mal gehört?«

Arteo schüttelte den Kopf.

»Ist ja auch egal. Lass uns doch einfach mal dahin gehen, bevor wir hier noch Wurzeln schlagen«, entschied Jennifer in entschlossenem Ton, den Arteo nur zu gut kannte und der keinen Widerspruch zuließ.

»Also gut, auf deine Verantwortung, aber das kostet dich ein Glas Sekt, meine Liebe.«

»Von mir aus auch zwei.« Darauf kam es Jennifer nicht an.

»Ich hoffe nur, dass diese Künstlerin was kann und nicht nur was hingeschmiert ist. Aber zumindest kann ich in der Kirche davon ausgehen, dass ich mir keinen Hörsturz zuziehe.« Arteo strotzte mal wieder vor Optimismus.

»Sei doch nicht so ein Miesepeter!« Jennifer mochte diese Art an Arteo überhaupt nicht. Trotzdem hakte sie sich bei ihm ein und wollte losgehen.

»Aber warte mal«, Arteo hielt plötzlich inne, »da kommen wir doch auch nicht rein mit Sly. Ist ja schließlich auch ein Gotteshaus, wenn auch von der anderen Fraktion!« Arteo war mal wieder nichts heilig.

»Quatsch! – Der Pfarrer ist ein ganz Netter. Wenn der Sly und mir auf der Straße begegnet, bleibt er immer stehen. Und dann wird Sly erst mal ausgiebig gekrault. Der liebt ihn heiß und innig.«

»Dann solltest du deinen Vierbeiner im nächsten Jahr mal öfters um die Moschee rumführen, vielleicht freundet sich ja auch der Imam mit Sly an und nächstes Jahr kommen wir dann sogar da rein«, meinte Arteo grinsend, während sie endlich in Richtung Kirchenstraße aufbrachen.

In der Dalbergstraße war mal wieder so gut wie nichts los. Dagegen tanzte in der Jungbuschstraße der Bär. Wie immer war sie abgesperrt. Menschen über Menschen, Volksfeststimmung! Hier ging es feucht-fröhlich zu. Von überall her ertönte Musik. Von Xavier Naidoo über Michael Jackson bis zum Grafen von Unheilig oder Freddy Mercury, alles war vertreten. Darunter mischten sich noch Hip-Hop, Techno- und Rap-Klänge.

Arteo hielt sich zunächst demonstrativ die Ohren zu, dann zerrupfte er ein Papiertaschentuch und steckte es sich in die Gehörgänge. »Das ist eine Zumutung – eine Beleidigung für meine Ohren, was die hier abziehen.«

»Spinner!« Jennifer, die mit Sly einen Augenblick stehengeblieben und dem regen Treiben zugeschaut hatte, lachte schallend. »Du müsstest mal sehen, wie du aussiehst.«

Es waren vor allem junge Leute in kleinen Gruppen, die hier durch die Jungbuschstraße zogen. Vor der *Onkel-Otto-Bar* hatte sich eine lange Schlange gebildet. Wahrscheinlich war es da drin wieder gerammelt voll. Der Türsteher hatte wie immer jede Menge zu tun. Er konnte gnadenlos sein und ließ augenscheinlich keinen mehr rein. Viele sahen das nicht ein und versuchten vergeblich, sich an ihm vorbei zu drängen. Sie wollten nicht begreifen, dass er sie zu ihrem eigenen Schutz abwies.

Arteo packte Jennifer am Ärmel und zog sie weiter. »Ich denke, wir wollen in die Hafenkirche?! Oder hast du deine Meinung geändert?«

»Ist ja gut, wir kommen ja schon.« Jennifer und Sly trotteten hinter Arteo her.

In der Hafenkirche herrschte eine ruhige, fast schon meditative Stimmung. Weltmusik – sphärisch anmutende Klänge von Kitaro und Enya sowie Vollenweiders Harfen erfüllten den Raum. Hier konnte man dem Trubel entfliehen und innehalten.

»Gott sei Dank!« Arteo zupfte die zusammengeknüllten Fetzen des Papiertaschentuchs aus seinen Ohren. »Das ist zwar auch nicht meine Musik, aber allemal besser.«

Jennifer ging durch das Kirchenschiff und schaute sich die Bilder und Skulpturen der Künstlerin an. Sie gefielen ihr gut. Arteos skeptischen Blicken war jedoch unschwer zu entnehmen, dass er mit der Kunst seiner Kollegin nichts anzufangen wusste.

»Die Skulpturen gehen ja gerade noch, aber die Bilder ...!« Er schüttelte den Kopf. »Genauso, wie ich mir das vorgestellt habe.«

Jennifer ging nicht darauf ein. Sie kannte Arteo schon so lange und hatte bereits im Voraus gewusst, wie er reagieren würde. Darum ließ sie sich kommentarlos mit Sly auf der Bank in der vorletzten Reihe nieder, während Arteo sich die restlichen Exponate anschaute. Zumindest interessierte es ihn, was die Kollegin gemalt hatte.

Trotzdem hat er sich seit dem vergangenen Jahr ganz schön verändert, ging es Jennifer durch den Kopf, während sie ihm hinterherblickte. Gut, Arteo war nie wirklich ein Optimist gewesen, aber seit den Vorkommnissen im letzten Sommer und Herbst war er ein anderer geworden. Sie hatte den Eindruck gewonnen, dass er sich nicht mehr so richtig freuen konnte. Allem und jedem stand er kritisch gegenüber, hatte immer etwas auszusetzen. Doch wenn sie ehrlich war, musste sie zugeben, dass diese Ereignisse auch in ihrem Leben Spuren hinterlassen hatten.

Sie blickte hinunter zu Sly, der sich auf dem Fußteil der hölzernen Kirchenbank genüsslich ausgestreckt hatte und gerade seine Schnauze auf ihren Stiefel legte. Jennifer liebte diesen Hund. Sie würde den kleinen munteren Gesellen nicht mehr missen wollen. Schließlich war er das Einzige, was ihr von ihrer Freundin geblieben war.

Für Jennifer war all das, was im letzten Jahr geschehen war, schrecklich gewesen, für Arteo jedoch musste es unweigerlich traumatisch gewesen sein. Es waren einfach zu viele Fragen offen geblieben. Fragen, auf die er wahrscheinlich nie eine Antwort bekommen würde. Realistisch gesehen musste man sich eigentlich wundern, dass Arteo nicht größeren Schaden genommen hatte.

Jennifer blickte in Richtung Altarraum und sah, dass er mit einer jungen Frau zusammenstand. Als sie das Ausstellungsplakat betrachtete, erkannte sie, dass es sich um die junge Künstlerin handeln musste. Arteo gestikulierte in bedeutungsvoller Weise und sein Blick wechselte immer wieder zwischen den Bildern und der jungen Frau hin und her. Sie schien von den Ausführungen ihres bekannten und erfahrenen Künstlerkollegen sehr beeindruckt zu sein.

Jennifer schmunzelte. ›Schlank-langhaarig-jung‹, sie passte genau in sein Beuteschema. Anscheinend war ihre Sorge um ihn wohl doch gewaltig überzogen, letztendlich vielleicht sogar unbegründet. »Arteo, wie er leibt und lebt«, murmelte sie amüsiert vor sich hin. Das war ganz der »alte« Arteo, wie sie ihn seit Jahren kannte. Solange er sich für junge hübsche Frauen interessierte, musste sie sich keine Angst um sein Seelenheil machen. Sie war ganz froh, dass Arteo erst einmal beschäftigt war, so konnte sie getrost noch etwas sitzen bleiben und ihren Gedanken nachhängen.

Auch wenn die Ereignisse des letzten Jahres dramatisch gewesen waren, so hatten sich für sie persönlich durchaus auch positive Konsequenzen daraus ergeben. Ihr Leben hatte nämlich eine Wendung genommen, an die sie nicht im Traum gedacht hatte. Denn es war die Geburtsstunde der Detektei »Smart & Sly« geworden – so wie Arteo es ihr damals in der *Onkel-Otto-Bar* prophezeit hatte.

*

Jennifer erinnerte sich nur zu gut daran, wie er ihr vorgeschlagen hatte, eine Detektei zu eröffnen. »Mensch, Mädchen, du bist doch noch jung. Du kannst doch jederzeit noch mal was Neues anfangen, du mit deinen vierunddreißig Jahren. Küken!« Arteo winkte ab. »Komm du erst mal in mein Alter, werde erst mal fünfundsechzig, da sieht das ganz anders aus.« Arteo kokettierte mal wieder mit seinem Alter und erwartete nun von ihr, dass sie antworten würde: »Ach, was, dein Alter sieht man dir doch gar nicht an.« Aber Jennifer hielt sich zurück. Das »Fishing for compliments« ihres väterlichen Freundes war ihr nur zu gut bekannt.

»Ja, ja, Papi«, antwortete sie stattdessen.

»Du musst nicht gleich übertreiben«, erwiderte Arteo ein wenig frustriert.

Jennifer hatte seinen Vorschlag, eine Detektei zu eröffnen, für einen Scherz gehalten und war darum auch nur spaßhalber darauf eingegangen. So ein bisschen herumblödeln würde ihrer beider Stimmung heben, besonders aber sollte es Arteo ein wenig aufmuntern. Natürlich hatte sie nie ernsthaft daran gedacht, tatsächlich ein Detektivbüro aufzumachen. Was für eine krasse Idee! Die war ja sowieso nur entstanden, weil die bescheuerte Boulevard-Zeitung berichtet hatte, dass sie den Mord im Jungbusch aufgeklärt und den Kanalkiller zur Strecke gebracht hatte, was ja so eigentlich gar nicht stimmte. Und dann hatten sie auch noch ihren Nachnamen umgedreht und aus »Jennifer Trams« eine »Jennifer Smart« gemacht. Sie musste zugeben, »Smart and Sly« – das klang schon gut. Die Vorstellung hatte was. Detektivin, Kriminalistin, Spionin, Geheimagentin, verdeckte Ermittlerin, das war doch spannend. *Ein Engel für Charlie* oder eine Mata Hari oder vielleicht doch eher eine, die Gangstern mit ein paar Karatetricks das Handwerk legte, genauso wie das damals Emma Peel in *Schirm, Charme und Melone* gemacht hatte. Emma Peel war zwar vor ihrer Zeit gewesen, aber seit die Serie in Arte wiederholt worden war, kannte sie fast jede Folge und war von der englischen Krimireihe fasziniert. Ihr gefiel dieser typisch schwarze Humor von der Insel und vor allem die in jeder Beziehung schlagfertige Emma Peel.

Aber trotzdem musste Jennifer sich eingestehen, dass es nun mal nichts weiter als eine spleenige Idee war, zwar irgendwie ganz amüsant, aber letztendlich absurd. War ja nicht schlimm, so ein bisschen herumspinnen, das machte ja auch Spaß. Aber sie und eine Detektei? Und dazu noch als Kompagnon Sly. So was gab es wirklich nur im Film oder im Fernsehen. *Lassie* oder *Kommissar Rex* im Vorabendprogramm für Kinder. Arteo hatte immer so verrückte Ideen. Er war eben Künstler und die tickten sowieso anders. Wahrscheinlich war sie ja gerade deshalb mit ihm befreundet. Nein, sie war freischaffende Journalistin und das hatte sie auch bleiben wollen.

Doch dann war alles ganz anders gekommen. Denn schon kurz darauf hatte tatsächlich eine Frau, deren Ehemann verschwunden war, bei ihr angerufen und sie um Hilfe gebeten. Die Dame hatte in der Boulevardzeitung den Artikel über »Smart & Sly« gelesen und ihn für bare Münze gehalten. Zunächst hatte Jennifer abgewehrt und versucht, alles klarzustellen. Dann hatte die Frau ihr jedoch ein unwiderstehliches finanzielles Angebot gemacht, das sie einfach nicht hatte ablehnen können. Weihnachten stand vor der Tür und in ihrem Geldbeutel herrschte mal wieder massiv Ebbe, denn Aufträge für Berichterstattungen kamen nur zäh herein. Und so rang sie sich schließlich dazu durch, bestärkt durch Arteo, es zumindest mal zu versuchen.

Und siehe da, sie schien tatsächlich Talent zum Ermitteln zu haben, denn bereits zwei Tage vor Heiligabend legte sie der Frau eindeutige Ergebnisse über den Verbleib ihres Mannes auf den Tisch. Dabei musste sie ihrer Auftraggeberin allerdings sowohl gute als auch schlechte Nachrichten überbringen. Die gute Nachricht war, dass ihr Mann lebte und sich prächtiger Gesundheit erfreute, die schlechte hingegen, dass er mit seiner 20 Jahre jüngeren Freundin durchgebrannt war. Als Jennifer es der Frau mitteilte, kamen ihr jedoch bei deren Reaktion erhebliche Zweifel daran, ob die gute Nachricht wirklich »die gute« und nicht doch eher die »schlechte« war. Vielleicht hätte sie ihn lieber tot gesehen als in den Armen einer anderen. Aber letztendlich konnte ihr das egal sein, denn sie hatte ihren Teil des Deals erfüllt. Dank des Honorars konnte sie nun all ihren Lieben zumindest ein kleines Weihnachtsgeschenk kaufen. Und alles andere ging sie schließlich nichts an.

Für Jennifer war der Auftrag eine wichtige Erfahrung gewesen, hatte er sie doch davon überzeugt, dass Arteo mit seiner Idee gar nicht so falsch gelegen war. Nie zuvor hatte sie so leicht gutes Geld verdient. Durch ihre mannigfaltigen Kontakte war sie schnell an alle notwendigen Informationen gekommen. Die Gedanken, die sie sich vorher gemacht hatte, insbesondere ihre Befürchtungen, was die Gefahren und Risiken dieser Branche anbelangten, hatten sich als unbegründet erwiesen. Warum sollte sie nicht neben ihrer journalistischen Tätigkeit ein zweites Gewerbe betreiben und ab und zu als private Ermittlerin arbeiten? Was war schon dabei? Und so meldete sie ein paar Tage später ihre Detektei an.

Die Anmeldung beim Gewerbeamt erwies sich als einfacher als sie gedacht hatte, denn die Berufsbezeichnung »Detektivin« war nicht geschützt und es gab auch keine Verpflichtung, einen bestimmten Ausbildungsgang zu durchlaufen. Doch sie hatte sich zu früh gefreut, denn ein paar Tage später landete ein Schreiben der zuständigen Aufsichtsbehörden in ihrem Briefkasten, in dem sie unter anderem aufgefordert wurde, ein Führungszeugnis einzureichen sowie eine Unbedenklichkeitsbescheinigung vom Finanzamt vorzulegen. Auch wies man sie darauf hin, dass sie eine Betriebshaftpflichtversicherung abschließen müsse.

»Das klingt ja alles furchtbar langweilig, was die da schreiben und ich dachte ›Privatdetektivin‹, das sei so ein ultracooler Job«, Arteo lehnte sich sichtlich enttäuscht in Jennifers Sofa zurück, während er den schlafenden Sly neben sich kraulte.

»Was heißt hier ›ultracooler‹ Job? Das ist eine Arbeit wie jede andere. Das ist ja auch okay, bloß dieser ganze Papierkram – der nervt.« Jennifer, die an ihrem Schreibtisch unter dem Fenster saß, drehte sich in ihrem Bürostuhl zu ihm um. Sie hatte den kalten Stummel einer Dunhill im Mundwinkel.

Arteo lachte. »Jetzt siehst du aus wie die weibliche Ausgabe von Philip Marlowe.«

»Wer bitte?«

»Philip Marlowe«, wiederholte Arteo.

»Kenn ich nicht. Ein Freund von dir, hier aus dem Jungbusch?« Jennifer konnte mit dem Namen nichts anfangen. Sie wandte sich wieder ihrer Arbeit zu und wühlte sich durch den Blätterwald auf ihrem Schreibtisch.

»Gar keine schlechte Idee«, erwiderte Arteo amüsiert. »Der Privatdetektiv Philip Marlowe hätte durchaus hier in den Busch gepasst.«

»Du kennst einen Privatdetektiv! Und das sagst du mir erst jetzt. Du musst uns unbedingt miteinander bekanntmachen!« Wieder drehte sie sich kurz um.

»Das geht leider nicht, meine Liebe. Denn Philip Marlowe ist eine Filmfigur, die Humphrey Bogart mal dargestellt hat. Das war so in den 40ern. Klasse Film in schwarz-weiß. Ich glaube, der Streifen hieß *Tote schlafen fest*«, klärte Arteo Jennifer auf.

»Ach so. Ich glaube, ich habe sogar mal davon gehört, obwohl das ja wirklich lange vor meiner Zeit war. Hat dieser Humphrey Bogart nicht auch in *Casablanca* mitgespielt?« Jennifer begann die Melodie von *As time goes bye* vor sich hin zu summen. Plötzlich hielt sie inne. »Und wieso erinnere ich dich an den?«

»Na ja, Bogie hatte auch immer eine Zigarette im Mundwinkel. Darum ist er auch schon ganz früh an Krebs gestorben.« Arteo machte eine Pause. »Was lernen wir daraus?« Er schaute Jennifer erwartungsvoll an.

»Hör mir bloß auf damit. Was denkst du, warum ich den kalten Stummel im Mund habe. Ich bin doch gerade dabei, mir das Rauchen abzugewöhnen. Aber das geht nicht so schnell.«

»Braves Mädchen!« Arteo versuchte sie aufzumuntern, auch wenn eine gewisse Häme in seinen Worten mitschwang.

»Brauchst du denn nicht auch eine Knarre, jetzt als Detektivin?« fiel Arteo plötzlich ein.

»Du hast wirklich zu viele Krimis im Fernsehen gesehen. Das ist doch alles Quatsch, was die da zeigen. Sieht zwar sexy aus, wenn der Matula in *Die Zwei* seine Knarre hinten in den Hosenbund seiner quietschengen Jeans steckt. Ist aber schlicht und ergreifend reine Fantasie. Du bekommst nämlich als Detektiv nicht so einfach einen Waffenschein. Und das ist auch gut so. Ich möchte hier keine amerikanischen Verhältnisse. Und außerdem werde ich nur Aufträge annehmen, bei denen man keine Waffe braucht«, klärte Jennifer Arteo auf, dessen Vorstellungen von einem Privatdetektiv immer mehr demontiert wurden.

Jennifers neues Unternehmen lief gut an, denn schon bald trudelten die ersten Aufträge ein. Sie ermittelte wegen diverser Ladendiebstähle, Hehlerei, Unfallflucht und Heiratsschwindel und immer wieder wegen Ehebruch und zwar in allen erdenklichen Variationen. Sie hatte das Gefühl, dass sie langsam zur Expertin in Sachen »Fremdgehen« wurde.

All das waren letztendlich harmlose Fälle, die meist in ein paar Tagen aufgeklärt waren. Aufträge, bei denen es um Mord und Totschlag ging, gab es wohl tatsächlich nur im Film.

Doch da sollte sich Jennifer gewaltig irren.

7

Jozefina saß in ihrem dicken Anorak auf der Terrasse der Villa und genoss die letzten Sonnenstrahlen dieses Jahres. Sie hatte sich einen Espresso zubereitet und sich gerade eine Marlboro angezündet. Sie brauchte dringend eine Pause.

Sie betrachtete die gepflegten Gärten der Nachbarhäuser. Wie ordentlich, sauber und beschaulich sie doch waren. Da, wo sie herkam, waren die Anwesen weit weniger vornehm. Man bemühte sich in ihrer Heimat zwar auch, die Gärten, welche die Häuser umgaben, zu pflegen und ein behagliches Ambiente zu schaffen, doch mit wesentlich bescheideneren Mitteln. Den meisten polnischen Anwesen war auch jetzt noch anzusehen, dass während der vielen Jahre unter dem Sozialismus kein Geld in die Renovierung der Häuser geflossen war. Die meisten fristeten noch heute – über zwanzig Jahre nach der Wende – ein trauriges Dasein. An vielen Fassaden war der Verputz abgefallen und die Farbe abgeblättert. Ein neuer Anstrich tat not, aber vielen Hausbesitzern fehlte auch nach dem Systemwandel noch immer das Geld dafür.

Jozefina dachte an die Zeit vor dem Zusammenbruch des Sozialismus. Die Erinnerungen an ihre Kindheit und Jugendzeit waren noch sehr präsent. Nicht alles war schlecht gewesen. Natürlich hatte man sie gegängelt und in ihrer Freiheit beschränkt und natürlich waren sie arm gewesen, so wie fast alle um sie herum, aber trotzdem hatten sie immer genügend zu essen gehabt. Darüber hinaus hatte man sich allerdings fast nichts leisten können. Keine modischen Kleider, keine schicken Möbel. Der Begriff »Design« war ein Fremdwort gewesen, viel zu individuell. In einem Staat, der auf Gleichheit für alle setzte, war dafür kein Platz gewesen.

Sie schaute sich erneut die Häuser an. Manche waren fast schon hochherrschaftlich. Die Eigentümer schienen viel Geld zu haben. Ihr fielen die prächtigen Gutshäuser ein, die einst den Deutschen gehört hatten, als die Landstriche noch Pommern, Schlesien oder Ostpreußen hießen. Ihr Vater hatte ihr, als sie klein war, viel davon erzählt und war ins Schwärmen geraten, wenn er ihr beschrieben hatte, wie sie damals vor und auch noch während des Krieges ausgesehen hatten. »Eine Schande ist das, wie dieses rote Gesindel die schönen Häuser verfallen lässt. Richtige kleine Schlösser waren das und jetzt verkommen sie als Ferienheime für linientreue Genossen.«

Ihr Vater Oleg Dzierwa war jedes Mal entrüstet gewesen und hatte ihr gegenüber nie einen Hehl aus seiner Gesinnung gemacht. Er hasste die Kommunisten und sehnte sich nach den Zeiten zurück, als die Gebiete noch zu Deutschland gehörten. Als Kind hatte sich Jozefina das alles aufmerksam angehört und gedacht, das würde alles so stimmen, wie ihr Vater es ihr erklärte. Schließlich war er ihr

Papa und Papas hatten doch immer recht. Aber je älter sie geworden war und je mehr sie in der Schule über das Dritte Reich und die Gräueltaten der deutschen Nazis gelernt hatte, desto mehr hatte sie ihrem Vater widersprochen.

»Du musst nicht alles glauben, was dir das linke Pack in der Schule erzählt«, hatte er ihr entgegnet und des Öfteren gemeint: »Das war doch alles gar nicht so schlimm, wie das heute dargestellt wird. Der Hitler wollte Europa nur vor den Bolschewisten schützen. Du siehst doch, was die aus unserem Land gemacht haben.« Ihr Vater hatte das aus voller Überzeugung gesagt, sodass sie gewusst hatte, dass es sinnlos war, mit ihm darüber zu diskutieren. Nur einmal hatte sie bei ihm nachgehakt. Es musste so in der siebten Klasse gewesen sein, als eine Mitschülerin, deren Mutter Jozefinas Vater früher gut gekannt hatte, Anspielungen dahingehend gemacht hatte, dass ihr Vater ein Faschist gewesen sei.

»Papa, sag mal, stimmt das, dass du während des Krieges in der ›Ukrainischen Aufständischen Armee‹ warst und an der Seite der Deutschen gegen unsere Landsleute gekämpft hast?«

Ihr Vater hatte gezögert, dann jedoch bestätigt, dass er Mitglied der »UPA« gewesen war. »Wir mussten was tun. Die Rote Armee war im Anmarsch und wir mussten versuchen, sie aufzuhalten. Das verstehst du nicht. Jemand, der das nicht erlebt hat, kann da gar nicht mitreden.« Er hatte ihre Zweifel mit ein paar Sätzen abgetan. Diesem »Totschlag-Argument« wusste sie tatsächlich nichts mehr zu entgegnen. Das Thema war jedoch Anfang der 90er-Jahre noch einmal in einem ganz anderen Zusammenhang aufgeflammt, als Oleg Dzierwa vom Besuch bei seinem Freund Friedrich von Sploen in Mannheim zurückgekommen war. Sie erinnerte sich noch genau, wie er von den wunderbaren gemeinsamen Abenden in Friedrich von Sploens Herrenzimmer geschwärmt und in Erinnerungen über alte Zeiten geschwelgt hatte:»Jeden Abend saßen wir zusammen beim Wodka. Alles war so wie früher.« Er seufzte:»Da kann einen schon die Wehmut packen! Wenn ich so darüber nachdenke, was wir damals für gestandene Kerle waren! Wir hatten noch Mumm in den Knochen und haben dem Feind die Stirn geboten!«

Jozefina hatte sich damals unter einem Vorwand zurückgezogen. Sie hatte ihrem Vater nicht länger zuhören wollen, insbesondere wenn er die Kriegserlebnisse verherrlichte. Vor allem aber wollte sie keine Einzelheiten wissen. Vielleicht hatte sie ja Angst davor, sie müsse das Bild, das sie von ihrem geliebten Vater hatte, danach von Grund auf revidieren.

Genau diese Selbstzweifel waren es, die ihr in letzter Zeit, genauer gesagt seit sie in Deutschland war, nun immer wieder hochkamen. Auslöser dafür war sicherlich die Frau im Bus, diese Iga, gewesen, die sie massiv mit der Rolle ihres Vaters vor 1945 konfrontiert hatte. Auch wenn Jozefina selbst im Zwiespalt war, so hätte sie das doch Dritten gegenüber nie zugegeben. Ihr Vater war seit Jahren tot und das Thema für sie mit seinem Tod abgeschlossen. Über Tote sprach man nun mal nicht schlecht, sie empfand das als Blasphemie.

Jozefina zog erneut an ihrer Zigarette, nahm einen tiefen Zug und spürte die beruhigende Wirkung, die das Nikotin auf ihren Seelenzustand hatte. Die letzten Blätter fielen allmählich von den Bäumen und bedeckten den braun verfärbten Rasen. Der Winter stand vor der Tür. Nun war sie schon über drei Monate in Deutschland und pflegte Friedrich von Sploen.

Es war wirklich keine einfache Arbeit. Sie hatte das von Anfang an gewusst. Nur dass es so anstrengend sein würde, darauf war sie nicht gefasst gewesen. Harald von Sploen hatte nicht übertrieben, als er sie vorgewarnt und versucht hatte, ihr dezent beizubringen, dass sein Vater kein einfacher Mensch sei. Während der letzten Wochen hatte sie mehr und mehr nachvollziehen können, warum er schon sehr früh auf Distanz zu seinem Vater gegangen war. Gleichzeitig war ihr klar geworden, warum ihr Vater und Friedrich von Sploen sich so gut verstanden hatten. Im Grunde waren sie aus ähnlichem Holz geschnitzt, hatten viele verwandte Züge, wenn auch ihr Vater letztendlich doch wesentlich zurückhaltender gewesen war. Trotzdem musste Jozefina sich ziemlich bald eingestehen, dass all das, was sie an ihrem Vater nicht gemocht hatte, in besonders ausgeprägter Form in Friedrich von Sploens Wesen zutage trat.

Der alte Mann hatte einen überaus schwierigen Charakter. Seine Sturheit und Rechthaberei waren nur schwer zu ertragen. Und sein ständiger Befehlston eine regelrechte Tortur. Er hatte sie von der ersten Stunde an herumkommandiert und zwar den lieben langen Tag. »Jozefina hier, Jozefina da. Komm her! Mach das! Mach jenes! Bring mir dies! Bring mir das!« Dabei verzog er keine Miene und »danke« oder »bitte« kamen in seinem Wortschatz nicht vor. Auch die schwere Krankheit hatte nichts an seiner militärischen Grundhaltung geändert. Er war der fleischgewordene Oberbefehlshaber.

Sie fragte sich manchmal, ob die Krankheit Friedrich von Sploen erst so bösartig gemacht hatte oder ob er, was sie bei dem Gespräch mit seinem Sohn zwischen den Zeilen herausgehört hatte, schon immer so unausstehlich gewesen war. Aufgrund der Erzählungen ihres Vaters hatte sie sich Friedrich von Sploen zwar als strengen und ernsten Mann vorgestellt, aber nicht geglaubt, dass er derart despotisch und rechthaberisch sein würde. Jozefina war sich darum auch noch immer nicht ganz sicher, was Ursache und was Folge war, und neigte dazu, es zu seinen Gunsten zu interpretieren und seine oftmals kränkende Umgangsweise ihr gegenüber seiner Krankheit zuzuschreiben. Denn es gab auch Tage, wo Friedrich von Sploen, dieser Hüne von einem Mann, plötzlich eine ganz andere Seite zeigte. Wenn er dann zusammengekauert in einer Ecke des Zimmers saß und wie ein kleiner Junge weinte, hilflos, verloren, eingeschlossen in seiner eigenen Welt, tat er ihr unendlich leid. Jozefina nahm ihn dann in ihre Arme und versuchte ihn, so gut sie konnte, zu trösten. In solchen Momenten erinnerte sie sich an das Versprechen, das sie seinem Sohn gegeben hatte, nämlich seinem Vater die bestmögliche Betreuung und Pflege zuteilwerden zu lassen.

Es war jedoch nicht immer leicht, Wort zu halten, denn es kam nicht selten vor, dass sich Friedrich von Sploens Stimmung von einem zum anderen Augenblick änderte und er plötzlich ohne erkennbaren Grund zu schreien und zu toben anfing. Diese Schreikrämpfe, in denen er fluchte, sie beleidigte und aufs Übelste beschimpfte, konnten stundenlang andauern. Sie wusste dann nicht, wie sie ihn bändigen sollte, denn egal, was sie versuchte, er war durch nichts zu beruhigen. Es gab jedoch auch Situationen, in denen er nach kurzer Zeit wieder ganz von selbst verstummte. Dann igelte er sich ein und sprach kein einziges Wort mehr. Seine Gesichtszüge erstarrten ebenso wie sein ganzer Körper.

An manchen Tagen weigerte er sich sein Bett zu verlassen, lag bewegungslos auf dem Rücken und starrte nur schweigend zur Decke. Dann wiederum gab es Momente, da war er hyperaktiv, stand ständig auf, rannte hierhin und dahin, treppauf, treppab und Jozefina musste ständig zur Stelle sein und aufpassen, dass er nicht die Treppe hinunterfiel oder sogar aus einem der Fenster kletterte. Anscheinend hatte er vergessen, Gefahren realistisch einzuschätzen.

Die seelischen Wechselbäder, die er Jozefina durch sein Verhalten bereitete, waren nur schwer erträglich und es gab viele Momente, in denen Jozefina den Tränen nahe war. Dann fragte sie sich, ob sie das durchhalten würde und ob das Geld, das ihr laut Testament irgendwann zukommen sollte, dieses Opfer wirklich wert war. Der Krankheitsverlauf war nicht abzuschätzen. So sehr sie ihm ein langes Leben wünschte, so sehr fragte sie sich aber auch, ob sie dieses Leben hier an seiner Seite noch jahrelang ertragen könnte.

Neben den seelischen Strapazen war die Pflege auch eine nicht zu unterschätzende körperliche Herausforderung. Friedrich von Sploen war zwar hager, aber durch seine Größe von fast 1,90 Metern hatte er doch ein beträchtliches Gewicht. Glücklicherweise hatte Jozefina kurz vor ihrer Abreise in Polen einen Schnellpflegekurs absolviert, der ihr jetzt von großem Nutzen war. Ohne die hilfreichen Handgriffe wäre es ihr kaum möglich gewesen, Friedrich von Sploen zu mobilisieren. Trotzdem gab es Situationen, in denen gar nichts mehr ging und der beste Handgriff nichts nutzte. Wenn er sich total verweigerte und sich wie ein Sack an sie hängte oder sich ganz steif machte, musste sie die Waffen strecken. Dann gab sie auf und ließ ihm seinen Willen. Und so kam es durchaus vor, dass er manchmal den ganzen Tag im Schlafanzug herumlief oder umgekehrt die ganze Nacht in seinen Kleidern und Schuhen im Bett lag. Mit der Zeit lernte sie, sich damit abzufinden und vor allem nicht immer ein schlechtes Gewissen zu haben.

Schon seit einiger Zeit hatte Jozefina heftige Rückenschmerzen, die wahrscheinlich von der ständigen einseitigen Belastung herrührten. »Ich darf alles, bloß nicht krank werden!«, sagte sie sich immer wieder und schluckte eine weitere Voltaren. Gott sei Dank hatte sie die Schmerztabletten im Medizinschrank von Friedrich von Sploen gefunden. Was würde passieren, wenn sie den alten Mann nicht mehr pflegen konnte? Dann würde sie alles verlieren, was Harald von Sploen ihr in Aussicht gestellt hatte. Denn das Erbe war an die Bedingung gebunden, dass sie Friedrich von Sploen bis an sein Lebensende pflegte. All ihre Träume würden zerplatzen wie eine Seifenblase.

Aber es waren nicht nur die materiellen Verlustängste, die sie beschäftigten. Viel mehr plagte sie das Versprechen, das sie Harald von Sploen gegeben hatte. Für Jozefina war es eine Frage der Ehre. Sein Versprechen musste man halten. In diesem Sinne hatten ihre Eltern sie nun mal erzogen. Sie würde es nicht schaffen, so einfach über ihren Schatten zu springen.

»Jozefina! Jozefina!« Friedrich von Sploen brüllte aus Leibeskräften aus seinem Zimmer im ersten Stock »Komm sofort her! Ich muss aufs Klo!«

Jozefina drückte ihre Zigarette aus und sprang auf. »Ich komme!« Sie eilte hinauf in seinen Schlafraum.

»Nie bist du da, wenn man dich braucht, du liederliches Frauenzimmer!« Wie so oft machte er ihr Vorwürfe und beschimpfte sie. »Du riechst nach Rauch. Du weißt, dass ich dir das untersagt habe! Dem Personal ist es verboten im Herrenhaus zu rauchen! Wie oft muss ich dir das noch sagen!«

Jozefina ersparte es sich, ihm etwas auf seine Anwürfe zu erwidern. Es war müßig und brachte absolut gar nichts, mit ihm diskutieren zu wollen. Er konnte ihr sowieso nicht mehr folgen und es hätte die Situation nur eskalieren lassen. Darum zog sie ihn, ohne zu antworten, aus seinem Bett. Er hängte sich mit seinem ganzen Gewicht an ihre Schulter, während sie ihn zur Toilette begleitete. Sie schloss die Tür hinter ihm, um eine gewisse Intimsphäre zu wahren und ließ sich draußen auf einem Hocker nieder.

›Wie soll das bloß weitergehen?‹ Sie seufzte. Es war wieder einer dieser unerträglichen Momente, in denen sie das Gefühl hatte, erdrückt zu werden.

Sie fühlte sich alleingelassen mit dieser Situation. Tante Evelyn schien noch immer in Australien zu sein und den Rechtsanwalt wollte sie nicht anrufen. Was würde sie ihm schon sagen können? Ein Gespräch mit ihm würde mit Sicherheit so enden, dass er ihr nahelegte, zurück nach Polen zu fahren und das Erbe auszuschlagen. Dann käme sie zweifellos unter Zugzwang und müsste sich sofort entscheiden. Aber das wollte sie auf gar keinen Fall. Wenn sie sich doch wenigstens mal mit jemandem austauschen könnte! Das würde ihr schon helfen. Aber es gab nun mal absolut niemanden, mit dem sie über ihre Probleme reden konnte. Sie kannte keinen Menschen hier in Mannheim, war total isoliert.

Friedrich von Sploen nahm sie rund um die Uhr in Anspruch, sodass sie gar keine Zeit gehabt hatte, zu jemandem Kontakt aufzunehmen. Selbst bei der Gartenarbeit hatte sie niemanden gesehen, da das Grundstück an allen Seiten zugewachsen war. Ob das so gewollt war oder ob es einfach an der mangelhaften Pflege der Büsche lag? Sie wusste es nicht. Jedenfalls hatte sie bei ihrer Ankunft einen total verwilderten Garten vorgefunden, an den schon seit Jahren niemand Hand angelegt hatte. Nur wenn sie auf der erhöhten Terrasse saß, konnte sie ab und zu aus der Entfernung einige Nachbarn ausmachen, aber sie waren zu weit weg, um sich mit ihnen zu unterhalten.

Bis zum heutigen Tag hatte sich keine Menschenseele hier blicken lassen. Niemand war zu Besuch gekommen. Entweder hatte Friedrich von Sploen keine Freunde oder er hatte sie alle überlebt, was mit seinen fast 90 Jahren ja durchaus möglich war.

Jozefina hatte anfangs gehofft, dass wenigstens sein langjähriger Hausarzt Dr. Bohnert regelmäßig vorbeikäme. Aber mit dem hatte sich Friedrich von Sploen, gleich nach seiner Entlassung aus dem Krankenhaus total überworfen und ihm Hausverbot erteilt. Er wollte seine Krankheit nicht akzeptieren und hatte dem Mediziner alles Mögliche hinterhergeschrien, wobei »Scharlatan« und »Quacksalber« noch zu den gewählteren Ausdrücken gehörten. Dr. Bohnert hatte es Gott sei Dank nicht persönlich genommen, da er wusste, welche Auswirkungen die Krankheit auf das Sozialverhalten des Patienten haben konnte. Er verzichtete zwar auf künftige Hausbesuche, stellte jedoch weiterhin die Rezepte aus und bat die Chefin der Apotheke am Schloss Friedrich von Sploen die Medikamente zuzustellen. Er kannte Harald von Sploen von Kindesbeinen an und kümmerte sich hauptsächlich ihm zuliebe um seinen Vater.

Nach der Auseinandersetzung mit dem Hausarzt untersagte Friedrich von Sploen Jozefina, auch nur irgendjemanden in die Villa, die er seit einiger Zeit nur noch als das »Herrenhaus« bezeichnete, hineinzulassen. Er drohte ihr, sie sonst wegen Hausfriedensbruch anzuzeigen, was eigentlich kompletter Unsinn war, aber erneut zeigte, wie es tatsächlich um ihn stand.

In der Folgezeit hatte Jozefina darum auch des Öfteren darüber nachgedacht, ob es nicht besser wäre, Friedrich von Sploen entmündigen zu lassen, beziehungsweise, wie man es wohl jetzt nannte, ihn unter Betreuung zu stellen. Aber das war gar nicht so einfach, denn er musste dies entweder selbst beantragen, woran gar nicht zu denken war, oder jemand musste ein solches Verfahren einleiten. Sein nächster Verwandter war sein Sohn, aber der war weit weg. Und Harald von Sploen hatte Jozefina in dem einzigen Telefongespräch, das sie seither geführt hatten, unmissverständlich erklärt, dass er zum gegenwärtigen Zeitpunkt auf gar keinen Fall nach Deutschland zurückfliegen könne. »Wenn mein Vater niemanden in seinem Haus haben will, dann halten Sie sich bitte daran! Und wenn er keine ärztliche Betreuung will, dann ist das eine klare Aussage. Mein Vater hat immer genau gewusst, was er wollte und seinen Willen auch dann, wenn alle um ihn herum anderer Meinung waren, durchgesetzt. Das ist sein Charakter, das hat nichts mit seiner Krankheit zu tun.« Damit war die Angelegenheit für Harald von Sploen erstmal erledigt gewesen. Er hatte Jozefina alles Gute gewünscht und aufgelegt.

Für sie bedeutete dies jedoch, dass sie weiterhin isoliert und allein auf sich gestellt so würde weitermachen müssen wie bisher. Denn, wenn sie es sich so recht überlegte, gab es eigentlich nur zwei Menschen, die sie flüchtig kannte. Das war zum einen der junge Bote von der Apotheke, der einmal im Monat die Medikamente vorbeibrachte und dem sie immer ein großzügiges Trinkgeld gab, und eine der Kassiererinnen aus dem Supermarkt, mit der sie ab und zu ein paar Worte wechselte. Aber mit beiden würde sie nicht über ihre Probleme reden können. Nie in ihrem Leben war Jozefina sich so einsam und verlassen vorgekommen.

»Sie fertig, Herr von Sploen?«, rief Jozefina, während sie die Toilettentür einen kleinen Spalt öffnete.

»Wer ist da?«, rief Friedrich von Sploen von drinnen. »Nennen Sie Ihre Parole!«

»Ich bin's, Jozefina. Ihre Pflegerin. Ich jetzt kommen rein«, entgegnete sie ruhig.

»Nichts da! Abtreten! Sie sind ein Deserteur. Ich werde Sie standrechtlich erschießen. Judenpack! Bolschewiken!« Nun folgten alle möglichen unzusammenhängenden Beschimpfungen.

»Hören Sie, Herr von Sploen, ich jetzt kommen rein und bringen Sie wieder in Bett!« Vorsichtig öffnete sie die Tür. Im selben Moment traf sie ein heftiger Schlag mitten ins Gesicht. Jozefina schrie laut auf vor Schmerz, während Friedrich von Sploen hysterisch lachte. »Hab ich dich erwischt, du kleine Ratte. Peng, peng!« Er formte die Finger wie eine Pistole. »Jetzt bist du mausetot. Nur ein toter Kommunist ist ein guter Kommunist! Alles tot, ja alle mausetot!«, brummelte er vor sich hin.

An diesem Abend lag Jozefina zum ersten Mal bitterlich weinend in ihrem Bett. Sie hatte Eiswürfel in einen Waschhandschuh gefüllt und kühlte damit die Schwellung an ihrem Auge. Sie würde das nicht länger aushalten. Alle Beschimpfungen und Bösartigkeiten hatte sie geduldig ertragen. Aber wenn er jetzt auch noch damit anfangen würde, sie zu schlagen und körperlich zu misshandeln, das würde sie nicht aushalten. Sie würde morgen früh Harald von Sploen in den USA anrufen und ihm mitteilen, dass sie auf ihr Erbe verzichten werde und er sich eine andere Pflegerin für seinen Vater suchen müsse.

Am nächsten Morgen wurde sie durch das Winseln von Friedrich von Sploen geweckt. Anscheinend war es wieder einer der Tage, wo die Depressionen den alten Mann beherrschten. Kurz darauf lag er schluchzend wie ein kleines Kind in ihren Armen und klammerte sich an sie: »Jozefina, du musst mir helfen. Die wollen mir was antun. Ich habe doch nichts Böses getan. Du musst mich beschützen. Versprich mir, dass du bei mir bleibst! Ich habe doch nur noch dich«, stammelte er in abgehackten Sätzen. Wie konnte sie ihm da noch böse sein? Dass er sie geschlagen hatte, war seiner Verwirrtheit zuzuschreiben. Dafür konnte er ja eigentlich nichts. Aber trotzdem durfte es so nicht weitergehen. Wenn sie wirklich bleiben würde, musste sie sich zumindest bei irgendjemandem aussprechen, einfach mal Dampf ablassen, alles rauslassen, was sie bedrückte.

Und da fiel sie ihr wieder ein, die Frau, die neben ihr im Bus gesessen hatte. Diese Iga, die sie ja eigentlich als sehr unsympathisch empfunden hatte, die jedoch der einzige Mensch weit und breit war, den sie ein bisschen näher kannte. Aber konnte sie Iga wirklich anrufen? Wie würde sie reagieren, wenn sie sich jetzt plötzlich aus heiterem Himmel bei ihr melden würde?

Als sie im August gerade mal zwei Tage hier gewesen war, hatte Iga sie angerufen. Jozefina hatte sie damals abgewimmelt. Zum einen hatte sie tatsächlich keine Zeit gehabt, zum anderen war es ihr jedoch auch ganz gelegen gekommen, da sie kein Interesse daran hatte, diese flüchtige Busbekanntschaft wiederzusehen. Kurze Zeit später hatte Iga ihr noch zwei Mal aufs Handy gesprochen: »Hallo, hier ist

Iga. Du erinnerst dich doch hoffentlich noch an mich, wir saßen im Bus nebeneinander. Geht es dir gut? Melde dich doch bei mir, damit wir uns mal treffen können. Tagsüber kannst du mich bei der Oma, wo ich arbeite, auf dem Festnetz unter 0621-3486791 erreichen.«

»Die hat vielleicht ein dickes Fell«, hatte Jozefina bei sich gedacht und sie natürlich nicht zurückgerufen. Das war im September gewesen. Und jetzt hatten sie November. Einmal, es muss so Anfang Oktober gewesen sein, hatte Iga sogar vor der Villa gestanden. Kurz darauf klingelte es an der Tür. Jozefina hatte ihr jedoch nicht aufgemacht. Das war Igas letzter Versuch gewesen, denn danach hatte sie nichts mehr von sich hören lassen. Anscheinend hatte sie es endlich kapiert.

Jozefina war ein Stein vom Herzen gefallen. Sie war erleichtert gewesen, Iga endlich abgewimmelt zu haben. Doch nun bereute sie es und es tat ihr leid, wie sie mit ihr umgegangen war. Vielleicht hatte sie ihr doch Unrecht getan. Möglicherweise war Iga ja gar nicht so übel. Und außerdem war ihr Vorschlag damals im Bus, sich ab und zu mal zu treffen und sich auszutauschen, offenbar doch nicht so schlecht gewesen. Schließlich waren sie beide in der Pflege tätig und wie sie ja jetzt am eigenen Leibe erfuhr, musste man sich von Zeit zu Zeit auch mal mit einem »normalen« Menschen unterhalten. Iga konnte ihr unter Umständen sogar helfen, ihr einen Tipp geben. Und selbst wenn sie ihr nichts Konkretes raten könnte, wäre sie schon zufrieden damit, wenn ihr einfach mal jemand zuhörte. Sie war sich sicher, dass es ihr danach besser gehen würde.

Jozefina wählte die Nummer, die Iga ihr hinterlassen hatte. Die Mailbox sprang an: »Ich bin gerade nicht erreichbar, aber Sie können mir eine Nachricht hinterlassen, nach dem Piep.« Jozefina legte auf. Sie wollte nicht auf die Mailbox sprechen. Und so beschloss sie, ihr stattdessen eine SMS zu schicken:

»Hallo, ich hoffe, ich bin richtig bei Jadwiga Kaczmarek. Wir saßen im Bus nebeneinander. Liebe Iga, melde dich doch bitte bei mir. Vielen Dank und liebe Grüße Jozefina.«

Hoffentlich war sie nicht beleidigt und würde auf die SMS reagieren!

Zwei Stunden später klingelte Jozefinas Handy. Iga war zwar zunächst etwas kühl und zurückhaltend, taute dann aber doch recht schnell auf und nahm Jozefinas Angebot an, sie in der Oststadt zu besuchen. Jozefina war erleichtert. Gott sei Dank war Iga nicht nachtragend.

»Hör zu, Iga, du musst entschuldigen, dass ich mich erst jetzt melde, aber ich bin hier ziemlich eingespannt und die Situation ist ganz schön schwierig, denn die Alzheimer-Krankheit von Friedrich von Sploen ist doch schon weit fortgeschritten. Er mag keine Fremden in seinem Haus und reagiert mehr und mehr aggressiv, wenn ich mich nicht an seine Anweisungen halte. Wenn du mich also besuchst, müssen wir das so machen, dass Friedrich von Sploen es nicht mitkriegt«, erklärte ihr Jozefina.

»Ich kann mich ganz nach dir richten. Ich gebe meiner Oma einfach eine Schlaftablette mehr und dann schlummert die ein paar Stunden zusätzlich und ich kann weg.« Als Iga dies sagte, bereute Jozefina schon fast, dass sie bei ihr angerufen hatte. Sie empfand es ausgesprochen fahrlässig, einem alten Menschen einfach die Dosis Schlaftabletten ohne ärztliche Anweisung zu erhöhen.

»Ist das denn nicht gefährlich für die alte Dame? Nicht, dass sie am Schluss Schaden nimmt oder vielleicht gar nicht mehr aufwacht!« Jozefina wollte zumindest gegenüber Iga ihre Bedenken geäußert haben.

»Ach was, die alte Schrulle wacht schon deswegen wieder auf, um mich am nächsten Tag von Neuem zu ärgern. Die Alte ist die Pest, hält mich den ganzen Tag auf Trab! Das kannst du dir nicht vorstellen. Aber jetzt sag mir schon, wann ich kommen soll und vor allem, wie ich unbemerkt ins Haus gelange?«

»Hör zu, ich bringe Herrn von Sploen meistens nach der Tagesschau ins Bett. Er versteht zwar nicht mehr, worüber die reden, aber das ist so ein altes Ritual und er besteht darauf, die Sendung zu sehen. Ich denke, am besten ist es, wenn du schaust, dass du so gegen 21.30 Uhr bei mir bist. Bis dahin wirkt meistens seine halbe Schlaftablette«, meinte Jozefina.

»Ja, aber jetzt sag doch schon, wie komme ich in die Villa rein?«, fragte Jadwiga ungeduldig nach.

»Wenn du vor der Villa stehst, siehst du, dass rechts so ein kleiner Trampelpfad nach hinten in den Garten abzweigt. Da gehst du entlang! Wenn du da bist, nimmst du die kleine Treppe an der Rückseite des Hauses, die hinunter zum Keller führt. Die lass ich für dich offen«, beschrieb Jozefina ihr den Weg. »Und dann kommst du einfach hoch ins Erdgeschoss und setzt dich in die Küche. Sowie Herr von Sploen oben eingeschlafen ist, komme ich runter zu dir. Da können wir dann in aller Ruhe etwas zusammen trinken, ein bisschen erzählen und uns einen schönen Abend machen.«

Iga war einverstanden und so verabredeten sie sich für den darauffolgenden Montag. Jozefina war nun doch erleichtert, als sie den Hörer auflegte. Das Treffen mit ihrer Landsmännin würde ihr guttun.

Jadwigas Augen glänzten, als sie ihr Handy zuklappte. Es geschahen doch noch Zeichen und Wunder. Damit hatte sie überhaupt nicht mehr gerechnet. Eigentlich hatte sie die Bekanntschaft abgehakt.

»Blöde arrogante Ziege! Die meint wohl, sie sei was Besseres!«, hatte Iga noch einige Wochen zuvor geflucht, als Jozefina ihr nicht aufgemacht hatte und sie vor der Tür der Villa hatte stehenlassen. Aber nun hatte diese Jozefina anscheinend ihre Meinung geändert. Sie wollte sie unbedingt sehen.

Iga zündete sich eine Zigarette an und lächelte vor sich hin. ›Wer weiß, was sich daraus ergeben wird?!‹ Aber bevor sie weiter darüber spekulierte, wollte sie jetzt erst einmal am Montag dorthin hingehen und sich alles in Ruhe ansehen.

»Iga, kommen Sie doch bitte mal, aber schnell bitte! Ich brauche die Bettschüssel«, rief eine zittrige Stimme aus dem Zimmer am Ende des Flurs.

»Alte Schachtel!«, murmelte Iga leise auf Polnisch vor sich hin. »Wenn die so weitermacht, sorge ich dafür, dass sie ihr einen Dauerkatheter legen. Ich bin doch nicht ihr Hund!« Sie schob ihre Zigarette in den Mundwinkel und machte sich auf den Weg.

8

Jozefina bereute es keine Sekunde, dass sie Iga angerufen hatte. Sie verbrachten einen wunderbaren Abend, rauchten zusammen und tranken Kaffee, erzählten von der Heimat, plauderten über dies und das und vor allem konnte sie mal wieder mit jemandem Polnisch reden. Iga hatte Jozefina sogar ein paar Blumen mitgebracht. Jozefina entdeckte ganz neue Seiten an Iga. Sie konnte unglaublich einfühlsam und verständnisvoll sein, das hätte sie nie von ihr erwartet. Und so fasste Jozefina schon nach kurzer Zeit Vertrauen zu ihr und schüttete Iga ihr Herz aus.

Bis weit nach Mitternacht waren sie zusammengesessen. Iga hatte ihr stundenlang geduldig zugehört und viel nachgefragt. Es war schon erstaunlich, dass ein fremder Mensch ihr so viel Aufmerksamkeit widmete. Dabei hatte Iga doch sicherlich selbst genug Sorgen. Aber sie hatte nichts davon erzählt, sondern war nur auf Jozefinas Probleme eingegangen.

Iga verstand den Konflikt, in dem sich Jozefina befand. »Ich möchte wirklich nicht in deiner Haut stecken. Der Alte scheint ja ein rechtes Ungeheuer zu sein. Aber das Testament ist natürlich auch nicht zu verachten. Und wenn sein Sohn meint, er habe auch noch jede Menge Geld und Gold in der Villa versteckt, stimmt das sicherlich. Hast du denn schon etwas gefunden?«

Jozefina schüttelte den Kopf: »Ich hatte noch gar keine Zeit, irgendetwas zu suchen.«

»Also, wenn ich an deiner Stelle wäre, würde ich mir immer wieder klar machen, dass die Tage des Alten gezählt sind. Das hilft dir sicher, die Situation besser durchzuhalten. Stell dir doch mal vor, bald bist du eine richtig reiche Frau!« Als Iga dies sagte, funkelten ihre Augen.

Igas Enthusiasmus war ansteckend und übertrug sich auf Jozefina. Wie gut ihr doch der Zuspruch der Freundin tat. Wie hatte sie sich nur so in ihr täuschen können. Es tat Jozefina nun unendlich leid, dass sie so abweisend zu Iga gewesen war.

In den folgenden Wochen trafen sie sich immer am Montagabend und so entwickelte sich aus der flüchtigen Bekanntschaft bald eine dicke Freundschaft zwischen den beiden so unterschiedlichen Frauen. Und auch an Heiligabend und Silvester saßen sie zusammen, obwohl die Tage nicht auf einen Montag, sondern einen Freitag fielen.

»Na zdrowie! Auf ein gutes neues Jahr 2011!« Iga hatte eine kleine Flasche Wodka mitgebracht und Jozefina das Bitter Lemon beigesteuert. Iga hatte darüber hinaus ein kleines polnisches Lebensmittelgeschäft in den Mannheimer E-Quadraten ausfindig gemacht, von wo sie echte Krakauer und Twaróg, weißen Käse, mitgebracht hatte. Während sie die köstlichen Spezialitäten verdrückten, schwelgten sie in heimatlicher Nostalgie. Sie summten leise polnische Lieder vor sich hin, tanzten zusammen und am Schluss machte Jozefina noch ein »Selfie«, ein Foto-

Selbstporträt mit ihrem Handy, auf dem sich die beiden Freundinnen umarmten.

Iga wehrte zunächst ab. »Ich sehe immer furchtbar auf Fotos aus. Lösch das bitte wieder!« hatte sie Jozefina gebeten. Als sie es dann jedoch gesehen hatte, war sie begeistert gewesen. »Mensch, dein Handy macht ja Super-Fotos, das musst du mir unbedingt schicken!« Jozefina versprach Iga, es ihr später auf ihr Handy zu senden.

Sie verlebten einen wunderbaren Abend. Beide hatten sie schon lange nicht mehr so viel gelacht. Sie durften nur nicht zu laut sein, damit Friedrich von Sploen sie nicht hörte. Würde er aufwachen, wäre der Teufel los. Das durfte unter gar keinen Umständen passieren, denn Jozefina war unendlich froh, in Iga eine so gute Freundin gefunden zu haben und konnte sich ihr Leben gar nicht mehr ohne die regelmäßigen Treffen mit der Freundin vorstellen. Manchmal ertappte sie sich dabei, wie sie die Tage bis zum nächsten Wiedersehen zählte.

Die Situation im Hause von Sploen hatte sich seit Jahresbeginn mehr und mehr zugespitzt. Die Krankheit von Friedrich von Sploen war rasant fortgeschritten. Inzwischen saß er nur noch im Rollstuhl oder lag die ganze Zeit im Bett. An die seelischen Erniedrigungen hatte sich Jozefina langsam gewöhnt. Sie schrieb die oftmals obszönen und ordinären Beschimpfungen der Schwere seiner Krankheit zu. Aber die körperliche Arbeit, die sie leisten musste, forderte ihr immer mehr ab. Friedrich von Sploen war mittlerweile inkontinent und es kostete sie einiges an Mühe, ihm die Windeln anzulegen. Ein Hauptproblem bestand darin, dass er diese in der Nacht meist auszog und zerpflückte, sodass Jozefina am nächsten Morgen stundenlang damit beschäftigt war, die ganze Bescherung zu entfernen und alles wieder einigermaßen in Ordnung zu bringen.

Aber Montagabends war fast alles vergessen. Da konnte sie die oft an Dramatik nicht zu überbietenden Situationen aus der Distanz sehen und im Nachhinein hatten manche durchaus auch komische Züge. Sie lachte dann über Vorkommnisse, über die sie, als sie passierten, beinahe geweint hätte. Aber auch Iga profitierte von der Freundschaft zu Jozefina. Denn sie veränderte sich in vielerlei Hinsicht. Wenn Jozefina sich vorstellte, wie sie Iga damals im Bus kennengelernt hatte, wie misslaunig, derb, fast schon unfreundlich sie gewesen war, dann war sie heute kaum wiederzuerkennen, denn nun war sie zuvorkommend, verständnisvoll und feinfühlig. Vielleicht hatte sie ja ihre Tätigkeit als Pflegerin sensibilisiert.

Aber sie hatte sich auch äußerlich verändert. Iga hatte ziemlich viel abgenommen und wirkte darum äußerlich nicht mehr so plump wie damals. Als sie sich einmal versehentlich den Kaffee über ihren Pullover schüttete, hatte Jozefina ihr eine Bluse von sich geliehen. Sie hatte ihr gepasst wie angegossen.

»Du hast aber wirklich gewaltig an Gewicht verloren«, hatte Jozefina voller Anerkennung gemeint. »Wie hast du das denn gemacht?«

»Ach, das ist der Pflegestress. Die Oma scheucht mich ganz schön herum«, hatte Iga lachend erwidert. »Das zehrt.«

Aber Iga hatte nicht nur gewaltig abgespeckt, sie hielt in letzter Zeit auch insgesamt mehr auf sich. Vielleicht hatte ihr ja die gewaltige Gewichtsabnahme Lust auf Mode gemacht. Auch nahm sie Jozefinas Angebot gerne an, sie in Kosmetikfragen zu beraten.

Eines Montagabends stand Iga mit einer neuen Frisur vor ihr.

»Mensch, du siehst ja toll aus! Die kurzen Haare stehen dir prima und auch die Farbe ist super«, schwärmte Jozefina, nachdem Iga sich wie immer zur Hintertür hereingeschlichen hatte.

»Ja, gefällt's dir?« Iga war glücklich über die Reaktion der Freundin.

»Die Frisöse meinte, bei blonden Haaren sei es einfacher, die grauen zu kaschieren und außerdem wären helle Haare auch besser im Alter, dadurch würden die Falten im Gesicht zurücktreten«, erklärte Iga und meinte scherzend. »Ja, wenn man älter wird, muss man halt etwas für sich tun. Schließlich ist die Konkurrenz groß und schläft nicht.«

»Da hast du allerdings recht. Aber mit diesem neuen Look brauchst du die Konkurrenz nicht zu fürchten. Die helleren Haare schmeicheln dir sehr, sie machen deine Züge weicher und lassen dich insgesamt viel weiblicher erscheinen. Und auch, dass du dir die Haare hast schneiden lassen, finde ich gut. In unserem Alter sehen lange Haare einfach nicht mehr gut aus. Du kennst doch sicher den Spruch: ›Von hinten Lyzeum und von vorne Museum‹, Jozefina hielt sich lachend die Hand vor den Mund.

»Nee, den kannte ich noch nicht. Ist aber gut! Jetzt muss mir nur noch der Richtige über den Weg laufen.« Die beiden Frauen stießen an. »Auf die Männer!«

»Meinst du nicht auch, dass wir noch zu jung sind, um allein zu bleiben?«, meinte nun Iga.

»Du kennst ja meine Geschichte.« Als Jozefina dies sagte, hatte sie wieder ihre Situation von vor fast dreißig Jahren bildhaft vor Augen. Sie sah ihr kleines Töchterchen, wie es eines Morgens bewegungslos in seinem Bettchen gelegen hatte. Plötzlicher Kindstod! Und dann kaum drei Jahre später ihr Mann Marian…Er hatte in der Danziger Werft gearbeitet, wo er tödlich verunglückt war. Morgens war er wie immer ganz normal aus dem Haus gegangen und abends war er einfach nicht mehr heimgekommen. Das war so schrecklich gewesen! Erst ihr kleines Mädchen und dann auch noch ihr Mann!

»Und trotzdem, das Leben muss weitergehen! Lass uns noch einen trinken!« Iga prostete Jozefina erneut zu.

»Aber komm, jetzt lass uns nicht immer nur von mir reden! Sag mal, warum bist du eigentlich geschieden? Das hast du mir noch gar nicht erzählt!« Jozefina wollte nicht länger über die schlimmsten Augenblicke ihres Lebens sprechen.

Iga seufzte. »Ach, mein Leben ist chaotisch verlaufen. Du weißt ja, dass mein Mann Metzger war und wir mehrere Fleischereien hatten. Aber nach und nach gingen die alle den Bach runter. Wir haben um unser Geschäft gekämpft wie die Löwen, geschuftet tagein und tagaus und rund um die Uhr. Als wir unseren letzten Metzgerburschen entlassen mussten, habe ich sogar gelernt, wie man Schweine und Rinder schlachtet. Ich könnte dir heute noch wunderbare Schnitzel und Entrecotes schneiden. Ein Tier zu zerlegen ist nämlich gar nicht so einfach, da muss man genau wissen, wo man ansetzt.« In Igas Stimme schwang ein gewisser Stolz darüber mit, ein Handwerk perfekt gelernt zu haben.

»Trotzdem stelle ich mir das schrecklich vor, ein Tier töten zu müssen. Ich könnte das nie!«, warf Jozefina mit sichtlicher Abscheu ein.

»Wenn man muss, kann man alles! Der Mensch ist ein Gewohnheitstier. Beim ersten Mal kostete es mich auch eine gewisse Überwindung. Beim zweiten Tier fiel es mir dann schon wesentlich leichter und irgendwann war es Routine.« Iga zuckte mit den Achseln.

»Aber all das konnte meine Ehe auch nicht retten, denn die ging durch all diese Probleme den Bach runter und am Ende ließen wir uns scheiden. Kinder hatten wir Gott sei Dank keine. Aber das ist ja genauso wie bei dir schon eine Ewigkeit her. Ich habe jedenfalls meinen Ex nie mehr gesehen. Der ist, glaube ich, schon kurz nach unserer Scheidung in die USA ausgewandert. Metzger werden dort immer gebraucht.«

»Du sagst das alles so abgeklärt. Macht es dir denn wirklich nichts aus, keine Familie zu haben?« Jozefina tat Iga leid. Sie kannte das Gefühl zur Genüge von sich selbst. »Ich muss dir ganz ehrlich sagen, wenn mir damals mein Vater nicht beigestanden hätte, hätte ich nicht gewusst, wie ich diese Schicksalsschläge überstehen soll.«

Iga wurde das Thema sichtlich lästig, denn plötzlich meinte sie:»Ich denke, ich sollte jetzt besser gehen.« Sie stand auf und zog ihren Mantel an.»Es ist schon nach Mitternacht und ich bin ziemlich müde.«

»Lass mich dich noch nach draußen begleiten«, Jozefina legte Iga den Arm um die Schulter,»du wirkst so niedergeschlagen.«

»Ach, das vergeht schon wieder«, Iga umarmte Jozefina. »Schön, dass es dich gibt.«

»Pass auf dich auf! Hier am Luisenpark ist es nachts ziemlich dunkel. Und man weiß ja doch nicht, wer sich hier so alles rumtreibt«, warnte Jozefina die Freundin.

»Mach dir keine Sorgen um mich. Unkraut vergeht nicht«, beruhigte sie Iga.

»Aber warte, lass mich dich wenigstens noch bis zur Tür begleiten, denn da unten im Keller ist es stockdunkel. Die Glühbirne hat heute Mittag ihren Geist aufgegeben. Aber ich kann sie erst morgen früh auswechseln, wenn es hell wird, weil ich jetzt nichts sehe«, erklärte Jozefina.

Vorsichtig stiegen die beiden Frauen die dunkle Kellertreppe hinunter. Doch Jozefinas Absicht, Iga wieder unbemerkt aus dem Haus zu schleusen, misslang, denn plötzlich erscholl ein heftiges Poltern aus dem Keller, was natürlich sofort Friedrich von Sploen auf den Plan rief.

»Jozefina, Jozefina! Komm sofort zu mir!«, brüllte er von oben. Und als sie nicht gleich antwortete, brüllte er erneut: »Du verdammte Schlampe, beweg deinen faulen Arsch endlich zu mir nach oben!«

»Ich komme ja schon!«, rief sie, während sie die Kellertreppe hocheilte.»Nicht schon wieder! Dieser alte Tyrann! Lange lass ich mir das nicht mehr gefallen! Hoffentlich hat er nichts gemerkt!«

9

»Zieh doch nicht so! Hast du einen Zahn drauf!« Jennifer war schon jetzt ganz außer Atem, dabei hatten sie noch gut fünf Kilometer vor sich. »Sly! Ich kann dich hier noch nicht von der Leine lassen!« Doch der gebärdete sich wie ein Halbstarker und dachte nicht daran, langsamer zu machen.

Der Verkehr auf der Jungbuschbrücke war wie immer um diese Uhrzeit ›atemberaubend‹ – alles und jeder war in eine Wolke von Abgasen gehüllt. Ein Auto reihte sich ans andere, fast alle hatten nur ein Ziel: pünktlich zu ihrem Arbeitsplatz in eine der zahlreichen Fabriken und Büros auf der Friesenheimer Insel oder in den nördlichen Stadtteilen zu gelangen. Am schlimmsten waren die »Brummis«, die aus ganz Europa mit irgendwelchen Handelswaren kamen. Sie verpesteten die ganze Umgebung.

Auf der Gegenfahrbahn war das Gedränge derer, die sich auf der Bundesstraße 44 in die Innenstadt quälten, um nichts besser. Es war eben die allmorgendliche »Rushhour«, wie die Amerikaner es nannten. Aber wenigstens raste niemand, alle hielten sich brav an die Geschwindigkeitsbegrenzung von 50 Stundenkilometern. Allerdings beruhte dies weniger auf der Einsicht der »freien Bürger«, dass »freie Fahrt« eben doch kein verbrieftes Grundrecht ist, sondern war den Radaranlagen auf beiden Seiten der Brücke zu verdanken.

Jennifer lief mit Sly die Treppe hinunter zur Dammstraße. Sie musste höllisch aufpassen, dass sie nicht ausrutschte, denn in der Nacht waren die Temperaturen, so wie die ganze letzte Woche schon, unter null Grad gerutscht und manche Stufen waren noch immer spiegelglatt. Schließlich war die Sonne ja auch erst vor einer halben Stunde aufgegangen. Die fahlen winterlichen Sonnenstrahlen hatten nicht die Kraft, den Raureif so schnell wegzuschmelzen.

Sie lief mit Sly hinüber zu dem asphaltierten Weg, der am Neckardamm entlangführte und blieb erst einmal stehen. Sie genoss den Ausblick, den sie von dieser Erhöhung auf den Fluss und das Ufer hatte. Was für eine tolle Atmosphäre! Die Neckarwiese wirkte wie in einen Silbermantel gehüllt, auf dem das Sonnenlicht reflektiert wurde. Verdorrte Halme und Äste erschienen ihr, als hätte sie jemand in der Nacht mit Zuckerguss überzogen. Ebenso wie die blätterlosen Bäume, die ihren Winterschlaf hielten und Kräfte sammelten, um dann im Frühjahr erneut zu erwachen. Die ganze Natur schien zu schlafen, eingehüllt in glitzernde Eiskristalle. Über vielen Stellen schwebten sanfte Nebelfetzen. Der Anblick hatte schon fast etwas Mystisches.

Sie schaute sich nach allen Seiten um, es waren weder Radfahrer noch Jogger oder andere Hunde zu sehen. Wahrscheinlich war es denen zu kalt. Wie vernünftig! Sie hätte jetzt auch lieber in den warmen Federn gelegen. Sie schaute sich um. Niemand war in Sicht, sie konnte Sly also beruhigt frei laufen lassen.

Der sauste auch gleich wie ein Blitz die Neckarwiese hinab, sprang über hohe verdorrte Grasbüschel, jagte seinem eigenen Schwanz hinterher und rannte schließlich hinunter zu den großen Steinen der Uferbefestigung. ›Hoffentlich springt er da jetzt nicht rein!‹, dachte Jennifer bei sich. Sly liebte nämlich Wasser jeglicher Art. Als dann ein langer Schlepper vorbeizog, dem eine hohe Bugwelle folgte, stand er mit seinen Vorderpfoten plötzlich im Neckarwasser. Wie von der Tarantel gestochen schnellte er zurück. Anscheinend war ihm das Wasser bei aller Liebe an diesem Morgen zu kalt.

Für Ende Januar war auf dem Fluss recht viel los, denn schon näherte sich der nächste Schlepper. Als Sly ihn wahrnahm, rannte er ihm entgegen und war außer Rand und Band. Auf dem Deck des Kahns hastete ein anderer Hund aufgeregt mit dem Schwanz wedelnd hin und her. Die Art des Bellens und die Körpersprache des Tieres legte die Vermutung nahe, dass es sich um eine Hündin handeln musste. ›Ein schönes Tier‹, dachte Jennifer bei sich, es schien eine Mischung aus einem Golden Retriever und einem Cockerspaniel zu sein.

»Du alter spanischer Macho, du wirst doch wohl nicht fremd gehen wollen. Jetzt komm schon!«, rief Jennifer Sly lachend zu, was den jedoch wenig kümmerte, denn er hatte nur noch Augen für das Objekt seiner Begierde.

›Geschmack hat er ja‹, dachte Jennifer. Da ihr kalt war, hatte sie jedoch keine Lust stehen zu bleiben und ging einfach weiter in Richtung Kammerschleuse. Sly hingegen war sichtlich hin- und hergerissen, gab jedoch schließlich seinen ›Anbagger-Versuch‹ auf und folgte Jennifer.

»Na, du kleiner Filou«, Jennifer kraulte ihn kurz am Kopf. »Du hast dich ja kaum losreißen können! Wenn das Leyla wüsste, dass du mit anderen Hündinnen flirtest. Na, ich weiß nicht.«

Sly schaute sie mit seinen großen braunen Augen treuherzig an, als wollte er sagen: »Verpetz mich bloß nicht! Gucken darf man ja wohl noch.« Und als würde sie ihn verstehen, erwiderte Jennifer: » Schau mal, die Hündin auf dem Kahn war doch sowieso viel zu groß für dich. Und außerdem wartet die Leyla im Tierheim doch schon ganz sehnsüchtig darauf, dass du kommst und deshalb sollten wir uns jetzt mal ein bisschen sputen.«

Seit einem guten halben Jahr ging Jennifer nun schon einmal pro Woche mit Sly auf »große Tour«. Sie wollte ihm Gelegenheit geben, sich mal so richtig auszupowern, denn während des täglichen Gassi-Gehens im Jungbusch war das kaum möglich. Von ihrer Wohnung in der Hafenstraße bis zum Tierheim auf der Friesenheimer Insel waren es hin und zurück immerhin vierzehn Kilometer. Die Tour tat jedoch nicht nur Sly gut, sondern auch ihr. Auf diese Weise konnte sie sich das Joggen sparen, das sie eh nie sonderlich gern gemacht hatte. Und außerdem freuten sich auch die Mitarbeiter des Tierheims, wenn jemand vorbeischaute und sich bereit erklärte, einen der Hunde auszuführen.

Jennifer mochte diesen Weg, denn er war abwechslungsreich. Da war beispielsweise die Flussmündung, wo sich an der Neckarspitze Neckar und Rhein vereinten und dahinter dann plötzlich der Blick auf Ludwigshafen frei wurde. Und kurz darauf waren am gegenüberliegenden Ufer auch schon die ersten Schlote und Kamine der BASF zu sehen und die Metallgeflechte aus Rohren, Zuleitungen und Kabeln. Unglaublich, diese Industrieanlage! Sie hatte mal gelesen, dass es die größte zusammenhängende Industrielandschaft auf der ganzen Welt sei. Auf ihre Weise war sie durchaus reizvoll. Und nachts erst, wenn das Gelände erleuchtet war! Ein faszinierender Anblick, wie die BASF funkelte, als würden sich die Sterne des Himmels auf der Erde widerspiegeln und Himmel und Erde miteinander verschmelzen.

Sie passierten die Order-Station die genau gegenüber der BASF lag. Sie war zu dieser Uhrzeit noch geschlossen. Sie hatte sich mal in einem Artikel mit Orderstationen auseinandergesetzt, die am ganzen Rhein entlang verstreut gewesen waren. Im 19. Jahrhundert hatten sie dazu gedient, den Schiffern Nachrichten zu übermitteln. Ein Boot ruderte damals zu dem Kahn und überbrachte die entsprechenden Botschaften, was sicher aufgrund der Stromschnellen und Strudel nicht ganz ungefährlich war. Später leuchtete dann, wenn sich ein Kahn der Orderstation näherte, ein rotes Licht auf, was dem Binnenschiffer signalisierte, seine Geschwindigkeit zu verringern, worauf ihm von der Orderstation aus die Mitteilung per Handlautsprecher kundgetan wurde. Das mutete schon alles recht romantisch an, trotzdem waren die Schiffer sicher nicht unglücklich darüber gewesen, dass man durch die technische Entwicklung im

20. Jahrhundert wesentlich bequemere Möglichkeiten der Nachrichtenübermittlung fand. Allerdings bedeutete dies auch den Tod der Orderstationen. Die meisten hatte man nach ihrer Stilllegung abgerissen. Insofern fand Jennifer es schon beeindruckend, dass die Mannheimer Orderstation wenigstens in Form einer Gaststätte überlebt hatte. Dies war sicherlich auch einer der Gründe, warum die ARD vor zwei Jahren hier einen ihrer »Tatorte« spielen ließ, in dem Lena Odenthal ermittelte. Was für ein gefährliches Pflaster, auf dem sie sich bewegte!

Sie bogen nun ab in Richtung Max-Planck-Straße und als diese eine Rechtskurve in Richtung Altrhein machte, rannte Sly wie immer los und sprang laut bellend vor der Gaststätte *Dehus* hin und her. Der *Dehus*, wie alle alten Mannheimer das Restaurant nannten, war immer ihr Anlaufpunkt Nummer eins, bevor sie ins Tierheim ging. Im Sommer machte Jennifer oben auf der Aussichtsterrasse bei einem leckeren Eis ihr Päuschen und im Winter wärmte sie sich mit einer heißen Schokolade oder einem Glühwein auf – natürlich je nach Tageszeit.

Die Tür des Restaurants, das eigentlich erst um 11 Uhr aufmachte, öffnete sich. Der ältere Mann in seiner Kochschürze wurde von Sly stürmisch begrüßt und es war nicht zu übersehen, dass die Freude beiderseits war. Dann zog der Mann eine große Bratwurst aus seiner Tasche. Gleichzeitig gebot er Sly Einhalt. »Sitz! Hock disch hie! Braafer Hund!« Sly gehorchte aufs Wort und war von jetzt auf nachher der artigste Hund unter der Sonne. »Ja, so is guud!« Dann gab der Mann ihm seine Belohnung. Sly verschwand mit seiner Wurst in der Schnauze in der Gaststätte.

»Du hast ihn wie immer gut im Griff, diesen Schlawiner! Grüß dich, Schorsch!« Jennifer umarmte ihn herzlich.

»Schä, disch zu sehe, Dschenni. Kumm roi un drink en Gliehwoi mit mer. Es is ganz schä frisch do drauße!« schlug Schorsch, der Besitzer des Speiserestaurant *Dehus* vor.

»Lieber keinen Glühwein, dafür ist es noch ein bisschen zu früh, aber bekomm ich auch eine heiße Schokolade? Da wäre ich nicht abgeneigt.« Jennifer liebte den Geschmack von Schokolade.

»Gibt es etwas Neues?«, fragte Jennifer Schorsch, während sie sich auf der Eckbank niederließ.

»Ned viel. Es kennd ä bissel mehr los soi. Awwer im Janua isses Gschäfd imma zimmlisch ruisch. Du weeschd jo, am meischde is im Summa los, wenn die Feer drauße fahrd und die Leid obens owwe uf de Terrass sitze kenne«, meinte Schorsch.

»Das ist ja auch traumhaft schön und dann noch eines deiner tollen Fischgerichte. Ah, ich liebe deine Küche, Schorsch«, Jennifer geriet ins Schwärmen.

»Ach, iwrigens, wenn de nochher die Hunde ausgfiehrd un die Leyla zurickgebrochd hoschd, do guckschd noch ämol bei ma roi. Isch hab nemmlisch heit a wunnabares Hiaschragu uf de Katt. Un ausnahmsweis mol net mit Spetzle, sondern mit Kadoffelknebb. Isch hab nemmlisch heit Moorsche schun ganz frie in de Kisch gstanne un Kadoffelknebb gemacht. Weeschd, so schääne mit em Haufe Majoran drin un nadierlisch a mit ä bissel Muskadnuss. Un ä Seesel hab isch fer des Ragu kreierd«, Schorsch geriet ob seiner Kochkünste nun selbst ins Schwärmen. »Des schmeckd der beschtimmd. Do laaft ems Wassa unner de Brigg zusamme.« Er lachte über seinen eigenen Witz und fuhr fort: »Un de Sley, der kriggd noch ämol ä Brodworschd, damit der a zufriede is. Gell, moin Guuda!«

Bei Schorschs Beschreibung lief Jennifer tatsächlich das Wasser im Munde zusammen. Kein Wunder, dass das Restaurant auf eine 100-jährige Tradition zurückblicken konnte. Es war neben dem *Hemmlein* in den Quadraten und dem *Ochsen* in Feudenheim eines der wenigen alten Mannheimer Traditionsgasthäuser. Jennifer liebte solche authentischen Orte, wo man das Gefühl hatte, dass die Zeit stehengeblieben war.

»So, jetzt sollten wir aber los, damit wir pünktlich zum Mittagessen wieder da sind. Ich freu' mich schon auf dein köstliches Hirschragout.«

Nachdem sie Leyla im Tierheim abgeholt hatten, tobte Jennifer fast zwei Stunden mit Sly und Leyla herum. Erstens wurde es ihr beim Laufen warm und zweitens wollte sie schon mal im Vorfeld ein paar Kalorien abarbeiten, ob des köstlichen Mahles, das sie erwarten würde. Schorschs Portionen waren reichlich und die Speisen sehr gehaltvoll, mit viel Butter und Sahne. Das waren zwar hervorragende Geschmacksträger, sie würden ihr jedoch am nächsten Tag gleich ein Kilo mehr auf der Waage bescheren. Von wem sie die Vorliebe für schmackhaftes Essen wohl hatte? Von ihrer Mutter Caterina bestimmt nicht, denn die war so was von figurbewusst, filetierte jedes Stück Kuchen erst Mal im Teller, bevor sie es zu Munde führte. Den Boden ließ sie grundsätzlich liegen. Er war ihr zu kohlenhydratlastig! Und auch sonst aß sie extrem langsam und bedächtig, schob jedes Erbschen und Böhnchen erst mal mit der Gabel von der einen auf die andere Seite des Tellers, als wollte sie damit Billard spielen. Jennifer hasste es mit ihrer Mutter essen zu gehen, sie kam sich dann jedes Mal vor wie ein Vielfraß. Vielleicht hatte ihr diese Erbanlage ja ihr mexikanischer Vater vermacht, aber den konnte sie nicht fragen, denn sie hatte ihn ja leider nie kennengelernt.

Jennifer nahm den gewohnten Weg in Richtung Ölhafen. Sly und Leyla waren bereits gut 50 Meter vorausgerannt. Die zwei Hunde waren so was von süß. Leyla, eine Mischung aus Basset und Husky, war ausgesprochen drollig mit ihren kurzen krummen Beinchen. Ob Tiere so etwas wie Liebe füreinander empfinden konnten? Sie war sich nicht sicher, aber ausschließen wollte sie es auch nicht. Die beiden neckten sich, schleckten sich ab, gingen nebeneinander her oder tollten ausgelassen miteinander herum. Hätte sie mehr Zeit und Geld gehabt und vor allem auch eine größere Wohnung, hätte sie Leyla auch noch zu sich nach Hause geholt. Die Hündin war kastriert, insofern würde sie zumindest nicht damit rechnen müssen, dass sie am Schluss in einem Hunderudel leben musste. Aber in ihrer gegenwärtigen Situation ging das beim besten Willen nicht. Sie betrachtete die beiden erneut. Beneidenswert! Hund müsste man sein! Sie seufzte. Jennifer hatte sich vor zwei Jahren von ihrem festen Freund getrennt. Nicht wirklich freiwillig. Aber Mark hatte ihr nicht gut getan, war letztendlich einfach nicht bindungsfähig gewesen. Seither waren ihr schon berufsbedingt jede Menge Männer begegnet. Aber es war wie so oft in ihrem Leben, diejenigen, die ihr gefielen, waren entweder gebunden oder hatten kein Interesse an ihr, und diejenigen, die ihr hinterherliefen, waren ihr meist gleichgültig.»Mister Right« war einfach noch nicht gekommen und faule Kompromisse wollte sie keine eingehen.

Jennifer blickte zurück zum Raffineriegelände, während sie in den Feldweg einbog. Da hinten arbeiteten in einiger Entfernung ein paar Männer an einem der großen runden Behälter. Ansonsten war es hier unten zu dieser Jahreszeit ganz schön einsam, eigentlich wie ausgestorben. Jetzt, Ende Januar, begegnete man im Gegensatz zu der warmen Jahreszeit, wo Eltern mit Kindern, Hundebesitzer, Jogger, Radfahrer, Reiter und Skateboard-Fahrer unterwegs waren, einmal war ihr sogar eine Gruppe auf Segways entgegengekommen, keiner Menschenseele. Wenn sie es sich so recht überlegte, war es schon ein wenig unheimlich hier unten. Wenn jetzt aus irgendeinem Gebüsch ein Psychopath auftauchen würde, so wie in den Schweden-Krimis, wäre sie verloren. So ein Quatsch! Die Fantasie ging mal wieder mit ihr durch. Sie schaute einfach zu viele Horrorfilme und Psychothriller! Und außerdem hatte sie ja die Hunde dabei, da würde ihr sowieso nichts passieren können. Sly beschützte sie auf Schritt und Tritt. Wenn ein Unbekannter nur schnell auf sie zukam oder es sogar wagte, sie anzufassen, war er sofort zur Stelle, knurrte bedrohlich und fletschte die Zähne. Das hatte in der Vergangenheit schon einige Male zu Irritationen geführt. Aber apropos Hunde. Wo waren die denn? Mittlerweile ging sie am *Krebsgarten* entlang und war schon wieder auf dem Rückweg zum *Dehus* und ins Tierheim. »Sly, Leyla! Kommt her!« Keine Reaktion. Die beiden hatten sich anscheinend in die Büsche verdrückt, die sich vom Ende des *Krebsgartens* bis hinüber zur Rückseite des *Dehus* und dem Tierheim erstreckten. »Sly, Leyla! Bei Fuß!«, wieder rief sie nach den beiden. Jennifer fühlte sich nun doch sehr unwohl, so ganz allein in diesem wenig einladenden und unübersichtlichen Gelände. Doch da plötzlich tauchten sie wieder auf, sprangen heraus auf den Acker. Sie rauften miteinander. Jennifer hielt die rechte Hand wie ein Schild über den Augen, da sie von der Sonne geblendet war. Die beiden schienen irgendetwas gefangen oder gefunden zu haben, um das sie sich jetzt stritten. Jedenfalls hatten sie es beide in ihren Schnauzen und zogen es hin und her. Wahrscheinlich ging es darum, wer von ihnen ihre »Beute« nun zu Jennifer apportieren dürfte und dafür das Lob von Frauchen kassieren würde. Schließlich riss ihre Beute auseinander. Leyla ging eindeutig als Siegerin hervor, denn sie kam nun mit dem größeren Stück auf Jennifer zugelaufen, während Sly mit dem kleineren Teil hinterhertrottete. Er war sichtlich enttäuscht.

Leyla ließ ihre Beute vor Jennifers Füße fallen. Es handelte sich um eine zerfetzte große ALDI-Plastiktüte, die an einer Seite ganz aufgerissen war und aus der etwas herausschaute. Jennifer beugte sich nach vorne. Das schien ein gefrorenes Stück Fleisch zu sein.

»Ihr habt doch nicht etwa in Schorschs Küche den Hirschbraten geklaut. Das glaub ich jetzt aber wirklich nicht!«, begann Jennifer zu schimpfen. Als Sly nun auch seinen Teil der Beute vor ihr auf dem Boden ausbreitete, verschlug es ihr die Sprache. Voller Entsetzen wich sie zurück und begann zu schwanken. Alles um sie herum begann sich zu drehen und ein heftiger Brechreiz übermannte sie, während sie gleichzeitig von einer unbeschreiblichen Panik ergriffen wurde. In hohem Bogen entleerte sich ihr Mageninhalt, während sie gleichzeitig das Gefühl hatte, in Panik zu geraten.

Vor Jennifer lag nämlich nicht Schorschs Hirschbraten, sondern der Fuß eines Menschen. Es musste der Fuß einer Frau sein, denn die roten Lackreste an den Nägeln der drei noch vorhandenen Zehen waren noch immer zu erkennen.

10

Jennifer saß neben Schorsch in der Gaststube. Sie zitterte noch immer am ganzen Leibe. Auch Schorsch war sichtlich schockiert. »Wenn isch mer des vorstell, dass do schun seid Daache odder Woche ke hunnerd Meeda hinna moim Haus Deile vunnere Leisch rumligge, do werds mer ganz onnerschd.« Er kaute an seiner Unterlippe und bewegte seinen Kopf leicht hin und her. Schorsch konnte es einfach nicht fassen. »Jedzd habb isch den Bedrieb schun so long do hunne uf de Insel, awwer sowass is mer noch net vorkumme.«

»Und Ihnen ist in den letzten Wochen wirklich nichts aufgefallen?«, fragte der Polizeibeamte nochmal nach, der mit ihnen am Tisch saß und in einem kleinen Block alles notierte, was die beiden zu Protokoll gaben. »Ein Auto, das etwas abgeladen hat, oder eine Person, mit einer großen Tasche oder Tüte, die sich auffällig oder seltsam verhielt? Jemand mit einer Schaufel oder einem Spaten, der sich in die Büsche geschlagen hat? Oder nachts irgendwelche auffälligen Geräusche?« Er wollte ihrem Gedächtnis ein wenig auf die Sprünge helfen.

»Nachds heerd ma imma mol was. Des is normaal. Es weer ea koomisch, wenn ma nix heere deed. Driwwe im Tiaheim, ah, do belle imma mol die Hunde, awwer, dess muss dann net glei heeße, dass sich do enna im Gebisch rumdreibd. Die belle a so, wenn nix iss. Isch hab misch do schun so dro gewähnd, dass isch des gar nimma so bewussd regischdria. Awwer isch kann jedzd werklisch net behaubde, dass do iagendwas Besonneres war.«

»Schade, das hätte uns wenigstens schon mal ein bisschen vorangebracht. Aber die Kollegen suchen und graben ja draußen weiter, es kann ja durchaus sein, dass sie noch weitere Teile finden, die dann vielleicht eher zur Identifizierung der Leiche beitragen«, erläuterte ihnen der Polizeibeamte.

»Womeglisch noch de Kopp!« Schorsch grauste es bei dieser Vorstellung. »Isch glaab, isch brauch jedzd än Willi un du, Dschenni, kriegschd a änna!« Er erhob den Zeigefinger in Jennifers Richtung: »Un isch will kä Widderredd heere! So en Willi is guud fa die Neerfe!« Zu dem Polizeibeamten gewandt, meinte er: »Un Sie, kann isch Ihne a was onbiete? Drinke Se a än Wiljems mid?«

»Nein, danke, ich trinke keinen Alkohol während des Dienstes. Aber einen kleinen Espresso können Sie mir gerne bringen.« Während Schorsch hinterm Tresen verschwand, wandte sich der Beamte Jennifer zu. Sie saß schon die ganze Zeit wortlos und in sich zusammengekauert auf der Bank.

»Meinen Sie, dass wir uns jetzt unterhalten können?« Der Polizist ging sehr behutsam vor, denn Jennifer hatte sich noch immer nicht von ihrem Schrecken erholt.

Jennifer nickte stumm.

»Schildern Sie mir doch bitte nochmals in aller Ruhe den Hergang!«, fuhr er nun fort.

Jennifer berichtete ihm nun detailliert, was sich zugetragen hatte.

»Und Sie haben auch niemanden gesehen, heute oder in den letzten Wochen? Nichts Verdächtiges beobachtet? Denken Sie noch mal nach! Sie sind ja schließlich einmal in der Woche hier mit Ihren Hunden unterwegs.«

Jennifer schüttelte erneut den Kopf. »Hier unten begegnet man in dieser Jahreszeit so gut wie niemandem.«

Der Beamte seufzte. »Ja, dann kommen wir hier jetzt nicht weiter«, stellte er ein wenig resigniert fest. »Dann bräuchte ich für den Augenblick nur noch Ihre Personalien.« Bei dem Namen »Jennifer Trams« stutzte er. »Sagen Sie mal, waren nicht Sie das, die an der Aufklärung der Morde im Jungbusch vor über einem Jahr beteiligt war?« Er betrachtete sie forschend.

»Ja, das war ich, aber auch wenn das so in der Zeitung stand, ich habe da nichts aufgeklärt, ich bin da eher irgendwie reingeschlittert. Die ganze Geschichte hat damals eine regelrechte Eigendynamik entwickelt.«

»So, so, ›reingeschlittert‹!« Der Polizist betrachtete sie skeptisch. »Sie scheinen ja mysteriöse Todesfälle anzuziehen.«

»Meinen Sie, dass Ihre Kollegen da draußen mittlerweile schon etwas herausfinden konnten?« Jennifer überging seinen Kommentar und wechselte das Thema.

»Es sieht nicht danach aus. Sonst hätte sich schon einer gemeldet. Aber so schnell geht das meistens auch nicht. Wir haben jetzt erst mal das ganze Gelände abgeriegelt, um keine Spuren zu verwischen. Und seit einer halben Stunde sind die Kollegen zusätzlich noch mit vier Leichenspürhunden zu Gange, um festzustellen, ob außer dem linken Unterschenkel, der in der Plastiktüte war und dem linken Fuß hier noch andere Teile abgelegt sind. Das würde uns natürlich weiterhelfen. Vielleicht finden wir ja zumindest noch die restlichen Zehen. Im Übrigen haben Ihre Hunde uns durch ihre Herumtoberei die Arbeit natürlich nicht unbedingt leichter gemacht.«

Jennifer ärgerte sich über diese Kritik an Sly und Leyla. »Sie vergessen ganz, dass ohne die beiden Hunde die Leichenteile gar nicht aufgetaucht wären. Vielleicht hätte man sie ja niemals entdeckt«, widersprach sie ihm darum vehement.

»Un wie gehd's en jedzd weida?«, wollte Schorsch wissen, der sich gerade mit zwei Williams Christ und einem Espresso auf dem Tablett wieder zu ihnen setzte.

»Also, Sie beide kommen bitte in den nächsten Tagen bei mir im Präsidium vorbei und unterschreiben die Protokolle! Vielleicht ergeben sich ja bis dahin auch noch ein paar Fragen, die Sie beantworten müssen. Halten Sie sich auf jeden Fall für uns zur Verfügung!«

»Und was passiert mit den Leichenteilen? Kann man aus dem Wenigen überhaupt irgendwelche Rückschlüsse ziehen?«, fragte Jennifer voller Skepsis.

»Die gehen jetzt erst mal in die Pathologie. Das ist was für den Gerichtsmediziner. Der wird uns hoffentlich ein bisschen was dazu sagen können. Und dann werden wir erst mal die ganzen Vermisstenmeldungen durchsehen und die Daten abgleichen und wenn das nichts ergibt, werden wir länderübergreifend arbeiten müssen. Und natürlich geht auch eine Suchmeldung raus. Da sind dann die Medien gefragt. Aber eins nach dem anderen.« Er trank seinen Espresso aus, zwängte sich aus der Bank und verabschiedete sich.

Nachdem der Polizeibeamte gegangen war, saßen Schorsch und Jennifer noch eine ganze Weile zusammen, mittlerweile bei einem zweiten Glas Williams Christ. »Wie kummschen du jedzd hääm? Soll isch dia ä Tacksi ruufe?«

»Ist nicht nötig, Schorsch, ich habe vorhin mit Arteo telefoniert. Er muss jeden Augenblick kommen.«

Da ging auch schon die Tür auf und Arteo stürmte herein. Er ging auf Jennifer zu und schloss sie in die Arme. »Das ist ja schrecklich! Weiß man denn schon was Näheres?«

»Du, das ist noch zu früh, die sind noch kräftig am Spuren sammeln. Vielleicht finden sie ja noch andere Körperteile!« Jennifer wusste nicht, was schlimmer war, wenn sie nun auch noch den Rest der Leiche hier unten finden würden oder wenn es tatsächlich bei dem linken Unterschenkel und dem Fuß bleiben würde. In letzterem Fall stellte sich dann natürlich die Frage, wo sich der Rest der Leiche tatsächlich befand, beziehungsweise wo die nächsten Teile auftauchten, falls sie das überhaupt je tun würden.

Ein paar Tage später stand ein längerer Bericht im »Mannheimer Morgen«, der jedoch nur wenig Aufschluss gab. Man konnte ihm entnehmen, dass es sich bei dem Opfer wohl eher um eine ältere Frau handelte, der Körperbehaarung und der Hautfarbe nach um eine Mitteleuropäerin. Die Nagellackreste stammten eindeutig von dem Produkt Lotus Effect, Farbton 45P der Firma Manhattan. Außerdem sei der Unterschenkel aufgrund des glatten und sauberen Schnitts mit hoher Wahrscheinlichkeit mit einem Beil vom restlichen Bein abgetrennt worden. Beim Abgleich der Vermisstenanzeigen in Baden-Württemberg, Rheinland Pfalz und Hessen mit den Leichenteilen hätten sich leider keinerlei Übereinstimmungen ergeben. Die Polizei bitte darum die Bevölkerung um Mithilfe. Sachdienliche Hinweise oder auch Angaben zu weiblichen Personen, die zu der Beschreibung passten und die seit geraumer Zeit vermisst würden, nähme jede Polizeidienststelle entgegen. Jennifer faltete die Zeitung zusammen. »Wenn das alles ist, was die rausgefunden haben, werden die wahrscheinlich weder den Rest der Leiche noch den Täter finden. Das ist ja überhaupt nichts.«

»Die Beschreibung passt wirklich auf Abertausende von Frauen in ganz Deutschland«, bestätigte Arteo. »Aber vielleicht muss man auch einfach noch ein bisschen warten. Schließlich muss sie ja irgendwo vermisst werden.«

»Nicht unbedingt. Wer sagt denn, dass sie überhaupt hier aus Deutschland ist? Mitteleuropäerin heißt doch in dem Fall nur, dass sie einen hellen Teint hat, möglicherweise blaue, grüne oder graue Augen und hellbraune oder blonde Haare. Diese Angabe schließt vermutlich die südeuropäischen Länder aus, obwohl man sich da auch nicht hundertprozentig festlegen sollte. Sie kann im Prinzip von überall herkommen«, kombinierte Jennifer.

»Kann es sein, dass du gerade schon dabei bist zu ermitteln?« Arteo grinste.

»Gott bewahre! Mit einem so grausamen Fall mag ich nichts zu tun haben. Du weißt ja, meine ›Spezialität‹ ist Ehebruch«, sie grinste. »Damit kenn' ich mich mittlerweile bestens aus.«

Am nächsten Morgen klingelte schon in aller Frühe Jennifers Handy. »Du musst dir unbedingt die Boulevard-Zeitung kaufen. Die hat dir heute eine riesige Schlagzeile gewidmet.« Arteo war am anderen Ende der Leitung.

»Was redest du denn da«, Jennifer war noch gar nicht richtig wach. »Was für eine Schlagzeile?«

»Geh doch schnell rüber zur Tankstelle an der Teufelsbrücke und kauf dir das Käseblatt, dann wirst du schon sehen, was ich meine!« Arteo legte auf.

Jennifer streifte schnell ihren Sweater und die Jeans über ihren Pyjama, schlüpfte in ihre Socken und Turnschuhe und zog ihre Lederjacke an, dann lief sie hinüber zur ARAL-Tankstelle.

Schon von Weitem konnte sie die Überschrift entziffern. »Jennifer Smart jagt ›Jack The Ripper‹ und als Untertitel: Jungbusch-Detektivin übernimmt neuen Fall. Danach war zu lesen. Jennifer Smart von der Detektei ›Smart & Sly‹, die schon 2009 erfolgreich den Mord an der Berliner Fotografin Koko aufklärte, hat sich nun in den Fall eingeschaltet, der seit Tagen ganz Mannheim erschüttert. Nachdem ihr Hund Sly den Unterschenkel einer weiblichen Leiche auf der Friesenheimer Insel aufspürte, hat sie nun mit den Ermittlungen begonnen. Leider ist es uns noch nicht gelungen, eine

Stellungnahme von Jennifer Smart zu erhalten. Aber wir werden unsere Leser natürlich auf dem Laufenden halten.«

»Die haben doch einen Schuss! Jetzt schreiben die schon wieder ›Jennifer Smart‹ und drehen einfach meinen Namen rum. Und die Story, die ist doch von vorne bis hinten gelogen. Ich werde auf eine Gegendarstellung bestehen!« Plötzlich wurde es Jennifer ganz mulmig. »Und was ist, wenn der Täter diesen Artikel liest und diesen Schwachsinn glaubt, der da geschrieben steht?« Am Schluss lauert er mich noch auf oder steht irgendwann vor meiner Tür. Dann bin ich vielleicht sein nächstes Opfer.« Letzteres wollte sich Jennifer allerdings lieber nicht genauer vorstellen.

11

Mittlerweile war ein ganzer Monat vergangen. Ein Monat, der keine neuen Erkenntnisse erbracht hatte. Niemand wurde vermisst und es waren auch keine weiteren Leichenteile aufgetaucht, die Aufschluss über die Identität des Opfers hätten geben können. Gott sei Dank waren Jennifers Befürchtungen bezüglich des Artikels in der Boulevard-Zeitung nicht eingetroffen. Niemand hatte ihr nachgestellt oder sie vielleicht sogar gestalkt. Keine Drohbriefe, keine anonymen Anrufe – nichts! Ihr war ein riesiger Stein vom Herzen gefallen, denn nach der Geschichte vor eineinhalb Jahren war sie ein für alle Mal geheilt. Sie wollte nicht wieder in etwas reingezogen werden. Allerdings hatte sie in letzter Zeit weniger Aufträge bekommen. Vielleicht glaubten ja viele tatsächlich, dass sie in dem Mordfall auf der Friesenheimer Insel ermittle und darum keine Zeit habe, andere Fälle anzunehmen.

Die Stimmung in der Stadt hatte sich zwar nach nunmehr vier Wochen peu à peu verbessert, trotzdem herrschte bei vielen Mannheimern ein großes Unbehagen darüber, dass der Täter noch immer frei herumlief und die Polizei anscheinend überhaupt keine konkrete Spur verfolgte. Insbesondere das Leben auf der Friesenheimer Insel war durch die Bluttat ein anderes geworden. So war es in diesem Jahr in den Schrebergärten hinter der Kammerschleuse, wo Ende Februar normalweise viele Kleingärtner bereits mit dem Umgraben der Beete, mit dem Zurückschneiden ihrer Bäume und Hecken sowie der Aussaat und dem Einpflanzen der ersten Setzlinge beschäftigt waren, extrem ruhig. Nur wenige arbeiteten in ihren Gärten. Meist waren es Männer. Fast keine einzige Frau war zu sehen, sie wagten es anscheinend nicht, sich hier unten auf der Insel allein aufzuhalten. Jennifer konnte das nur zu gut verstehen, zumal auch sie, nach dem was sich zugetragen hatte, ihre »Inseltour« mit Sly erst einmal gestrichen hatte. Stattdessen ging sie nun mit ihm am Verbindungskanal entlang in Richtung Spatzenbrücke. Nachdem Sly jedoch in letzter Zeit dort schon ein paarmal ausgerissen war und sich in den Büschen unter der Kurt-Schumacher-Brücke versteckte hatte, mied sie auch diese Strecke.

Jennifer war dieser Ort unter der Kurt-Schumacher-Brücke schon von jeher unheimlich. Das ganze Gelände, durchzogen von einem Wirrwarr von Fußwegen, die zur Straßenbahnhaltestelle »Rheinstraße«, in die Filsbach, zur Spatzenbrücke, in Richtung Jungbusch oder in die Quadrate führten, war schlecht beleuchtet, mit Büschen zugewachsen und kaum einsehbar. Dazu herrschte hier unten ein ohrenbetäubender Lärm, verursacht von den zahlreichen Autos oder LKWs, die fast Tag und Nacht auf die Brücke hoch drängten oder von ihr herunter in Richtung Stadtmitte bretterten. So wenig sie sich im Jungbusch fürchtete, so beklemmend fand sie es unter der Kurt-Schumacher-Brücke. Was hatten sich die Stadtplaner in den 70ern bloß dabei gedacht, als sie dieses Brückenmonster an dieser Stelle geplant hatten? Die alte Frau Ewald vom ehemaligen Lebensmittelladen an der Ecke Werft- und Beilstraße hatte Jennifer einmal erzählt, wie schön der Luisenring früher ausgesehen hatte. Auch nach dem Krieg waren noch viele der zahlreichen Vorgärten, welche die Häuser am Luisenring zierten, erhalten gewesen. Es hatte damals nur zwei Fahrspuren gegeben und in der Mitte waren die Straßenbahnlinien 1 und 2 oberirdisch entlanggefahren. All das hatte durch den Brückenbau weichen müssen. Die Straßenbahn war unter Tage verbannt worden, wo es dunkel und dreckig war und es nur allzu oft penetrant nach abgestandenem Urin stank. Dort wo die Menschen früher im Parterre oder im ersten Stock in ihre prächtigen Gärten schauten, blickten sie nun auf Betonpfeiler und Fahrbahnen, auf denen in der Höhe ihrer Fenster die Autos vorüberrauschten, so nahe, als wollten sie jeden Augenblick in ihr Wohnzimmer einbiegen. Alles war in eine einzige Wolke von giftigen Abgasen gehüllt. Der Luisenring war an dieser Stelle ein hässlicher, unwirtlicher und menschenfeindlicher Ort, den man, wenn man konnte, mied. Jennifer hatte sich immer gewundert, dass hier noch nie etwas passiert war. Aber gerade jetzt, wo dieser Irre noch frei herumlief, fand sie es nicht besonders ratsam, sich hier unten allein aufzuhalten.

So sehr Jennifer die Angst der Menschen, welche die Friesenheimer Insel mieden, nachvollziehen konnte, so wenig konnte sie sich in die Leute hineinversetzen, die sich gerade aufgrund der Geschehnisse nun magisch von der Friesenheimer Insel angezogen fühlten und sie gerade wegen des Verbrechens aufsuchten. So hatte sich um den Fundort der Leichenteile ein regelrechter »Sensationstourismus« entwickelt. An den Sonntagnachmittagen parkten entlang des letzten Stückes der Max-Planck-Straße zahlreiche Autos Stoßstange an Stoßstange. Aufgereiht wie auf einer Perlenkette standen sie eng aneinandergedrängt auf beiden Straßenseiten bis hinauf zum Damm. Plötzlich schienen alle die

Friesenheimer Insel als ihr Ausflugsziel entdeckt zu haben, wobei sie sich nicht in erster Linie für die Feldhasen, Reiher, Störche und seltenen Vögel des Landschaftsschutzgebietes interessierten. Nein, es war die Leiche, die sie faszinierte, der Schauer und das Entsetzen, das »Gänsehaut-Feeling«, ganz nah dran, aber nicht selbst betroffen zu sein.

Zweifellos profitierte die örtliche Gastronomie von dieser Entwicklung. Insbesondere Schorschs Gaststätte, die dem Ort des Grauens am nächsten lag, war plötzlich gefragt wie fast nie zuvor. Schorsch war an den Sonntagen ausgebucht und der *Dehus* erlebte einen ungeahnten Aufschwung, so wie in seinen besten Zeiten. Und Schorsch wurde auch nicht müde, alle Fragen seiner Gäste geduldig zu beantworten und die Geschichte vom Fund der Leichenteile auch noch zum 500. Mal in epischer Breite zu erzählen.

Aber auch das danebengelegene Tierheim verzeichnete an den Samstagen, an denen es für alle geöffnet war, einen ungeahnten Besucherstrom. Leute, die vorher überhaupt nicht gewusst hatten, wo sich das Tierheim in Mannheim befand, standen nun plötzlich vor der Pforte und baten darum, einen kleinen Rundgang durchs Gelände machen zu dürfen. Und so war eine durchaus positive Begleiterscheinung des Mordfalls, dass mehrere Tiere ein neues Herrchen oder Frauchen fanden. Insbesondere für Leyla interessierten sich gleich mehrere Menschen. Sie war, nachdem sie schließlich den größten Teil der Leiche gefunden hatte, der Star des Tierheims. Und so hatte der Leiter die Qual der Wahl gehabt, in welche Hände er die Hündin schließlich geben sollte, eine Situation, wie er sie so nie zuvor erlebt hatte. Für Leyla endete die Angelegenheit jedenfalls mit einem Happy End. Denn wenn dies auch das Ende ihrer Beziehung zu Sly bedeutete, der ihr von Liebeskummer geschüttelt noch eine ganze Weile hinterherjaulte, so hatte sie doch endlich bei einer kleinen tierlieben Familie ein wunderschönes neues Zuhause gefunden.

12

Es war der letzte Sonntag im Februar, einer dieser nasskalten Tage, an denen Jennifer mal wieder bedauerte, dass Sly keine Katze war, die ja laut Helge Schneider nur auf dem Katzenklo froh war und es dementsprechend gerne aufsuchte.

Nachdem sie mit ihm eine Kurzrunde gedreht hatte, nahm sie erst einmal eine heiße Dusche und lümmelte sich anschließend mit ihrem Kaffeebecher und dem kalten Stummel einer Dunhill auf ihr Sofa. Jennifer war ganz stolz auf sich, denn sie hatte ihren guten Vorsatz, mit dem Rauchen aufzuhören, bis jetzt durchgehalten. Seit Silvester hatte sie keine einzige Zigarette mehr geraucht und das waren ja nun immerhin schon zwei Monate. Und sie hatte auch weder teure Hypnose-Sitzungen noch Nikotinpflaster oder Spezialkaugummis gebraucht. »Kalter Entzug« im wahrsten Sinne des Wortes. Sie nahm den Stummel aus dem Mund und warf ihn in den letzten verbliebenden Aschenbecher.

Es war kurz vor zwölf. Wie jeden Sonntag würde sie sich im »Ersten« den »Presseclub« anschauen. Sie suchte nach der Fernbedienung und zog sie schließlich unter Slys Bauch hervor, der es sich wie immer neben ihr auf dem Sofa gemütlich gemacht hatte und sich jetzt an sie kuschelte. Irgendwie musste er ja seinen Liebeskummer kompensieren.

Als freischaffende Journalistin, und sie empfand sich trotz der Detektei noch immer als solche, war die politische Talkrunde sonntags um 12 Uhr für sie schon beinahe Pflichtprogramm. Es war ganz seltsam, sie hatte diese Sendung schon als kleines Mädchen gesehen. Damals hieß sie zwar noch »Internationaler Frühschoppen« mit Werner Höfer, aber sie erinnerte sich noch genau daran, wie ihr Stiefvater Peter Trams, wenn sie vom Kindergottesdienst zurückkam, vor dem Fernseher im Wohnzimmer saß und den »sechs

Journalisten aus fünf Ländern« zuhörte. Sie hatte sich dann immer auf seinen Schoß gesetzt und solange die Sendung – von der sie offen gestanden nicht viel verstand – mitangeschaut, bis ihre Mutter Caterina aus der Küche gerufen hatte, dass das Mittagessen fertig sei. Wenn sie es sich heute so recht überlegte, war es eine der ersten Fernsehsendungen, an die sie sich überhaupt erinnern konnte. Vielleicht wurden ja auch Fernseh-Gewohnheiten und Vorlieben schon sehr früh geprägt und wer weiß, möglicherweise war durch diese Sendung ja ihr Interesse am Journalismus geweckt worden.

Jedenfalls hatten die vier anwesenden Journalisten im »Presseclub«, wie die Nachfolgesendung des »Internationalen Frühschoppens« seit vielen Jahren hieß, gerade damit begonnen, über das Thema »Fehlherr zu Guttenberg – wie ein Ruf ruiniert wird« zu diskutieren. Dabei ging es um die Plagiatsaffäre bezüglich der Dissertation des amtierenden Verteidigungsminister Karl-Theodor zu Guttenberg. Die Frage war, ob es damit getan sei, dass er seinen Doktortitel zurückgegeben habe und ob er nicht vielmehr auch als Verteidigungsminister zurücktreten müsse, da er seine Glaubwürdigkeit verloren habe. Jennifer verfolgte das Gespräch interessiert und konnte nicht begreifen, wie der Kollege von der BILD-Zeitung immer von »schummeln« sprach und versuchte, die Angelegenheit als Kavaliersdelikt darzustellen. Doch dafür erhielt er heftigen Widerspruch von allen Anwesenden.

»Recht so!« Jennifer nahm einen Schluck Kaffee. »Der spinnt wohl, der BILD-Zeitungsfritze!« Sie war so richtig mit dabei und diskutierte in Gedanken heftig mit, als sie plötzlich durch das Klingeln des Telefons aus ihrer Diskussionsrunde gerissen wurde.

»Ausgerechnet jetzt! Wenn ich mir einmal etwas in Ruhe ansehen möchte!« Sie stand auf und lief hinüber zum Telefon. Dem Display konnte sie entnehmen, dass es sich um eine unterdrückte Nummer handelte. Wer das wohl sein mochte?!

»Ja! Hallo?« Jennifer erhielt keine Antwort. Sie lauschte und konnte leichte Atemzüge vernehmen. »Hallo, wer ist denn da? Sagen Sie schon etwas! Ich höre genau, dass Sie in der Leitung sind.« Plötzlich erschrak sie. Und wenn das nun doch der Killer war und sich ihre schlimmsten Befürchtungen bewahrheiteten?

Sie wollte gerade auflegen, als sich am anderen Ende zögerlich eine Frauenstimme mit einem starken Akzent meldete. In gebrochenem Deutsch fragte sie: »Sie Frau Smart? Frau Jennifer, die Detektivin?«

Jennifer atmete erleichtert auf. »Ja, ich bin Detektivin, also ich bin auch Detektivin, aber mein Name ist nicht Smart, sondern Trams – Jennifer Trams. Aber ich denke, Sie meinen mich. Was möchten Sie denn von mir? Kennen wir uns?«

»Nein, aber ich brauche Hilfe von Sie.« Die Frau am anderen Ende hatte eindeutig einen osteuropäischen Akzent. Sie klang ziemlich verzweifelt.

»Meine Hilfe? Sie meinen, Sie möchten, dass ich etwas für Sie herausfinde? Okay, wie kann ich Ihnen denn helfen? Aber zuvor würde mich noch interessieren, wie Sie heißen. Und von wo aus rufen Sie mich eigentlich an, Sie klingen so weit weg?« Jennifer hatte aufgrund des Rauschens in der Leitung den Eindruck, dass der Anruf nicht aus der Region kam, vielleicht ja nicht einmal aus Deutschland.

»Entschuldigen bitte! Ich Alina Iwancyk. Ich aus Polen anrufen. Aus Darłowo.«

»Tut mir leid. Ich kenne den Ort nicht.« Jennifer konnte sich nicht entsinnen, jemals diesen Namen gehört zu haben. Sie war zwar viel gereist, aber in Polen war sie noch nie gewesen. »Aber wenn Sie in Polen sind, wieso rufen Sie mich denn dann hier in Mannheim an? Ich verstehe das alles nicht ganz. Und wie kommen Sie denn überhaupt auf mich?«

Für Jennifer klang das alles sehr verworren. Dass durch die Berichte in der Boulevard- Zeitung einige Leute hier in der Gegend auf sie aufmerksam geworden waren und ihren Namen kannten, war nicht sehr verwunderlich. Aber dass ihr Ruf bis nach Polen vorgedrungen sein sollte, erschien ihr höchst unwahrscheinlich. Der ganze Anruf kam ihr nun doch äußerst mysteriös vor.

»Hören bitte, ich erklären Sie. Ich Zimmermädchen in Darłowo, in Hotel ›Lidia‹. Darłowo ist an Ostsee. Viel Touristen von Deutschland hier machen Kur. Viele deutsche Zeitung lassen schicken. Und in deutsche Zeitung ich lesen von Sie und Hund Sly.«

»Ach, so!« Jetzt wurde Jennifer einiges klar. Anscheinend war der Frau die Boulevard-Zeitung mit dem Bericht über »Smart und Sly« in die Hände gekommen. Das machte Sinn und klang überzeugend. »Ja, und woher kennen Sie meine Telefonnummer?«

»Ich Mail an Zeitung schreiben und bitten wegen Telefonnummer. Zeitung erst nicht wollen geben. Aber dann verstehen schlimme Situation und sehr freundlich sein und mir Nummer von Sie schicken«, erklärte Alina Iwancyk.

›Von Datenschutz haben die wohl noch nie was gehört‹, dachte Jennifer bei sich, ›aber das passt zu dem Blatt!‹

»Na ja, ich denken«, fuhr die Frau nun fort, »Sie Alina helfen können.«

»Das ist natürlich grundsätzlich schon möglich, fragt sich nur, ob das Sinn macht, Frau Iwancyk.« Jennifer stellte sich das recht schwierig vor. Sie hatte noch nie einen Auftrag aus dem Ausland bekommen. »Warum suchen Sie sich denn keinen Detektiv in Polen?«

»Das nicht gut. Meine Mutter Renata Iwancyk vier Wochen nicht mehr anrufen, nicht gehen an Handy«, begann die Frau weiter zu erzählen.

»Ja, das ist ja alles recht schön und gut, was Sie mir da erzählen, das heißt«, Jennifer korrigierte sich, »vielleicht ist es ja auch nicht gut, aber wie gesagt, Frau Iwancyk, Sie sollten sich jemanden in Polen suchen, der für Sie ermittelt. Das kommt Sie doch viel billiger, als mich von Deutschland anreisen zu lassen«, unterbrach Jennifer sie. Die Frau kam ihr doch sehr naiv vor. Als ob es nicht auch Detektive in Polen gäbe!

»Aber nein, Mutter von Alina in Mannheim verschwinden. Bitte, Sie Alina helfen, bitte, bitte!« Die Stimme der Frau klang verzweifelt.

»Sie wollen damit sagen, dass Ihre Mutter hier in Mannheim verschwunden ist?« Jennifer schluckte, das hatte sie nicht erwartet. »Das ist natürlich etwas anderes. Jetzt begreife ich auch, warum Sie mich anrufen.« Jennifer fiel es wie Schuppen von den Augen, gleichzeitig drängte sich ihr eine fürchterliche Ahnung auf.

»Wie lange, sagten Sie, vermissen Sie Ihre Mutter schon?«, hakte Jennifer nach.

»Vier Wochen! Ende Januar Mutter nach Mannheim fahren. Einmal mir anrufen, dann nix mehr hören. Ich große Sorgen. Katastrophe passieren. Große Angst um Mutter.«

Jennifer fühlte sich plötzlich sehr unbehaglich, denn ein schlimmer Verdacht stieg nun in ihr hoch. Vielleicht lag die Tochter ja gar nicht so falsch. Vielleicht war das ja des Rätsels Lösung und die Mutter von Alina Iwancyk war tatsächlich hier in Mannheim einem Gewaltverbrechen zum Opfer gefallen.

»Hören Sie«, fuhr Jennifer mit gespielter ruhiger Stimme fort. »Ich muss Sie jetzt leider etwas fragen, was Sie vielleicht schockieren wird. Aber Sie haben ja den Artikel in der Boulevard-Zeitung gelesen und wissen, dass wir hier weibliche Leichenteile gefunden haben. Befürchten Sie denn, dass es sich dabei um Ihre Mutter handeln könnte? Sie können sich mir ruhig anvertrauen. Es macht ja keinen Sinn, um den heißen Brei herumzureden.

Alina Iwancyk schluchzte laut auf. »Ja, ich große Angst, dass tote Frau meine Mutter.«

Jennifer spürte, dass sie das alles doch sehr mitnahm, trotzdem versuchte sie einen klaren Gedanken zu fassen. »Gibt es denn eine Möglichkeit, dass Sie hierherkommen und könnten Sie ...«, Jennifer zögerte, dann fuhr sie stockend fort: »Könnten Sie sich vorstellen, dass Sie Ihre Mutter lediglich an ihrem Fuß und Unterschenkel erkennen?« Jennifer kostete es große Überwindung so deutliche Worte zu finden.

»Ich Mutter sicher erkennen. Aber ich nicht können kommen nach Deutschland. Hotel kein Urlaub geben. In Hotel jetzt viel Arbeit. Viele Touristen. Chef Alina nicht gehen lassen. Aber vielleicht tote Frau auch nicht Mutter und Mutter von Alina vielleicht leben.«

»Klar, Frau Iwancyk, das hoffe und wünsche ich natürlich auch. Aber wir sollten auf jeden Fall die Mannheimer Polizei informieren. Und wenn Sie ganz sichergehen wollen, sollte auf jeden Fall ein DNA-Abgleich gemacht werden. Nur dafür braucht die Polizei hier etwas von Ihrer Mutter, was ihre DNA Spuren trägt.«

»Aber ich nicht nach Deutschland können. Wenn ich gehen, dann Chef mich schmeißen raus. Und dann nix mehr Job und nix mehr Geld. Dann ich auf Straße stehen.« Alina Iwancyk klang verzweifelt.

Jennifer tat die Frau leid. Sie befand sich wirklich in einer prekären Situation und Jennifer schien tatsächlich die einzige Person zu sein, die ihr helfen konnte. Darum fuhr sie nach einer Weile fort: »Hören Sie, ich glaube, ich habe eine Idee. Ich werde gleich morgen früh persönlich aufs Polizeipräsidium gehen und mit Kommissar Seefeld sprechen, der hat meines Wissens den Fall übernommen. Ich kenne ihn ein bisschen, er ist ein sehr freundlicher und vernünftiger Mann, kein sturer Paragraphenreiter. Ich könnte mir vorstellen, dass er sich etwas einfallen lässt und Ihnen hilft. Ich kann Ihnen nicht versprechen, dass es klappt, aber ich werde versuchen, ihm Ihre Situation zu erklären. Vielleicht hat er ja eine Idee, wie er an die DNA kommen kann, ohne dass Sie anreisen müssen. Schließlich sind wir ja innerhalb der Europäischen Union und da müssten die eigentlich Mittel und Wege finden, das irgendwie zu regeln. Aber ich brauche auf jeden Fall Ihre Telefonnummer, am besten Ihre Handynummer, damit er Sie erreichen kann, denn er wird sicherlich mit Ihnen persönlich sprechen wollen. Na ja, und dann können wir nur noch hoffen, dass die DNA nicht passt und es eine andere Erklärung für das Verschwinden Ihrer Mutter gibt.«

Alina begann zu weinen. »Ich bin so froh, dass Sie Alina helfen. Sie mir bitte sagen, was kosten.«

»Nun machen Sie mal langsam, noch habe ich ja gar nichts für Sie getan. Jetzt warten Sie erst mal ab, was sich morgen ergibt.«

Nachdem die beiden Frauen alle wichtigen Daten ausgetauscht hatten, legte Jennifer auf.

Sie atmete tief durch und griff nach ihren Zigaretten. Ihre Nerven flatterten. Das Gespräch hatte sie doch mehr mitgenommen, als sie gedacht hatte. Sie hielt die Dunhill-Schachtel in der Hand und betrachtete sie. Dann warf Jennifer sie in den Papierkorb. »Nein, da muss ich jetzt durch!«

13

Jennifers Plan war aufgegangen. Sie hatte Alexander Seefeld an dem Montagmorgen zwar nur wenige Minuten in seinem Büro im Polizeipräsidium sprechen können, ihm jedoch trotzdem in der Kürze der Zeit die wichtigsten Einzelheiten mitgeteilt. Er hatte alles verstanden und ihr versprochen, sich darum zu kümmern. »Ihnen kann ich doch keine Bitte abschlagen«, hatte er augenzwinkernd im Vorbeigehen gemeint. Jennifer hatte sich gefreut, Kommissar

Seefeld nach Jahren einmal wiederzusehen. Er hatte sich kaum verändert, war immer noch ein attraktiver und sympathischer Mann.

Wie erwartet, war Alexander Seefeld sehr kooperativ gewesen und hatte einen Weg gefunden, Alina Iwancyk die Reise nach Deutschland zu ersparen. Er hatte ihr den Papierkram erspart, indem er noch am selben Tag direkt mit den Kollegen in Polen Kontakt aufgenommen hatte. Die wiederum reagierten prompt und so hatte man bereits drei Tage später in Mannheim die DNA abgleichen können. Bereits am Freitagmorgen lag der eindeutige Befund auf seinem Schreibtisch: Der Abgleich der DNA hatte keinerlei Übereinstimmung ergeben. Bei den Leichenteilen, die man auf der Friesenheimer Insel gefunden hatte, handelte es sich eindeutig nicht um die vermisste Renata Iwancyk. Nun war er doppelt froh, die Angelegenheit schnell und unbürokratisch geregelt und Alina Iwancyk nicht für nichts und wieder nichts nach Deutschland zitiert zu haben.

Jennifer atmete auf, als Alexander Seefeld ihr wenige Stunden später die freudige Botschaft in seinem Büro mitteilte.

»Endlich einmal eine richtig gute Kooperation innerhalb der EU! Da soll nochmal einer über sie schimpfen und die Uhren zurückdrehen wollen. Es lebe Europa!«, lachte Jennifer.

»Schön, dass Sie das auch so sehen. Da hat sich in den letzten fünfzehn Jahren schon sehr viel getan. Besonders die Einführung der ›Europol‹ hat die Zusammenarbeit zwischen den Ländern sehr erleichtert. Aber auch der direkte Kontakt funktioniert immer besser. Wenn ich da an früher denke«, er schüttelte den Kopf, »das ist ein Unterschied wie Tag und Nacht.« Alexander Seefeld winkte ab. »Übrigens möchten Sie einen Kaffee?« Kommissar Seefeld lächelte Jennifer freundlich an.

»Gerne, wenn Sie einen übrig haben!« Jennifer war nicht abgeneigt, zumal ihr Alexander Seefeld alles andere als unsympathisch war. Er gehörte zu den Männern, in deren Gegenwart eine Frau sich wohlfühlte. Das war schon damals so gewesen, als sie ihn interviewt hatte. Vier Jahre war es her, dass der Mannheimer Morgen sie beauftragt hatte, unter der Rubrik »Neue Gesichter in unserer Stadt« einen Bericht über ihn zu schreiben. Er war damals von Koblenz nach Mannheim versetzt worden. Sie hatten sich im *Café Journal* am Marktplatz getroffen. Es war ein schwüler Sommertag gewesen. Sie hatten sich draußen an einem der Tische auf dem Marktplatz niedergelassen. Mitten im Interview war plötzlich ein Unwetter aufgezogen, sie hatten es gerade noch rechtzeitig ins Innere des Cafés geschafft.

Eigentlich hatte er ihr damals schon auf den ersten Blick gut gefallen. Er war so ganz anders, als man sich landläufig einen Kommissar vorstellte. Er wirkte so gar nicht wie ein Beamter: steif, bieder, konservativ. Wenn sie nicht gewusst hätte, wer oder was er war, hätte sie ihn für alles Mögliche gehalten, bloß nicht für einen Polizeihauptkommissar, was er eigentlich genau genommen war. Sie hatte ihn damals, wenn sie ehrlich war, nicht nur nett gefunden, sondern sich sogar ein bisschen in ihn verliebt. Sie steckte zu der Zeit wieder einmal in einer handfesten Krise mit ihrem Freund Mark. Insofern war sie vielleicht auch besonders empfänglich für Männer, die ihr signalisierten, dass sie eine begehrenswerte Frau war. Und Jennifer hatte damals das Gefühl gehabt, dass auch Alexander Seefeld etwas für sie empfand. Als sich in dem Interview dann jedoch herausstellte, dass er verheiratet war und einen schulpflichtigen Sohn hatte, war die Seifenblase geplatzt, bevor sie überhaupt hatte aufsteigen können.

Sie betrachtete ihn, während er an der Kaffeemaschine hantierte. Er sah schon toll aus. Er mochte so Anfang 40 sein und war gut gebaut. Breite Schultern und einen knackigen Hintern. Wahrscheinlich ist er im Polizeisportverein oder geht in die »Muckibude« bei dem Body! Jennifer stand auf große schwarzhaarige Männer. Eine der wenigen Gemeinsamkeiten, die sie wohl mit ihrer Mutter Caterina gemeinsam hatte.

Er wandte sich um:»Milch und Zucker?«

»Nur Milch, bitte.« Sie blickte sofort nach oben, hoffentlich hatte er nicht bemerkt, dass sie ihm so unverblümt auf den Hintern gestarrt hatte.

Er setzte sich ihr gegenüber hinter seinen Schreibtisch. »Ich finde es sehr beeindruckend, wie Sie sich für die Frau eingesetzt haben. Das hätte nicht jeder getan. Das hat mir übrigens schon damals an Ihnen gefallen, als Sie mich interviewt haben. Sie haben einen klaren Verstand, wissen, was Sie wollen und sicher auch, was Sie nicht wollen und haben eine ganze Portion Empathie. Das findet man nicht oft.« Er lehnte sich in seinem bequemen Ledersessel zurück, nahm einen Schluck Kaffee und betrachtete Jennifer nicht ohne eine gewisse Süffisanz.

Jennifer spürte, wie sie rot wurde, sie fühlte sich in ihren Gefühlen ertappt. Sie hatte den Eindruck, auf ihrer Stirn würde in großen Buchstaben stehen:»Ich bin in Sie verliebt.«

Schnell wechselte sie das Thema.»Sitzt die Europol nicht in Den Haag?«

»Ja, das tut sie.« Er ging auf ihre Fragen ein, obwohl ihm ihre Unsicherheit nicht entgangen war. Trotzdem machte es ihm Spaß, sie weiter genau zu betrachten.

Jennifer wurde es warm, obwohl das Büro nicht sonderlich gut geheizt war.

»Ich habe immer gedacht, die würden sich nur mit organisierter Kriminalität, Terrorismus, Kinderprostitution und Geldwäsche befassen«, fuhr Jennifer fort.

»Ja, das tun sie hauptsächlich. Sie sind wirklich gut informiert. Aber da gibt es noch wesentlich mehr Bereiche, in denen wir zusammenarbeiten«, erklärte er ihr, ohne den Blick von ihr zu lassen. »Aber wenn Sie das Thema so interessiert, schlage ich Ihnen vor, dass wir das Gespräch an anderer Stelle fortsetzen. Was halten Sie davon, morgen Abend mit mir italienisch essen zu gehen?«

Jennifers Herz schlug in diesem Augenblick höher und schon wollte sie »Ja« sagen, doch da fiel ihr ein, dass er verheiratet war. »So ein Schluri!« Sie landete recht unsanft auf dem Boden der Tatsachen. Das Kribbeln im Bauch war weg und ihre Gesichtshaut nahm wieder ihre natürliche Farbe an. Er war anscheinend genauso wie alle anderen Männer. »Bloß nichts anbrennen lassen!«

»Mögen Sie kein italienisches Essen? Wir können auch zum Griechen gehen oder zum Inder. Sie dürfen es sich aussuchen!« Ihr Schweigen irritierte ihn offensichtlich. Er hatte wohl eine andere Reaktion erwartet.

Jennifer lächelte ihn an. »Schöner Versuch, aber Sie vergessen wohl, dass ich Sie damals auch über Ihr Privatleben interviewt habe. Und ich habe ein gutes Gedächtnis. Ich denke, Sie sollten den Samstagabend lieber zu Hause bei Ihrer Frau verbringen, anstatt mit mir essen zu gehen. Die muss doch wahrscheinlich sowieso schon oft genug auf Ihre Anwesenheit verzichten!«

Er blickte sie erneut amüsiert an. »Da haben Sie allerdings nicht ganz Unrecht. Die muss wirklich auf mich verzichten.«

»Sehen Sie dann ...«, Jennifer konnte ihren Satz nicht zu Ende sprechen, denn er fiel ihr ins Wort.

»Meine Frau muss schon seit«, er überlegte, »acht Monaten auf mich verzichten, weil sie nämlich nicht mehr meine Frau ist. Wir haben uns im letzten Jahr scheiden lassen.«

Jennifer schluckte. Diese Antwort hatte sie nun wirklich nicht erwartet.

»Aber, entschuldigen Sie, dass ich Sie unterbrochen habe. Was wollten Sie noch sagen?« Alexander Seefeld grinste sie an und als sie nicht gleich antwortete, fuhr er fort:»Italiener oder Grieche? Sie wollen doch nicht etwa, dass ich wie so oft einsam vor meinem Montepulciano sitze und traurig an der Pizza knabbere. Können Sie das verantworten? « Jennifer musste lachen. Sie hatte sich wieder gefangen. »Sie haben recht, das kann ich wirklich nicht verantworten.«

»Der kleine Italiener, zu dem ich meistens gehe, ist in der Schwetzinger Vorstadt. Kennen Sie den?«
Jennifer schüttelte den Kopf:»Ich komme selten in diese Gegend.«
»Dann lassen Sie sich doch einfach überraschen. Dort gibt es nämlich die beste Pizza von Mannheim. Also, einverstanden? Morgen Abend um acht Uhr?«
Jennifer nickte.»Sie haben mich überzeugt.«
»Darf ich Sie abholen?«, meinte er, während er aufstand. Dann hielt er einen Moment lang inne, um schließlich fortzufahren:»Sie wohnen doch in dem Haus gegenüber der Tankstelle in der Hafenstraße. Stimmt's? Oder sind Sie mittlerweile umgezogen?«
»Daran erinnern Sie sich?«, erwiderte Jennifer erstaunt, während auch sie sich erhob.
»Ja, auch ich habe ein gutes Gedächtnis und besonders diesen Tag habe ich noch sehr plastisch vor Augen. Es schüttete damals wie aus Kübeln und deshalb habe ich Sie nach Hause gefahren.« Alexander Seefeld begleitete Jennifer zur Tür und reichte ihr die Hand:»Ich freu mich auf morgen und vor allem freu ich mich auf den Abend mit Ihnen!«
Als er die Tür hinter ihr geschlossen hatte, glaubte Jennifer zu träumen, sie hatte das Gefühl aus dem alten Mannheimer Polizeipräsidium auf Wolke Sieben hinauszuschweben.

14

Was für eine schöne Pizzeria! Was für eine wunderbare Pizza, aber vor allem, was für ein toller Mann. Jennifer konnte es nicht glauben. Sollte ihr endlich mal jemand über den Weg gelaufen sein, bei dem alles stimmte? Ein Mann, in den sie sich verliebt hatte, der ungebunden war, und der sich auch in sie verliebt hatte? Ihr Mr. Right?

Während sie die Treppe in der Hafenstraße hinauf in ihre Wohnung stieg, ließ sie den Abend nochmals Revue passieren: Punkt acht Uhr hatte Alexander Seefeld vor ihrer Tür gestanden und sie abgeholt. Für einen Augenblick hatten sie Zweifel geplagt. ›War das nicht furchtbar spießig, wenn einer so übertrieben pünktlich war?‹ Quatsch! Das war ein Zeichen seiner Zuverlässigkeit.

Es war ein interessanter Abend gewesen. Alles, was er erzählte, war spannend und hatte Hand und Fuß. Und was der alles wusste! Und darüber hinaus war er unglaublich witzig! Er hatte einen feinsinnigen Humor und man konnte so wunderbar mit ihm lachen. Und seine kleinen zärtlichen Annäherungsversuche! Als er mit ihr angestoßen und dabei spielerisch mit einem Finger ihre Hand berührt hatte, das war ein so prickelndes Gefühl gewesen. Und wie er sie den ganzen Abend mit seinen braunen Augen angesehen hatte. »Ha!«, sie seufzte tief. Und dann der zärtliche Kuss beim Abschied im Auto. Eigentlich war es kein richtiger Kuss gewesen, aber seine weichen vollen Lippen, die für einen kurzen Augenblick spielerisch über ihre Wange geglitten waren … Was für ein Gefühl! Und was für ein Kribbeln im Bauch!

Trotzdem war Jennifer ein wenig traurig, denn er hatte ihr in der Pizzeria eröffnet, dass er am nächsten Tag für eine Woche mit seinem Sohn zum Skilaufen ins Wallis fahren würde. »Jan freut sich schon tierisch darauf. Ich habe ihn schon als Dreikäsehoch auf die Bretter gestellt und heute fährt mir der Knirps fast davon. Die letzten zwei Jahre waren wir immer in den Faschingsferien Skifahren. Ich bin mal gespannt, wie es läuft, das erste Mal ohne seine Mutter, nur er und ich?!«

»Für Kinder ist das immer eine ziemlich Katastrophe, wenn sich die Eltern trennen.« Jennifer konnte Alexander Seefelds Bedenken gut nachvollziehen.

»Aber manchmal geht es halt nicht anders und eine Trennung ist die beste Lösung für alle Beteiligten.« Es schien, dass er seine Entscheidung nicht bereute.

Acht lange Tage würde Jennifer ihn nicht mehr sehen. So eine lange Zeit! Wie sollte sie das nur aushalten? Quatsch! Was waren schon acht Tage, angesichts dessen, dass sie schon seit Jahren auf diesen Märchenprinzen gewartet hatte.

Gerade als Jennifer die Wohnungstür aufschloss, klingelte das Telefon. Sly, der sofort aufs Sofa sprang, was soviel hieß wie: »Setz dich jetzt endlich zu mir, wenn du mich schon nicht zu deinem Rendezvous mitnimmst und mich den ganzen Abend allein lässt«, war sichtlich frustriert, als Jennifer nicht zu ihm, sondern zum Telefon eilte.

Am anderen Ende war Alina. Jennifer konnte sich nicht zurückhalten. »Ich freue mich so für Sie, dass es sich bei der Toten von der Friesenheimer Insel nicht um Ihre Mutter handelt.«

»Ich auch froh, trotzdem Alina immer noch große Sorgen haben wegen Mutter. Nicht telefonieren.«

»Überlegen Sie doch nochmals. Kann es denn nicht sein, dass Ihre Mutter woanders hin gereist ist? Vielleicht hat sie ja ihre Pläne geändert?« Jennifer versuchte Alina zu beruhigen. »Vielleicht hat Ihre Mutter ja noch andere Freunde in Deutschland?«

»Mutter keine Freunde in Deutschland. Nur nach Mannheim gehen.« Jennifers Worte konnten Alina anscheinend nicht überzeugen.

»Übrigens haben Sie mir noch gar nicht erzählt, was Ihre Mutter überhaupt hier in Mannheim wollte und wen sie besuchte. Vielleicht könnte ich ja da mal hingehen. Haben Sie denn keine Adresse?« Jennifer fiel nun auf, dass sie darüber noch gar nicht geredet hatten. Sie hatten sich so darauf versteift, dass Renata Iwancyk das Opfer dieses mysteriösen Killers sein könnte, dass sie gar nicht auf die Idee gekommen war, nach dem Naheliegenden zu fragen. Allerdings fand sie es nun auch seltsam, dass Alina es ihr nicht von selbst erzählt hatte.

»Ich keine Adresse, nicht wissen, wo Mutter hingehen. Großmutter letzte Monat sterben und Mutter von Alina später sagen: ›Muss nach Deutschland fahren.‹ Viel komische Sachen passieren. Aber zu viel, Alina nicht alles am Telefon sagen können. Alina viel nicht verstehen. Aber bitte, Sie Alina helfen.«

»Aber wie soll ich Ihnen helfen, wenn ich überhaupt keinen Anhaltspunkt habe!« Jennifer war ratlos.

»Alina nicht kann Deutschland kommen, aber ...«, sie zögerte, wagte kaum ihre Frage zu stellen, »aber vielleicht Sie Polen kommen?«, und bevor Jennifer antworten konnte, fügte sie hinzu: »Darłowo schöne Stadt. Liegt an Meer, an Ostsee.«

»Aber wo denken Sie hin, ich kann doch nicht nach Polen kommen. Das ist viel zu weit!« Jennifer fand den Vorschlag absurd.

»Alina Flug zahlen und Zimmer in Hotel und auch kleine Honorar geben. Alina Geld sparen, das ich geben Sie. Aber muss Mutter finden. Bitte!«

Diese Alina Iwancyk war wirklich hartnäckig. Sie fühlte ja wirklich mit der Frau. Und es war auch rührend, wie sehr sie sich um ihre Mutter sorgte. Trotzdem würde Jennifer ihr Angebot ablehnen. Polen! Wenn es wenigstens Spanien oder Italien wäre. Und dazu noch im März! Da war es dort elend kalt. Was sollte sie im Winter an der Ostsee?

Aber dann kamen ihr Alexanders Seefelds Worte in den Sinn, wie sehr er sie dafür bewunderte, dass sie der Frau so selbstlos geholfen hatte. Na ja, bei dem Hotel handelte es sich um ein Wellnesshotel mit Schwimmbad und SPA-Abteilung mit allem Drum und Dran. Vielleicht sollte sie sich ja einfach mal verwöhnen lassen. Und außerdem würde die Reise nach Polen sie auch ein wenig ablenken und die Zeit verkürzen, bis Alexander mit seinem Sohn aus dem Wallis zurückkehrte.

Und so änderte Jennifer ihre Meinung:»Okay. Sie haben mich überzeugt. Reservieren Sie mir ein Zimmer. Ich werde mich um einen Flug kümmern. Über das Finanzielle reden wir dann vor Ort. Ich denke, wir werden uns da schon einigen.«

Alina weinte vor Freude.»Das ich Sie nie vergessen. Sie nicht bereuen werden.«

Arteo war von Jennifers geplanter Polenreise nicht sonderlich angetan und erklärte sie im Gegensatz zu Alina für verrückt, als sie ihm Sly brachte.»Du kennst die Frau doch überhaupt nicht. Wie kann man für einen wildfremden Menschen tausend Kilometer quer durch Europa fliegen? Aber, Jenny, du bist alt genug, du musst wissen, was du tust!«

»Das hast du ganz richtig erkannt, mein lieber Arteo. Jedenfalls danke ich dir, dass du dich um Sly kümmerst. Ich bin ja auch in ein paar Tagen schon wieder zurück.« Und ohne weitere Kommentare abzuwarten, gab sie Arteo einen Kuss auf die Wange und Sly einen auf die Nase und schon war sie verschwunden. Zurück im Atelier blieben ein überrumpelter Arteo und ein frustrierter Vierbeiner.

»So sind sie, die Frauen, lassen uns Männer einfach im Stich! Und was machen wir beide jetzt?«, meinte Arteo schließlich zu Sly, indem er sich zu ihm hinabbeugte und ihn kraulte. Der gab nur ein beleidigtes langgezogenes Jaulen von sich. Es schien, dass die beiden sich ausnahmsweise mal einig waren.

15

Die Propellermaschine der polnischen Fluggesellschaft LOT machte einen Höllenlärm. Jennifer bereute nun doch, dass sie nicht den Lufthansa-Flug von Frankfurt nach Gdansk oder Danzig, wie es früher hieß, gebucht hatte. Aber der wäre doch um einiges teurer gewesen und sie hatte Alina Iwancyk keine unnötigen Kosten verursachen wollen. Trotzdem, so richtig wohl war es ihr nicht in dieser Kiste. Sie schloss die Augen und träumte vor sich hin. Alexander fuhr wohl jetzt gerade mit Jan bei strahlendem Sonnenschein eine der weitläufigen Pisten des Wallis hinunter. Blauer Himmel, eine überwältigende Bergkulisse, überall glitzernde Schneekristalle und die beiden dazwischen, wie sie im Pulverschnee den Hang hinabschwangen. Wie gerne wäre sie jetzt mit den beiden unterwegs ... Doch halt! Sie konnte doch gar nicht Skifahren. Der Gedanke, dass sie wahrscheinlich nie mit den beiden würde in Skiferien gehen können, ernüchterte sie schlagartig. Vielleicht würde Jan sie überhaupt nicht akzeptieren und Jennifer immer an seiner Mutter messen, die sicherlich eine ambitionierte Skiläuferin war. Das Ende der Beziehung war vorprogrammiert! Aber was für eine Beziehung? »Ich bin doch bescheuert. Da gehe ich einmal mit ihm aus, wir duzen uns noch nicht mal und richtig geküsst haben wir uns auch noch nicht und ich sehe mich schon in einer festen Beziehung und als die künftige Stiefmutter seines Sohnes! Ich male mir schon wieder viel zu sehr alles aus und am Ende wird dann doch nichts draus!«, haderte sie mit sich selbst.

Wie verabredet, begab sich Jennifer in Gdansk in die Empfangshalle, wo sie auch schon den Mann mit ihrem Namensschild sah. Kurz darauf saß sie in seinem Taxi auf dem Weg nach Darłowko. Draußen war alles grau in grau. Kilometerweit Felder, so weit das Auge reichte, dazwischen verfallene Gehöfte. Alles war irgendwie heruntergekommen und machte einen tristen Eindruck. Genauso hatte sie es sich vorgestellt. Wie konnte man als halbwegs vernünftiger Mensch nur in dieser Jahreszeit nach Polen reisen! Im Sommer, wenn alles blühte, mochte es ja ganz schön sein. Aber Anfang März! Arteo hatte schon irgendwo recht gehabt mit seinen Einwänden. Aber sie war ja schließlich nicht zum Vergnügen hier, sondern hatte eine Mission zu erfüllen.

Die Fahrt von Gdansk nach Darłowko dauerte länger als der Flug von Frankfurt nach Gdansk. Darłowko selbst erschien ihr auf den ersten Blick langweilig, zumindest das, was sie bei ihrer Ankunft noch davon erkennen konnte, denn draußen hatte es schon zu dämmern begonnen. Vom Hotel ›Lidia‹ war Jennifer jedoch angenehm überrascht. Gleich in der Eingangshalle befand sich eine gemütliche Bar und auch die Rezeption war einladend. Die Lobby war großzügig gestaltet, hell erleuchtet mit viel Glas, schönen Lampen und geschmackvollen Teppichen. Bei den Bildern, die an den Wänden hingen, handelte es sich ausschließlich um Originale. Ölbilder und Aquarelle mit Motiven aus der Region. Hier hatte jemand mit einem sicheren Geschmack gewirkt.

Jennifers Zimmer befand sich im obersten Stock. Sie hatte von hier aus einen weiten Ausblick bis hinüber zu dem eigentlichen Darłowo. Denn der Hauptort, der bis 1945 so wie ganz Hinterpommern deutsch gewesen war, hieß damals Rügenwalde und der vorgelagerte Ort am Meer Rügenwaldermünde. Später hatte man die deutschen Namen in polnische abgeändert und fortan hießen sie Darłowo und Darłowko. Sie hatte im Internet ein bisschen recherchiert. Schließlich wollte sie ja wissen, wo sie hinreisen würde.

Die Ostsee konnte sie nicht einmal vom siebten Stock aus sehen, obwohl sie ganz in der Nähe sein musste. Sie konnte nur erahnen, dass sie sich wohl hinter dem kleinen Kiefernwäldchen befand, das sich wie ein Streifen am Strand entlangzog und so den Blick auf die Küste verdeckte.

Jennifer hatte Hunger. Sie hatte seit dem Morgen nichts mehr gegessen und das Mini-Sandwich, das man ihr im Flugzeug gereicht hatte, war längst verdaut. Sie blickte auf ihre Armbanduhr. Noch eine halbe Stunde, dann durfte die zweite Gruppe das Büffet stürmen.

Das Hotel war ausgebucht. Der größte Teil der Leute war mit großen Autobussen, manchmal sogar mit zweien oder dreien desselben Reiseveranstalters, hierher gekarrt worden. Für so viele Gäste reichte der Platz im Speisesaal nicht aus. Also musste eine Gruppe früher und die andere später essen. Jennifer war leider für die spätere Uhrzeit eingeteilt worden.

Plötzlich klopfte es. Vor ihrer Tür stand eine blonde Frau mit kurzen, fransig geschnittenen Haaren in einem weinroten Kleid und einer weißen Schürze darüber. Anscheinend war das die Hoteluniform der Zimmermädchen. Die junge Frau lächelte Jennifer freundlich an.

»Sie sind doch bestimmt Alina Iwancyk?«

Sie nickte.

»Kommen Sie doch rein.« Jennifer öffnete die Zimmertür noch weiter.

»Ich noch arbeiten. Ich nur ›Guten Tag‹ sagen. Ist Zimmer gut?«

»Ja, wunderbar. Das ist wirklich ein schönes Hotel, hier muss man sich wohlfühlen«, schwärmte Jennifer. »Sie haben nicht zu viel versprochen.«

»Ja, Hotel sehr gut. Vier Sterne«, erklärte sie und fuhr fort: »Ich morgen frei haben, Zeit haben zu reden. Okay?«

»Ja, gerne. Ist Ihnen zehn Uhr recht? Unten in der Lobby?«, schlug Jennifer ihr vor.

»Zehn Uhr gut, aber nicht Hotel, bitte. Lieber am Meer, nicht weit, fünfzig Meter.« Sie zeigte mit der Hand in die Richtung, wo sich das kleine Kiefernwäldchen befand.

Jennifer war damit einverstanden. Sie war gespannt, was Alina Iwancyk ihr wohl alles eröffnen würde.

16

Es war, als wollte der Himmel Jennifer belohnen. Denn als sie am nächsten Morgen die Vorhänge aufzog, war die Landschaft in warme Sonnenstrahlen gehüllt. Wie anders doch gleich alles aussah! Freundlich und einladend! Trotzdem wich Jennifer beim Öffnen der Balkontür schnell zurück, denn es war, obwohl die Sonne schien, draußen bitter kalt.

Der Speisesaal war total überfüllt. Alle schienen gleichzeitig frühstücken zu wollen. Es waren fast ausschließlich alte Leute, die sich hier zum Kuren eingefunden hatten. Die Reiseveranstalter schienen große Kontingente eingekauft zu haben, denn beim Blick auf die Preisliste wunderte sich Jennifer, wie das Hotel bei dem Preis-Leistungsverhältnis überhaupt überleben konnte. Aber wahrscheinlich machte es die Masse und die Tatsache, dass das Personal sehr wenig verdiente.

Am Frühstücksbüffet war erkennbar, dass sie sich im Norden und am Meer befand, denn mindestens die Hälfte der Platten waren mit Lachs, Hering und Sardinen belegt, was nicht unbedingt Jennifers Frühstücksgewohnheiten entsprach. Trotzdem konnte sie nicht widerstehen, von fast allem ein bisschen zu probieren.

Gut gesättigt machte sie sich eine halbe Stunde später in Richtung Ostsee auf. Hinter dem schmalen Kieferwäldchen erstreckte sich auf der linken Seite ein feiner weißer Sandstrand so weit das Auge reichte. Auf der rechten Seite ragten die beiden Molen weit ins Meer hinaus. Sie bildeten dort ein kleines ovales Hafenbecken, wo die Wieprza, die ehemalige

Wipper, in die Ostsee mündete. Schon komisch, dass das hier alles einmal zu Deutschland gehört hatte. Für sie war es Polen, sie kannte es ja nicht anders, aber die Deutschen, die hier einmal gelebt hatten und nach dem Krieg vertrieben worden waren, musste es schon seltsam anmuten, ihre Heimat und ihre Wurzeln für immer verloren zu haben.

Sie schaute hinüber zu dem Leuchtturm, der sich an der Hafeneinfahrt befand, und konnte dort eine Gestalt ausmachen. Als sie näher kam, konnte sie erkennen, dass es Alina Iwancyk war. Als Jennifer mit ihr telefonierte, stellte sie sich eine einfache Frau mittleren Alters vor, eine biedere, unscheinbare Frau vom Land. Gestern in ihrer Hoteluniform war sie dieser Vorstellung auch in etwa nahegekommen, obwohl der flotte modische Haarschnitt so gar nicht zu ihrem restlichen Erscheinungsbild passen wollte.

Heute sah Alina nun nochmals ganz anders aus in ihren engen Jeans, den hohen Stiefeln und ihrer schönen hellen Jacke mit der pelzbesetzten Kapuze. Alina Iwancyk war eine moderne junge Frau und sicherlich um einiges jünger als Jennifer. Sie schätzte, dass sie höchstens Ende zwanzig war.

»Schön, dass Sie kommen zu Alina. Vielen, vielen, vielen Dank!« Alina Iwancyk reichte ihr die Hand. Ihre tiefempfundene Freude schien echt zu sein, denn sie hatte Tränen in den Augen.

»Ist schon gut. Sie brauchen sich nicht so oft zu bedanken. Aber abgesehen davon denke ich, wir sollten uns duzen. Geht das für Sie in Ordnung?«, schlug Jennifer vor.

»Sehr, sehr gerne!« Alina war froh und erleichtert, dass Jennifer ihr so unverkrampft gegenübertrat.

»Wohnst du hier? Hast du denn mit deiner Mutter zusammengelebt?«, wollte Jennifer wissen, während sie an der Mole entlangspazierten.

Alina erzählte ihr nun, dass sie seit ihrer Geburt mit ihrer Mutter und Großmutter nicht in Darłowko am Meer, sondern in dem weiter östlich gelegenen Darłowo gelebt hatte. »Und jetzt ich ganz alleine in große Haus. Großmutter Mitte Januar sterben und Alina nicht wissen, wo Mutter ist.«

»Und es war tatsächlich so, dass deine Mutter kurz nach der Beerdigung deiner Großmutter nach Mannheim aufgebrochen ist?«, wiederholte Jennifer noch einmal. »Und deine Mutter hat wirklich nicht gesagt, was sie in Mannheim will?«, hakte sie noch einmal nach.

»Sie nur sagen, ›muss Mannheim gehen, weil das versprechen, wenn Mutter sterben‹«, erklärte ihr Alina.

»Das bringt uns natürlich überhaupt nicht voran. Und du hast keine Ahnung, was deine Mutter in Mannheim gewollt haben konnte?«, grübelte sie weiter.

Alina antwortete ihr nicht, worauf Jennifer stehen blieb und sie erwartungsvoll anblickte. »Ich glaube, du verschweigst mir was!«

»Nein, nix verschweigen, Alina alles sagen. Aber ich dir etwas zeigen wollen. Du kommen mit in Haus von Alina. Wir hier gehen, immer an Fluss, schöne Weg. Nur drei Kilometer nach Darłowo. Immer geradeaus.«

Jennifer war einverstanden. Ein bisschen Bewegung konnte ihrer Figur nichts schaden nach dem üppigen Frühstück. Aber besonders die Luft hier an der Ostsee tat ihr gut. Sie hatte das Gefühl, dass hier ihre Lungen so richtig durchgepustet wurden. Wer weiß, vielleicht würde es ihr sogar das Abgewöhnen des Rauchens erleichtern.

Der Weg entlang der Wieprza war idyllisch. Sie schaute den Schiffern zu, die mit ihren bunten Kähnen an beiden Seiten des Flussufers vor Anker lagen. Dort hatten auch einige ihre Stände aufgebaut und verkauften nun ihren fangfrischen Fisch, umringt von Dutzenden von Möwen, die nur darauf lauerten, ein paar Stücke von dem Fang zu ergattern. Sie gingen an mehreren alten Kähnen vorbei, die auf Grund gelaufen und teilweise sogar durchgebrochen waren. Ihr Rumpf ragte bizarr zwischen Algen, Tang und

Wasserpflanzen mit dem Bug oder Heck aus dem Wasser und Jennifer konnte es nicht lassen, ein paar Fotos von diesen, wie sie fand, malerischen Motiven zu machen. Wobei die Eigentümer dieser Wracks den Anblick wahrscheinlich ganz anders empfanden, da ihre Existenz von diesen Schiffen mal abhängig gewesen war.

Als sie in Darłowo ankamen, zeigte Alina ihr den historischen Marktplatz und die Marienkirche, dann bogen sie in die Ratuszowa-Straße ein. Vor dem Haus mit der Nummer siebzehn blieb sie stehen. Es war ein altes Gebäude, Jennifer schätzte, dass es Mitte des 19. Jahrhunderts errichtet worden war. Ein paar schöne Details ließen sich noch erkennen, der größte Teil des Fassadenschmucks war jedoch abgebröckelt. Das Haus befand sich in einem so jämmerlichen Zustand, dass es vergebliche Liebesmühe gewesen wäre, hier auch nur einen Euro an Renovierungskosten zu investieren. Sie gingen hoch in den zweiten Stock.

»Hier ich wohnen«, meinte Alina, während sie mit einem altmodischen Schlüssel die Tür aufschloss.

Eine Viertelstunde später saßen die beiden Frauen bei einer Tasse Kaffee am Küchentisch. »Entschuldigen, alles sehr einfach hier, aber keine Geld für neu machen.«

»Kein Problem«, beruhigte sie Jennifer und fuhr fort, »aber jetzt hol doch mal das her, was du mir zeigen wolltest!

Alina kam mit einem Brief zurück, den sie Jennifer aushändigte. Sie öffnete den Umschlag, es waren zwei Bögen, die beidseitig beschrieben waren. Jennifer schaute sie sich an, dann faltete sie die Blätter wieder zusammen und schob sie in den Umschlag. Sie legte den Brief auf den Tisch. »Tut mir leid, aber ich kann das nicht lesen, weder Schrift noch Sprache. Was ist das für eine Schrift? Kyrillisch? Und ist das Russisch?«

Alina nickte: »Oma geboren in Ukraine, dort kyrillische Schrift. Aber nix Russisch! Ukrainisch!«

»Ja, aber was soll ich mit diesem Brief?« Jennifer hatte keine Ahnung, inwiefern dieser Brief in kyrillischer Schrift und in ukrainischer Sprache ihr bei der Suche helfen sollte. »Oma geben Amulett und Brief an meine Mutter und an Alina. Wenn Oma sterben, meine Mutter Brief lesen und dann gleich fort nach Mannheim. Aber Mutter nur Amulett mitnehmen, Brief vergessen. Das gut, vielleicht Informationen in Brief stehen, vielleicht helfen.«

»Und kannst du lesen, was da steht?« Jennifer blickte Alina fragend an.

Die schüttelte den Kopf. »Ein paar Wörter verstehen. Keine gute Wörter!«

»Kannst du den Brief nicht hier von jemandem übersetzen lassen?« Jennifer fand, dass dies die einfachste Lösung sei. »Dann erfahren wir vielleicht mehr.«

Alina schüttelte vehement den Kopf und erklärte ihr, dass sie das auf gar keinen Fall wolle. Hier würden sich alle kennen und es würde sich wie ein Lauffeuer rumsprechen, was in dem Brief stand. Die wenigen Worte, die sie verstanden hätte, verhießen nichts Gutes, da sei von Mord und Totschlag die Rede. Sie bat darum Jennifer, den Brief mitzunehmen und ihn in Deutschland übersetzen zu lassen. Außerdem solle Jennifer den Inhalt für sich behalten und mit niemandem darüber reden.

Jennifer nahm das Schreiben und auch mehrere Fotos von Alinas Mutter Renata an sich. Sie versprach ihr beim Abschied, alles in ihrer Macht Stehende zu tun, um ihre Mutter zu finden. Sie werde einen Dolmetscher suchen, der ihr den Brief übersetzen könne.

Alina gab Jennifer noch ein zweites Kuvert. Als sie hineinschaute, sah sie, dass sich darin tausend Euro befanden.

»Für Auslagen von Flug und Taxi«, meinte Alina.

Jennifer empfand zunächst Skrupel, so viel Geld anzunehmen, denn sie wusste genau, wie hart Alina ihr Geld verdienen musste. Doch schließlich steckte sie es ein, allerdings nur unter der Bedingung, dass darin dann auch schon die Übersetzungskosten für den Brief mitinbegriffen seien und auch ein Teil des Honorars. Jennifer brachte es nicht übers Herz, ihr das zu berechnen, was sie sonst verlangte. Aber hier ging es schließlich auch nicht darum, einen Ehemann auf Freiersfüßen in flagranti zu erwischen. Leider war die Sachlage hier wesentlich dramatischer. Auch wenn sie versucht hatte, Alina, was den Verbleib ihrer Mutter anbelangte, Mut zu machen, so musste sie sich doch insgeheim eingestehen, dass sie bei der ganzen Sache kein gutes Gefühl hatte.

17

»Isch will jedzd endlisch zu Meckdonnels! Du hoschd mers verschproche, Muddi!« Die 13-Jährige quengelte schon die ganze Zeit.

Doch die Mutter ließ sich nicht beirren. »Fer disch hawwe mer grad eewe unne in de Budikk die Dschiehns gekaaft. Jetz geb ämol endlisch Ruh, Madamm! Jetzt will isch ämol fer misch gugge, ob isch net a noch was finn. Die Windersache sin nämmlisch alle mordsmeeßisch redduziad. Isch weer jo bleed, wenn isch des net ausnitze deed.«

Sie schlängelte sich mit ihren Taschen und Tüten zwischen den kreuz und quer aufgestellten Kleiderständern hindurch, fast überall sprangen ihr Plakate mit der Aufschrift »Sale« oder »Eiskalt reduziert« ins Auge. Die Frau blieb hier und da stehen, zog den einen oder anderen Kleiderbügel heraus und stritt sich mit einer hinterlistigen Schnäppchenjägerin um einen Pullover, nach dem beide gleichzeitig gegriffen hatten. Ein Hin- und Herziehen folgte. Schließlich ließ sie los, es war eh nicht ihre Größe.

Obwohl es offiziell schon seit Jahren keinen Winterschlussverkauf mehr gab, hatten fast alle Bekleidungshäuser seit Anfang des Jahres ihre Preise radikal gesenkt. Aber nun war es März und alles musste endgültig raus und so war die Winterkleidung noch einmal heruntergesetzt worden. 30 Prozent, 50 Prozent, ja sogar 70 Prozent Rabatt waren keine Seltenheit, denn man brauchte Platz für die neue Sommermode, die schon zum Auspacken bereitlag. Darum war auch an diesem Freitagnachmittag in dem Bekleidungshaus die Hölle los. Überall standen die Leute Schlange. An den Kassen und besonders vor den Umkleidekabinen wurde gedrückt und gedrängelt. Und wie es in denen aussah! Früher hatten die Kunden die Kleider, die sie anprobierten, anschließend wieder auf den Bügel gehängt und zurückgebracht. Mittlerweile glaubten viele, dass das nicht mehr ihre Aufgabe sei und ließen Berge von Kleidungsstücken an den Haken hängen oder auf den Hockern, Ablagen, manchmal sogar auf dem Boden liegen.

»Muddi, jedzd mach endlisch! Isch hab Hunger wie en Beer!« Erneut meldete sich die Tochter zu Wort.

»Mensch, du machschd misch ganz verrickd mid doina Driwilirerei. Do, hoschd zäh Euro, du Kweelgeischd! Jetzt gehschd halt schun ämol voa zum Meckdonnels am Wasserturm un holschd der was. Isch kumm glei nooch.« Die Mutter war froh, auf diese Weise erst einmal ihre Tochter loszuwerden. Der passte das zwar nicht, aber schließlich schwirrte sie ab.

»Ach, du heilischa Bimmbamm! Do siehd's vielleischd aus! Do kennds jo ennere Sau grause! Wie bei Hembels unnerm Soffa!« stöhnte die Frau, als sie endlich eine freie Kabine ergatterte. Alles lag und hing voll mit Kleidern, welche Leute vor ihr anprobiert und einfach zurückgelassen hatten. Selbst der Boden war damit bedeckt. Da es im Parterre sowohl eine Herren- als auch eine Damenabteilung gab, war das Sortiment entsprechend vielfältig. »In demm Kabuff konnschd disch jo net ämol rumdrehe, so eng isses do!« Trotzdem zwängte sie sich hinein, denn sie hatte keine Lust, noch länger in der Schlange zu warten und wahrscheinlich sah es in den anderen Umkleidekabinen auch nicht besser aus!

Sie hängte, oder besser gesagt, sie presste die sechs Teile, die sie sich ausgesucht hatte, auf einen der Haken. Er war zwar noch mit den Kleidern der Vorgänger beladen, im Vergleich zu den anderen gab es an ihm jedoch wenigstens noch ein bisschen Platz. Ihre drei großen Plastiktüten stellte sie unterhalb des Spiegels und der ebenfalls belagerten Sitzbank auf den Boden. Dann begann sie mit der Anprobe.

Sie betrachtete sich im Spiegel: »Schä isses jo, awwer ädeitisch zu klää!« Das nächste Teil war zu kurz. Das dritte zu groß. »Des hett isch jetzt gar net gedenkd, onscheinend bin isch doch net so dick.« Der folgende Pulli trug zu sehr auf. Das Zopfmuster befand sich mitten auf dem Bauch. »Welscha Debb dud en sowas endwerfe. Der hot jo wohl net alle Tasse im Schrank. Do seh isch drin aus wie ä Tonn!« Nummer fünf roch bereits nach dem Schweiß derer, die es vor ihr anprobiert hatten. Sie blickte aufs Etikett: »Kä Wunna; hunnerd Brozend Poliäschda! Des kummd beschdimmd aus Schina!« Und die Tunika schließlich war ihr zu teuer. »Die is jo gar net reduziead. 89 Euro! A die hawwe wohl en Schuss!« Sie betrachtete die Sachen. Sollte der ganze Aufwand wirklich für nichts gewesen sein? Nein, sie wollte auch etwas für sich mit nach Hause nehmen. »Herrschafd noch ämol, isch muss misch endscheide!« Sie dachte laut nach: »Des erschde Deil war jo gar net so schleschd gewese. Iwwer de Buse hods ä bissel gschpannd, awer sunschd wars doch gar net so schleschd. Wenn isch zwee bis drei Killo abnämme däd, däds eigendlisch sitze wie ongegosse. Isch muss mer des noch ämol ongugge.« Sie versuchte das erste Teil unter den anderen fünf Bügeln herauszuziehen. Und da passierte es. Alles rutschte vom Haken herunter und wie bei einer Kettenreaktion fielen sämtliche Kleidungsstücke herunter auf die Bänke, Ablagen und den Boden. Sie begruben ihre sämtlichen Plastiktüten und Taschen unter sich und sie selbst stand wadentief in Textilien.

»Jetzd langds mer! Isch hab die Nas gschdrische voll!«, fluchte sie. Nichts würde sie kaufen! »Blooß naus aus demm Kaoss!« Sie befreite ihre Beine von den Kleidern, griff zwischen ihnen hindurch nach ihren Plastiktüten und ihrer Handtasche und zog sie heraus. Gerade als sie den Vorhang zurückschob, fiel ihr auf, dass ihre Tüten plötzlich ein unglaubliches Gewicht hatten. Sie stutzte. Die waren doch vorher nicht so schwer gewesen! Sie schaute zu ihnen hinunter. Das waren ja plötzlich vier! Eine gehörte ihr somit gar nicht. Wo kam die denn her? Jemand musste sie vergessen, sie unter den Kleidern stehengelassen haben. Das war ja auch wirklich kein Wunder bei dem Durcheinander.

Sie fragte sich, was da wohl drin war, denn die Tüte war derart schwer, dass es auf gar keinen Fall Kleider sein konnten. Sie stellte sie ab und wollte gerade hineinsehen, als die Tüte mit einem Schwung umkippte und etwas aus ihr herauskullerte.

Wie eine Bowlingkugel rollte der eisige blutleere Frauenkopf zwischen den Kabinen den ganzen Gang entlang bis zum Eingang des Umkleidebereichs, wo sich schon wieder eine lange Schlange von Wartenden gebildet hatte. Schließlich verfingen sich die Haare im Rollator einer älteren Dame.

Das hysterische Schreien der Kundinnen war sirenengleich bis hinüber zum Paradeplatz zu hören.

18

Die Maschine setzte ziemlich unsanft auf und schlitterte die regennasse Landebahn entlang. Jennifer hatte das Gefühl, dass der Flieger gar nicht langsamer wurde und spürte Abertausende von kleinen Flugzeugen in ihrem Bauch. Sie drückte ihre Beine fest in den Boden, als wolle sie den Piloten bei dem Bremsvorgang unterstützen.

Schließlich kam das Flugzeug zum Stehen. Jennifer atmete innerlich auf. Dieses mulmige Gefühl beim Fliegen würde sie wohl nie loswerden. So faszinierend sie es einerseits fand, hoch über den Wolken zu schweben, so erleichtert war sie andererseits, wenn sie wieder festen Boden unter den Füßen spürte. Sie schaute aus dem Fenster, während der Flieger noch immer auf Positionssuche war. Draußen regnete es in Strömen.

Jennifer zog ihr Handy heraus und wählte Arteos Nummer.

»Atelier Arteo.« Er nahm gleich ab.

»Hallo, ich bin's, Jennifer. Ich bin gerade gelandet. Du, passt es dir, wenn ich Sly gleich abhole? Ich habe solche Sehnsucht nach ihm.«

»Na klar. Ich bin noch eine ganze Weile im Atelier. Ich freu mich auf dich, dann können wir ein bisschen quatschen. Ich mach uns einen Kaffee und du kannst mir vom winterlichen Polen erzählen.«

»Ha, ha! Du kannst dir deine Ironie sparen, denn es war tatsächlich sehr schön. Ich kann dir eine solche Reise nur empfehlen«, konterte Jennifer. Über die Jahre hinweg hatte sie sich an Arteos Frotzeleien gewöhnt. Es wäre ein Wunder gewesen, wenn er anders reagiert hätte. Aber irgendwie mochte sie das auch an ihm.

Als Jennifer zwei Stunden später Arteos Atelier betrat, wurde sie von Sly stürmisch begrüßt, er hatte sie anscheinend genauso vermisst. Sie ließ sich in Arteos Sofa fallen und Sly hing sofort wie eine Klette an ihr.

»Und wie war deine Traumreise?«, fragte Arteo erneut mit einem ironischen Grinsen, während er ihr einen Becher Kaffee reichte.

»Eigentlich ist es da oben an der Ostsee ganz schön. Das Meer und auch der Strand haben im Winter einen ganz besonderen Charme. Das hätte ich mir so nie vorgestellt. Es war zwar unglaublich kalt, einmal waren es fast 20 Grad minus, aber ich hatte die ganzen fünf Tage lang strahlenden Sonnenschein.« Jennifer hatte ihren ersten Eindruck von Polen ziemlich schnell revidieren müssen. Sie hatte sich dort ausgesprochen wohl gefühlt. Die beiden Orte und vor allem auch die Küste hatte sie als ausgesprochen reizvoll empfunden. Auch das Klima hatte ihrer Gesundheit gut getan, sie hatte das Gefühl gehabt, nach dieser Woche in der sauberen, frischen Luft wieder richtig durchatmen zu können.

»Hast du mir und Sly wenigstens ein paar Rügenwalder Mettwürste mitgebracht, für die der Pilawa im Fernsehen immer Reklame macht? Die kommen doch von dort, oder?«

Das war mal wieder eine typische Arteo-Frage. Während sie ihm eine bezaubernde Landschaft beschrieb, redete er vom Essen. Trotzdem schien Sly sich auch für das Thema zu interessieren, denn bei dem Reizwort »Würste« spitzte er sofort die Ohren.

»Mein lieber Freund, an dir sieht man, dass Werbung wohl auch bildet. Die Rügenwalder Mettwurst, die du meinst, kommt nämlich tatsächlich aus dem ehemaligen Pommern. Aber nach dem Krieg wurde das Unternehmen nach Westdeutschland verlagert. Und wenn der Pilawa vor einer Mühle steht in dem Werbespot, dann ist das irgendeine Kulisse, aber sicher nicht im ehemaligen Rügenwalde oder Rügenwaldermünde, was ja heute sowie Darłowo beziehungsweise Darłowko heißt.«

»Das war ja dann wohl eine richtige Bildungsreise. Was du alles weißt!« Arteo grinste, während er mit einem Blick auf Sly fortfuhr:»Ja, und was ist jetzt mit der Wurst für meinen Kollegen und mich?«

»Du mit deiner Wurst! Tut mir leid, aber damit kann ich nicht dienen, ich habe dir jedoch stattdessen etwas anderes mitgebracht. Sie zog eine Flasche aus ihrem Rucksack heraus und überreichte sie Arteo. »Ein kleines Dankeschön fürs ›Dogsitting‹.«

Arteo betrachtete das Etikett und begann zu lesen: »Danziger Goldwasser – hm! Wohl eher was für Frauen: pappig süß, aber was Besonderes! Richtiges Gold! Da hast du dich ja nicht lumpen lassen.«

»Ja, für meine Freunde ist mir halt nichts zu teuer!« Jennifer lachte. Auch wenn der Kurztrip schön gewesen war, freute sie sich doch, wieder zu Hause zu sein. Vor allem hoffte sie, vielleicht schon morgen Alexander wiederzusehen. Aber das musste Arteo nicht unbedingt wissen. Wenn es zwischen ihr und Alexander tatsächlich was werden würde, erführe es Arteo noch früh genug.

»Und wie war's bei dir? Hat mit Sly alles geklappt?«

Arteo blickte Sly an: »Hat mit uns alles geklappt, Dicker?«

Sly bejahte mit einem kurzen »Wuff«.

»Ihr scheint euch ja prächtig verstanden zu haben«, meinte Jennifer, während sie Sly durch das wuschelige Fell strich. Und gibt's sonst noch was Neues?« fragte sie unbekümmert.

»Allerdings! Und das wird dich sicher interessieren.« Arteo hatte sich mittlerweile zu ihr gesetzt.

Jennifer schaute ihn neugierig an.

»Stell dir vor, am Freitag ist ein weiterer Leichenteil aufgetaucht.«

»Was?! Und das sagst du mir erst jetzt?« Jennifer war sichtlich schockiert über die Nachricht.

»Wo denn? Wieder auf der Friesenheimer Insel?«

Arteo schüttelte den Kopf. »Nein, dieses Mal hat sich der Täter etwas ganz Absurdes ausgedacht. Da kommst du nie drauf!«

»Mensch, rede schon und spann mich nicht so auf die Folter! Ich finde das überhaupt nicht spaßig!« drängte Jennifer.

»Er hat das Teil in einem Bekleidungshaus am Parade-platz versteckt.«

»Was!« Jennifer konnte es nicht glauben. »In einem Kauf-haus? Das ist doch jetzt ein schlechter Scherz? Du nimmst mich auf den Arm!«

»Nein, warum sollte ich mit so etwas scherzen?«, vertei-digte sich Arteo.

»In einem Kaufhaus«, wiederholte Jennifer ungläubig. »Und wo dort?«

»In einer Umkleidekabine. Die Einkaufstüte mit dem Frauenkopf war unter allen möglichen Klamotten ver-steckt«, erklärte ihr Arteo.

»Einen Kopf hat man dort gefunden?!« Jennifer war zu-tiefst schockiert. »Das ist ja unglaublich. Hat der denn nicht fürchterlich gestunken?« Jennifer schüttelte sich vor Ekel und Abscheu.

»Nein, anscheinend überhaupt nicht, denn er war ja kaum aufgetaut. Richtig knackig frisch, kam direkt aus der Tiefkühltruhe.«

»Wie kannst du nur so reden, Arteo!« Manchmal hass-te Jennifer die sarkastische Art ihres Freundes. »Haben sie den Täter denn wenigstens geschnappt?« Jennifer schaute ihn erwartungsvoll an.

»Geschnappt! Das wär zu schön, um wahr zu sein. Die Traumtänzer im Polizeipräsidium haben doch überhaupt keine Ahnung, wer den Kopf dort abgelegt haben könnte. Der Herr Polizeihauptkommissar, munkelt man, musste wohl erst mal aus seinem Skiurlaub zurückzitiert werden. Ist doch wieder typisch Beamter, anstatt zu ermitteln, geht der in die Ferien, während hier in Mannheim ein durchge-knallter Mörder frei herumläuft. Und wir alle bezahlen das mit unseren Steuergeldern. Da soll man sich nicht aufre-gen!«

»Na, ja, so ein Kommissar muss halt auch mal Urlaub machen«, meinte Jennifer kleinlaut.

»Nimm du den nur noch in Schutz!« Arteo wollte keine Milde walten lassen.
»Ich kann es nicht fassen, dass der Kopf aufgetaucht ist.« Jennifer schluckte. »Das alles ist entsetzlich!« Bei dem Gedanken, dass jemand eine Leiche systematisch in seine Einzelteile zerlegt und seinem Opfer den Kopf abgeschnitten hatte, grauste es Jennifer.

»So schlimm das jetzt auch klingen mag, Jennifer, aber was Besseres hätte doch gar nicht passieren können. Wenn die einzelnen Leichenteile jetzt möglichst schnell hintereinander auftauchen, kommen die im Polizeipräsidium vielleicht doch schneller dahinter, um wen es sich bei dem Opfer handelt. Und vor allem der Kopf. Das ist doch geradezu genial!«

»Der Kopf ist natürlich wesentlich aufschlussreicher als der Fuß. Da hast du ja recht«, pflichtete Jennifer ihm bei. »Da kann man vieles allein schon über die Zähne herausfinden und vor allem hat die Leiche nun auch ein Gesicht.«

»Sofern davon etwas übrig ist.« Arteo konnte sich ein höhnisches Lachen nicht verkneifen. Es war seine Art mit unangenehmen Dingen umzugehen. Hinter dem Sarkasmus konnte er seine Betroffenheit besser verbergen.

Jennifer ging nicht weiter darauf ein und fuhr damit fort, laut nachzudenken: »Aber vielleicht ergibt sich aus diesem Fund ja tatsächlich eine heiße Spur!«

»Kann schon sein. Aber natürlich nur, wenn die Kripo in L6 endlich mal ihre Hausaufgaben macht und Verbrecher jagt anstatt Skihasen.«

Dieses Mal reagierte Jennifer. »Jetzt hör endlich damit auf, ständig herumzustänkern, Arteo!« Jennifer ärgerte sich über seine immer wiederkehrende Häme gegen die Polizei. Insbesondere jedoch nervten sie seine kritischen Anspielungen gegen Alexander Seefeld, auch wenn sie sich das natürlich niemals eingestanden hätte.

»Wenn man nur herausbekommen könnte, wer diese Frau ist und woher sie stammt. Ich dachte ja eine Zeitlang, das Opfer sei Renata Iwancyk, du weißt schon, die Mutter von meiner Klientin Alina Iwancyk, die ich gerade in Polen aufgesucht habe. Aber die DNA stimmte nicht überein. Gott sei Dank passte sie nicht! Ich weiß gar nicht, wie ich das ihrer Tochter hätte erklären sollen. Das wäre für Alina ein furchtbarer Schlag gewesen.«

»Ist denn die Mutter von dieser Alina mittlerweile aufgetaucht?«, fragte Arteo nach.

Jennifer schüttelte den Kopf. »Das ist auch so eine merkwürdige Geschichte. Niemand weiß so recht, was Renata Iwancyk eigentlich in Mannheim vorhatte.

Aber ich habe von ihrer Tochter in Polen einen Brief mitbekommen. Er ist von ihrer verstorbenen Großmutter und in Ukrainisch geschrieben. Ich hoffe, dass mir der ein wenig Aufschluss bringt. Ich müsste den jetzt nur dringend übersetzen lassen. Sag mal, hast du eine Ahnung, wer das machen könnte? Vielleicht kennst du ja sogar irgendwen aus der Ukraine?« Jennifer schaute ihn erwartungsvoll an. Sie hoffte, Arteo würde ihr helfen können, denn ihr war daran gelegen, jemanden zu finden, der den Brief preiswert übersetzte. Offizielle Übersetzer zu beauftragen, das war eine kostspielige Sache. Sie berechneten den Preis nach Worten. Und der Brief war lang. Da kam schnell ein ganz schöner Batzen zusammen.

»Wir könnten ja mal den Vladimir oder den Vitali fragen«, schlug Arteo grinsend vor.

»Wen, bitte?« Jennifer hatte keine Ahnung, von wem Arteo sprach.

»Na, die Klitschko-Brüder. Das sind die einzigen Ukrainer, die ich kenne«, klärte sie Arteo nun auf.

»Quatschkopf! Das ist nicht lustig!«, wies Jennifer ihn zurecht. »Wenn alle Stricke reißen, muss ich mich wohl oder übel ans Konsulat oder die Botschaft wenden, die haben bestimmt Adressen von Übersetzern. Nur, das wird dann wahrscheinlich richtig teuer.«

»Jetzt komm erst einmal an. Darum kannst du dich auch noch morgen kümmern!«, meinte Arteo gelassen.

Als Jennifer eine Stunde später zu Hause in der Hafenstraße ankam, ging sie zuerst hinüber zur ARAL-Tankstelle. Wie sie bereits befürchtet hatte, war die Samstagsausgabe vergriffen. Doch sie hatte Glück, denn der freundliche Mann an der Kasse überließ ihr sein Exemplar.

In ihrer Wohnung studierte sie den Artikel in aller Ruhe. Der Kopf, der in dem Bekleidungshaus aufgetaucht war, hatte den ganzen Laden in Aufregung versetzt. Insbesondere nachdem die Polizei sofort nach ihrem Eintreffen sämtliche Ausgänge hatte abriegeln lassen. Bis in die Nacht hinein hatte ein Sonderkommando des LKA sämtliche Personalien von Kunden und Angestellten aufgenommen.

›Was für ein Aufwand!‹, dachte Jennifer bei sich, aber es war wohl eine sinnvolle Maßnahme gewesen. Ob die jetzt mit allen Kunden einen DNA-Abgleich machten? Das würde Tage, wenn nicht Wochen, dauern. ›Aber klar, die durften natürlich nichts unversucht lassen‹, dachte Jennifer, auch wenn sie große Zweifel daran hatte, dass der Täter sich zu dem Zeitpunkt, als der Kopf aufgetaucht war, überhaupt noch in dem Kaufhaus aufgehalten hatte.

Aber morgen würde sie sicher mehr erfahren. Alexander war schließlich aus dem Urlaub zurückzitiert worden und steckte mitten in den Ermittlungen. Er würde ihr sicher das ein oder andere, das nicht unters Dienstgeheimnis fiel, berichten können. »Ach, Alexander!« seufzte sie lächelnd. Unabhängig von dem Mordfall konnte Jennifer es kaum erwarten, ihn wiederzusehen.

Sie überflog den Artikel noch einmal und dachte nach. Erst die Friesenheimer Insel und jetzt ein Kaufhaus. Warum gerade dort? Waren es willkürliche Orte, die sich für den Täter zufällig so ergeben hatten oder steckte ein System dahinter? Es schien so, als wollte sich der Mörder nach und nach der Leichenteile entledigen. Wahrscheinlich musste er sie loswerden, weil sie dort, wo sie sich im Augenblick noch befanden, jederzeit entdeckt werden konnte. Es war also somit nur eine Frage der Zeit, wann der nächste Körperteil auftauchen würde.

19

Sie drückte auf den Klingelknopf. Ein Gong ertönte. Als niemand öffnete, klingelte sie ein zweites Mal. »Hallo!« Sie klopfte mit dem Griff ihres Stockschirmes energisch gegen die ins Holz eingelassene bruchfeste Milchglasscheibe. »Ich weiß, dass jemand da ist. Machen Sie also bitte auf!«

»Ich schon kommen«, rief eine Frauenstimme in gebrochenem Deutsch. Kurz darauf wurde die Tür geöffnet. »Ja, Sie wünschen?«

Die ältere Dame stieg die Stufe hoch und streckte der anderen Frau ihre Hand entgegen. »Evelyn Paulat! Und Sie sind sicherlich Jozefina Dzierwa!«

Sie nickte, während die ältere Dame an ihr vorbei in den Flur trat. »Mein Neffe Harald hat mir schon einiges von ihnen erzählt. Ich finde es wunderbar für meinen Schwager, dass sie ihn pflegen.«

Sie fühlte sich überrumpelt. Gerade hatte sie sich hingelegt und war ein wenig eingenickt gewesen. Das heftige Klopfen hatte sie recht unsanft aus dem Schlaf gerissen und so hatte sie das Gefühl, noch gar nicht richtig da zu sein.

In all den Monaten hatte niemand sie besucht. Sie führte die ältere Dame ins Wohnzimmer. »Sie bitte setzen hier, Frau …?« Sie hatte sich den Namen nicht so schnell merken können.

»Paulat. Aber sagen Sie doch einfach Tante Evelyn zu mir, Jozefina. Das ist einfacher! Es tut mir leid, dass ich mich nicht vorher bei Ihnen melden konnte. Aber ich bin nun doch erst letzte Woche aus Australien zurückgekommen. Harald hat Ihnen ja erzählt, dass ich dort meine Tochter besucht habe. Übrigens soll ich Sie ganz herzlich von Harald grüßen.«

»Dankescheen, ich hoffe, Herr von Sploen auch gut in Amerika. Sie etwas trinken wollen?«, fragte sie Tante Evelyn, während sie hinüber zur Kredenz ging.

»Das ist lieb von Ihnen, Jozefina. Ach, gegen so einen kleinen Sherry hätte ich nichts einzuwenden.«

Während sie die Gläser auf den Tisch stellte und einschenkte, fuhr die alte Dame fort: »Harald hat mir berichtet, dass Sie Anfang des Jahres hier sehr unglücklich waren und beinahe die Flügel gestreckt hätten. Er lässt Ihnen ausrichten, er freue sich sehr, dass Sie trotz aller Widrigkeiten durchgehalten hätten. Mein Neffe freut sich, dass es Ihnen jetzt anscheinend besser geht. Sonst hätten Sie sich ja bestimmt nochmals bei ihm gemeldet.«

»Ja, viel besser gehen. Erste Wochen ganz schlimm. Jozefina wollen gehen nach Hause.« Sie lächelte. »Ist schwere Arbeit, Herr von Sploen viel krank, Jozefina viel helfen müssen. Aber jetzt alles gut. Ich wissen, was machen können mit alte Mann.«

»Na, darauf sollten wir doch anstoßen!« Tante Evelyn erhob ihr Glas. Kurz darauf fuhr sie fort: »Ach, wissen Sie, ich denke, man wächst in alles rein, man muss nur die richtige Einstellung zu den Dingen entwickeln. Trotzdem ist mir natürlich klar, dass mein Schwager schon ein besonderer Fall ist. Ich weiß nur zu gut, was für ein schwieriger Charakter er ist. Er hat es seiner Umgebung nie leicht gemacht. Früher nicht und heute mit seiner Krankheit könnte ich mir vorstellen, dass vieles noch schlimmer geworden ist.« Sie nahm erneut einen Schluck Sherry. Dann begann sie zu erzählen. »Sie müssen wissen, in jüngeren Jahren habe ich etliche Kämpfe mit meinem Schwager ausgefochten. Ich bin ein anderes Naturell als meine Schwester. Birgitta war ruhig, sanftmütig und nachgiebig. Mich dagegen konnte Friedrich nicht einschüchtern und mir schon gar nicht den Mund verbieten. Gerade nach dem Tod meiner Schwester bin ich diverse Male heftig mit ihm aneinander geraten. Ich fand es unmenschlich und herzlos, wie er mit seinen Kindern umging und versuchte, ihre Trauer zu ignorieren. Das konnte ich auf gar keinen Fall zulassen. Das war ich meiner Schwester schuldig. Und so habe ich immer dafür gesorgt, dass Harald und Annika die Erinnerungen an ihre Mutter in ihren Herzen bewahrten. Friedrich hat das natürlich mitgekriegt, aber er konnte es nicht verhindern. Trotzdem wundere ich mich bis heute, dass er den Kontakt zu mir damals nicht ganz abgebrochen hat. Vielleicht hat ihm ja auch meine Charakterstärke imponiert, vielleicht brauchte er jemandem, der ihm die Stirn bot, aber das hätte er natürlich niemals zugegeben.« Tante Evelyn hielt inne. »Aber warum erzähle ich Ihnen das alles überhaupt, liebe Jozefina. Ich hoffe, ich habe Sie nicht damit gelangweilt. Na ja, Hauptsache, Sie kommen mit der Situation klar.«

»Jozefina finden Weg, wie machen mit alte Mann. Alles gut. Nix Probleme!« Sie griff zur Sherry-Flasche: »Noch Sherry trinken?«

»Nein, danke, mein Kind«, Tante Evelyn wehrte ab. »Ich wollte wirklich nur kurz vorbeischauen. Harald hat es mir so eindringlich ans Herz gelegt, hierherzukommen, um nach seinem Vater zu sehen, aber vor allen Dingen mich um Sie zu kümmern, liebe Jozefina. Ich denke, Harald hat ein schlechtes Gewissen Ihnen gegenüber, denn er hat gerade seine Vertragsverlängerung für das kommende Semester unterschrieben. Er wird also nicht so schnell nach Deutschland zurückkommen. Aber machen Sie sich keine Sorgen.

Ich bin ja jetzt wieder im Lande und werde ab und zu nach Ihnen sehen.«

»Wo ist eigentlich Friedrich? Schläft er?« Über das Plaudern mit Jozefina hatte Tante Evelyn beinahe vergessen, nach ihrem Schwager zu sehen.

»Ja, ist oben in seine Zimmer. Schlafen ganz fest. Nix viel aus Bett gehen. Mittag immer machen Mittagschlaf. Ich machen auch. Entschuldigen. Ich darum auch so müde. Nix viel sprechen.« Sie lächelte, während sie versuchte, Tante Evelyn den Grund für ihre Wortkargheit zu erklären.

»Ach, das kenne ich doch, Kindchen«, meinte Tante Evelyn und fuhr fort: »Meinen Sie, wir können trotzdem mal kurz hochgehen und nach Friedrich schauen, vielleicht ist er ja gerade wach. Ich habe ihn so lange nicht mehr gesehen, ich möchte ihm wenigstens kurz ›Guten Tag‹ sagen.«

»Nicht gut Idee! Bitte nicht gehen! Alte Mann immer viel böse, wenn Jozefina wach machen. Viele Zeit brauchen bis Mann wieder ruhig.« Sie wollte auf gar keinen Fall, dass Tante Evelyn ihn aufwecken würde.

»Ich möchte aber trotzdem kurz hochgehen, wenn ich jetzt schon mal da bin. Ich werde auch ganz leise sein und wenn ich merke, dass er schläft, werde ich gar nicht ins Zimmer hineingehen.« Tante Evelyn war nun mal eine resolute alte Dame, die, wenn sie sich etwas in den Kopf gesetzt hatte, sich nicht so leicht davon abbringen ließ.

Sie spürte, dass es keinen Wert hatte, die alte Dame von ihrem Vorhaben abbringen zu wollen und so stieg sie kurz darauf mit ihr die Treppen hoch.

Die alte Dame ging den Gang entlang und blieb vor Friedrich von Sploens Zimmer stehen. Das Haus schien ihr noch immer sehr vertraut zu sein. Dann drückte sie vorsichtig die Türklinke hinunter. Durch einen kleinen Spalt blickte sie hinein in das Zimmer, wo Friedrich von Sploen in seinem Bett lag. Er hatte ihr den Rücken zugewandt und schien tatsächlich tief zu schlafen.

»Sie haben recht, er schläft fest, wir sollten ihn nicht aufwecken«, flüsterte Tante Evelyn und zog die Tür wieder leise zu.

Als sich die Frauen ein paar Minuten später an der Haustür verabschiedeten, dankte Tante Evelyn Jozefina nochmals für all ihre Mühe. »… und Sie müssen wissen, wenn irgendetwas sein sollte, Sie können sich immer gerne an mich wenden. Das ist überhaupt kein Problem. Sie haben ja meine Telefonnummer. Scheuen Sie sich nicht, mich anzurufen. Ich stehe Ihnen wirklich gerne mit Rat und Tat zur Seite.« Dann wandte Tante Evelyn sich um und stieg, auf ihren Stockschirm gestützt, vorsichtig die Stufen hinunter.

Jozefina kehrte ins Haus zurück und zündete sich eine Zigarette an, während sie zum Küchenfenster ging,. »Jetzt, wo hier endlich alles läuft, kommt die an und will mir gute Ratschläge geben. Du hast mir gerade noch gefehlt, ›Tante Evelyn‹! Ich brauche niemanden, der mir sagt, was ich zu tun habe! Vielen Dank, aber darauf kann ich gerne verzichten«, murmelte sie vor sich hin, während sie der alten Dame hinterherblickte. Dann zog sie die Vorhänge zu.

20

Jennifer tat fast die ganze Nacht kein Auge zu. Kein Wunder, es war einfach zu viel an diesem Sonntag passiert. Die Abreise aus Darłowo, der stundenlange Transfer zum Danziger Flughafen, der Rückflug, und dann noch die Schreckensnachricht, dass der Kopf des Opfers aufgetaucht war. Aber was ihr vor allem den Schlaf raubte, war die Tatsache, dass sie Alexander Seefeld morgen wiedersehen würde. Sie nahm ihr Kopfkissen in den Arm und rollte sich unter ihrem Deckbett zusammen. Was für ein schönes Gefühl es doch war, endlich mal wieder verliebt zu sein! Nach der endgültigen Trennung von Mark hatte sie schon geglaubt, sie würde sich nie mehr richtig verlieben können. Immer war sie an die falschen Männer geraten: Verheiratete, Bindungsunfähige, Treulose, immer hatten die Typen irgendeine Macke gehabt. Aber jetzt war plötzlich alles ganz anders. Sie gähnte, ja alles war ganz anders, so ganz, ganz anders …

In aller Frühe rief Jennifer auf dem Polizeipräsidium an. In Alexander Seefelds Büro nahm jedoch niemand ab, stattdessen landete sie bei der Sachbearbeiterin im Vorzimmer.

»Kann ich dem Herrn Polizeihauptkommissar Seefeld etwas ausrichten?«

»Nein, besser nicht. Ich möchte lieber mit ihm persönlich sprechen. Wann kann ich ihn denn im Präsidium erreichen?« Jennifer wollte keine Nachricht hinterlassen. Es wäre ihr ausgesprochen unangenehm gewesen, wenn Dritte daraus irgendwelche Schlüsse gezogen hätten.

»Das ist schwierig zu sagen. Herr Seefeld ist zurzeit viel unterwegs. Aber ich denke, wenn Sie es nach 15 Uhr probieren, haben Sie eine gute Chance, ihn anzutreffen.« Jennifer schaute auf ihre Armbanduhr. Noch sechs lange Stunden! Wie sollte sie das nur aushalten?

Der Tipp der Sachbearbeiterin war hilfreich gewesen. Denn als sie Punkt 15 Uhr die Tür von Alexander Seefelds Büro öffnete, erhellte sich seine zuvor ernste Miene und er begrüßte sie mit den Worten: »Endlich, die Sonne geht auf. Kommen Sie herein!« Und als sie allein im Zimmer waren, umarmte er sie kurz aber herzlich.

»Mein Gott, war das ein Tag!« Er stöhnte. »Sie haben doch sicher gelesen, dass hier der Teufel los war. Ich musste übrigens vorzeitig aus dem Urlaub zurückkommen. Für meinen Kleinen war das ein persönlicher Weltuntergang und meine Ex-Frau hat vielleicht geflucht. Sie wollte mit ihren Freundinnen für ein langes Wochenende zur Mandelblüte nach Mallorca fliegen. Aber daraus wurde jetzt erst mal nichts, denn einer muss sich schließlich um Jan kümmern.«

»Ja, ich habe das gestern in der Zeitung gelesen. Das ist alles nur grauenhaft«, Jennifer verzog angewidert das Gesicht, »ein abgetrennter Kopf in der Umkleide des Bekleidungshauses. Wenn ich mir das ...«

»Übrigens«, er unterbrach sie, »ich habe versucht, Sie am Freitagnachmittag anzurufen. Ich war der Meinung, wenn ich schon vorzeitig zurückkommen muss, sollte ich mir wenigstens den Samstagabend versüßen. Ich dachte da an ein schönes Glas Wein und an Lammspieße in Metaxasauce, vor allem aber an die Gegenwart einer bezaubernden jungen Dame. Aber die junge Dame war ja leider nicht zu erreichen.« Er schaute sie erwartungsvoll an.

Jennifer erzählte ihm nun von Alina Iwancyks Anruf und dass sie bis gestern in Polen gewesen war.

»Zu so was sind auch nur Sie fähig.« Er schüttelte lachend den Kopf. »Handeln Sie immer nach dem Motto: Kommt der Prophet nicht zum Berg, kommt eben der Berg zum Propheten?« Und ohne eine Antwort abzuwarten, hakte er nach: »Und diese Alina Iwancyk möchte also tatsächlich, dass Sie weiter hier in Mannheim nach ihrer Mutter suchen?«

»Ja, sie hat mich inständig darum gebeten, ich konnte ihr das nicht abschlagen«, begründete Jennifer ihre Entscheidung.

»Sie sind wirklich etwas Besonderes! Aber das sagte ich Ihnen ja bereits. Das ist mir damals schon aufgefallen, als wir uns zum ersten Mal begegnet sind. Ich habe das gleich gespürt. Wo andere aufhören, da geht es bei Ihnen erst richtig los. Mir imponiert das sehr.« Alexander Seefeld setzte sich wieder an seinen Schreibtisch und betrachtete sie ausgiebig.

»Danke für die Blumen!« Jennifer freute sich über sein Kompliment. »Aber sagen Sie, gibt es denn in dem Fall schon etwas Neues? Hat der Kopf denn Aufschluss über die Identität der Leiche gebracht?« Jennifer hoffte von ihm neue Einzelheiten zu erfahren.

»Noch nicht, aber ich warte noch immer auf den Bericht des Gerichtsmediziners. Den müsste ich eigentlich schon längst haben.« Plötzlich schaute er nervös auf die Uhr. »Schon wieder so spät. Frau Trams, so leid es mir tut, wir müssen unser Gespräch jetzt leider vertagen. Meine Kollegen warten unten im Konferenzzimmer auf mich.« Er stand auf und packte ein Aktenbündel unter den Arm. »Es gibt, wie Sie sich vorstellen können, allerhand zu besprechen. Vor allem müssen wir uns einig sein, wie wir weiter vorgehen. Die Presse sitzt uns nämlich ganz gehörig im Nacken und der öffentliche Druck ist aus verständlichen Gründen enorm. Aber heute Abend, da hätte ich Zeit. Und Sie? Haben Sie nicht Lust auf Metaxa, Lammbraten, Moussaka und Zaziki?«

»Zaziki nicht unbedingt«, Jennifer lachte etwas gequält, »Knoblauch macht bekanntermaßen einsam.«

»Aber nicht, wenn beide ihn essen. Dann verbindet er«, klärte er sie lachend auf, während sie beide sein Büro verließen.

»Kann ich mit Ihnen rechnen?« Er legte seine Hand auf ihren Arm.

Jennifer nickte. »Ich freue mich und mit dem Knoblauch werden wir uns schon einig!«

Sie hatten sich für acht Uhr beim Griechen am Paradeplatz verabredet.

Das Restaurant war wie immer gut belegt. Fast alle Tische waren besetzt. Alexander Seefeld hatte sie gebeten, direkt dorthinzugehen, da er nicht wusste, wie früh oder spät er aus seinem Büro kommen würde.

Als Jennifer mit Sly eintrat, kam gleich ein Kellner auf sie zu und meinte, dass der Hund aber draußen bleiben müsse. Die anderen Gäste würden sich durch ein Tier gestört fühlen.

»Mein Hund ist ganz friedlich, der setzt sich brav unter den Tisch und dann bemerken sie ihn gar nicht mehr«, wandte Jennifer ein.

»Das sagen alle. Und ich muss mich hinterher dann mit den anderen Gästen rumreißen. Tut mir leid, keine Hunde!« Der Kellner schien unnachgiebig zu sein.

Jennifer drehte sich um und war schon am Hinausgehen, als plötzlich ein älterer Mann von einem der hinteren Tische aufstand und auf den Kellner zuging. Er deutete auf Jennifer und Sly und redete auf den Ober ein, worauf dieser auf sie zuging und sie zurückholte. »Hören Sie, Sie können den letzten Tisch in der Fensterreihe nehmen. Der Herr Professor, einer unserer Stammgäste, hat sich gerade für Sie eingesetzt. Aber das ist eine absolute Ausnahme. Hund sind hier eigentlich nicht erlaubt.«

»Wie schön, dass Hunde nur ›eigentlich‹ nicht erlaubt sind. Wir werden den Abend bei Ihnen genießen«, meinte Jennifer, indem sie auf den Tisch zusteuerte. Ausnahme hin oder her. Hauptsache, sie hatten einen Platz. Sly verschwand sofort brav unter dem Tisch, während Jennifer hinüber zu dem Professor ging, um sich zu bedanken. Als sie auf ihn zukam, stand der große grauhaarige Mann sofort auf. »Jennifer, mein Gott, wie die Zeit vergeht, du bist ja eine richtige junge Dame geworden! Und eine wahrhaftige Schönheit!«

Jennifer wurde verlegen. »Entschuldigung, aber kennen wir uns?« Sie war irritiert. Der Mann kam ihr schon irgendwie bekannt vor, aber sie wusste nicht so recht, wo sie ihn hinstecken sollte.

»Klar, dass du dich nicht mehr erinnern kannst, du warst ja noch ein kleines Mädchen, als wir uns zum letzten Mal gesehen haben.« Er streckte ihr die Hand hin. »Klaus Regelein! Und, dämmert es dir jetzt?«

»Onkel Klaus? Das gibt es ja nicht. Das sind doch mindestens 25 Jahre, die wir uns nicht gesehen haben.«

»Ja, mindestens! Erinnere mich besser nicht daran, sonst komme ich mir so uralt vor«, meinte er mit gespielter Betroffenheit.

»Du siehst prima aus, Onkel Klaus! Aber wo warst du denn die ganzen Jahre?«

»Ich habe bis vor fünf Jahren in Frankreich gearbeitet. Ich war dort in der Forschung tätig. Und dann bin ich wieder heimgekehrt zu meinem geliebten Wasserturm und seither wohne ich hier in Mannheim.«

»Und wir sind uns nie begegnet!« Jennifer konnte es nicht fassen. »Und dass du mich noch erkannt hast!«

»Na ja, ich hatte es da etwas leichter als du, denn ich habe dich ja mehrmals in der Zeitung auf verschiedenen Fotos gesehen. Bei dir war ja ganz schön was los! Dein Leben scheint mir recht spannend zu sein. Respekt, wie du und dein Hund im letzten Jahr den Mordfall unter der Teufelsbrücke gelöst habt. Ich habe das übrigens gerade dem Kellner erklärt. Er weiß jetzt, dass Sly wahrscheinlich der berühmteste Hund Mannheims ist.« Er zwinkerte ihr zu.

»Danke, ich glaube, du warst sehr überzeugend.« Jennifer streckte ihm die Hand entgegen. »Meinst du, wir können uns einmal treffen?«

»Aber sehr gerne, ruf mich einfach an oder schick mir eine Mail. Es wäre mir eine große Freude, mit einer so charmanten jungen Dame auszugehen.« Klaus Regelein kramte seine Visitenkarte aus seiner Brieftasche.

Jennifer hatte Onkel Klaus als Kind sehr gemocht. Er war der beste Freund ihres Stiefvaters Peter Trams gewesen und jahrelang bei ihnen ein- und ausgegangen. Jennifers Stiefvater war eher ernst, hatte wenig Humor und war in seiner ganzen Haltung stets konservativ und angepasst gewesen. Onkel Klaus hingegen war das genaue Gegenteil, er hatte Witz, lachte gerne und war immer für eine Überraschung gut gewesen. Sie hatte sich später oft gefragt, was die beiden so unterschiedlichen Männer miteinander verbunden hatte.

Sie wartete nun schon fast eine halbe Stunde und wollte sich gerade einen neuen Ouzo bestellen, als die Tür aufging und Alexander Seefeld endlich hereinkam.

»Entschuldigen Sie, aber ich habe es beim besten Willen nicht früher geschafft.

Haben Sie schon bestellt?« Jennifer schüttelte den Kopf.

»Trinken wir einen schönen Rotwein zusammen? Ich glaube, den brauche ich jetzt. Am besten eine Flasche ›Amethystos‹, der wird Ihnen auch schmecken und ich schlage vor, eine ›Olympia-Platte‹ für zwei Personen. Da haben wir von allem etwas.« Jennifer nickte. Ihr gefiel seine Entschlussfreudigkeit und dass sie sich einfach mal zurücklehnen konnte und ein anderer alles entschied.

»War es so anstrengend?« Sie betrachtete ihn, er wirkte abgespannt.

»Sieht man mir das so sehr an?«

»Es ist, ehrlich gesagt, nicht zu übersehen. Gibt es denn neue Erkenntnisse?«

»Das kann man wohl sagen.« Er lehnte sich nachdenklich zurück und stützte sein Kinn in die Hand. »Aber lassen Sie uns erst mal einen Schluck trinken und ich hätte noch eine Bitte: Könnten wir das lästige ›Sie‹ ablegen? Ich bin Alexander!«

»Jennifer!«

»Auf einen schönen Abend, Jennifer!« Sie stießen miteinander an.

»Übrigens sind wir nicht allein«, erklärte Jennifer dem erstaunten Alexander. »Schau mal unter den Tisch! Darf ich bekannt machen? Sly, mein Hund und Kompagnon.«

Alexander schaute unter den Tisch. »Hallo, ich bin Alexander. Du kannst mich gerne auch duzen!« Und zu Jennifer gewandt, meinte er: »Das ist ja wirklich ein schöner Kerl, der sieht ja noch besser aus als auf den Zeitungsfotos. Da muss ich mich ja mächtig anstrengen, dass ich bei dir landen kann, bei der Konkurrenz.«

Jennifer lachte. »Du magst Hunde, oder?« Sie hatte den Eindruck, dass er eine Beziehung zu Tieren hatte.

»Ich hatte als kleiner Junge einen Hund. Eine zottelige Randsteinmischung. Der sah deinem Sly ganz ähnlich. Er hatte nur eine andere Farbe. Ich habe ihn über alles geliebt. Als ich sechzehn war, wurde er überfahren. Ich habe ihm ewig nachgetrauert und wollte danach dann erst mal keinen Hund mehr.« Er schaute erneut unter die Tischdecke. »Wir werden uns sicher gut vertragen, Kleiner.« Er kraulte Slys Ohren und der wedelte freundlich mit seinem Schwanz. »Du hast es gut, hast keine Sorgen. Hund müsste man sein!« Er seufzte, während er sich wieder Jennifer zuwandte.

»Weißt du denn mittlerweile mehr?« Jennifer blickte ihn interessiert an. »Kennst du den Namen der Frau und weißt du, woher sie kommt?« Sie war neugierig auf das, was er zu berichten hatte.

»Ich kenne weder die Namen, noch weiß ich, wo die Frauen herkommen«, er schaute sie tiefgründig an.

»Die Frauen?« Jennifer stutzte. »Du meinst, wo die Frau herkommt.«

Er schüttelte den Kopf. »Nein, du hast schon richtig gehört. Es handelt sich um zwei Frauen, denn der Fuß mit dem Unterschenkel passt nicht zum Kopf.« Alexander konnte sichtlich beobachten, wie Jennifer leichenblass wurde.

»Zwei Frauen! Aber das heißt ja dann, dass es sich um einen Serienkiller handelt. Habt ihr denn wenigstens eine heiße Spur?«

»Wir haben, offen gestanden, bis jetzt keinen blassen Schimmer, wo wir suchen sollen.« Alexander trank sein Glas in einem Zug leer und schenkte sich nach.

»Und wie geht es jetzt weiter?« Jennifer war sichtlich geschockt über diese Offenbarung.

»Das Übliche. Wieder Vermisstenanzeigen nachgehen. Die DNA abgleichen und abwarten. Manchmal kommt einem ja auch der Zufall zu Hilfe und ein Zeuge taucht auf.« Er zögerte: »… oder ein neues Opfer. Und noch eins … und noch eins …Und irgendwann macht der Täter dann einen gravierenden Fehler. Aber das kann dauern!«

»Wenn ich mir vorstelle, dass während wir hier sitzen, da draußen so ein Wahnsinniger rumläuft, der schon auf sein nächstes Opfer wartet, wird es mir himmelangst!« Jennifer schaute ängstlich durch die großen Glasfenster des Restaurants hinaus auf die dunkle Straße.

Alexander nahm ihre Hand und legte seine zweite darüber, so als wolle er sie beschützen. »Denk jetzt einfach nicht daran, Jennifer, und lass uns den Abend genießen!« Die nachdrückliche Art, mit der er ihr in die Augen schaute, war unmissverständlich: »Und was hältst du jetzt von einer Portion Tsatsiki als Vorspeise für zwei Personen?«

Sie nickte. »Einsam allein mit dir, stell ich mir toll vor!« Sie strahlte ihn glücklich an. Jennifer würde ab sofort Tsatsiki lieben.

21

Eine Woche später fand Jennifer ein großes Kuvert in ihrem Briefkasten. Es war die Übersetzung des Briefes, den sie an eine ukrainische Dolmetscherin in Ludwigshafen geschickt hatte.

»Mensch, das ging aber flott!« Aufgeregt eilte sie die Treppen hinauf in ihre Wohnung. Sie war so was von gespannt, was wohl darin stehen würde. Jennifer setzte sich an ihren Schreibtisch unter dem Fenster und atmete tief durch, während sie hinüber zum Hafengelände blickte. Sie merkte, wie ihre Hände leicht zitterten, als sie den Umschlag öffnete. Sie entfaltete das Dokument und begann zu lesen:

Liebe Renata, mein liebes Kind!
Wenn Du diesen Brief liest, werde ich nicht mehr leben. Es ist mir jedoch ein großes Bedürfnis, bevor ich die Augen für immer schließe, Dir etwas anzuvertrauen, was ich mein Leben lang allein mit mir herumgetragen habe und was mich nie zur Ruhe kommen ließ. Ich möchte es nicht mit ins Grab nehmen.
Ich habe als Kind einen Schwur geleistet, den ich nicht halten konnte. Ich habe alles, was damals geschehen ist, geflissentlich verdrängt, wahrscheinlich deshalb, weil die Erinnerung daran einfach zu schrecklich war. Und nun ist es zu spät. Ich kann mein Wort nicht halten und mein Versprechen einlösen. Darum bitte ich Dich, mein liebes Kind, inständig an meiner Stelle das zu tun, wozu ich nicht imstande war.
Du weißt, dass unsere Familie aus Galizien stammt und Du erinnerst Dich auch, dass ich Dir immer erzählt habe, dass Deine Großmutter Marianka zwei Jahre vor Kriegsende gestorben ist. »Gestorben« – das klingt so harmlos, so normal, so friedlich. Aber der Tod deiner Großmutter war alles andere als das, er war brutal und abscheulich. Ich war dabei, versteckt in einem großen Korb mit schmutziger Wäsche. Von dort musste ich alles beobachten.
Wir wohnten damals in einem kleinen Dorf, uns gehörte die Wäscherei. Ich erinnere mich noch sehr gut. Es war ein wunderschöner Sommertag. Es muss irgendwann im Juli 1943 gewesen sein, als die Deutschen zusammen mit Soldaten der ‚Ukrainischen Befreiungsarmee' bei uns einfielen. Du musst wissen, in dieser ‚UPA' hatten sich viele Galizier zusammengefunden, die an der Seite der Deutschen gegen die herannahende „Rote Armee" kämpften. Sie wollten den Teufel mit dem Beelzebub austreiben. Das konnte gar nicht gut gehen. Sie machten sich zu Handlangern der Deutschen und kämpften letztendlich gegen uns, gegen ihr eigenes Volk.

Sie haben in unserem Dorf ein regelrechtes Massaker veran-
staltet. Zwei von ihnen drangen auch in unser Haus ein. Sie
schlugen alles kurz und klein. Dann entdeckten sie meine Mutter.
Mich haben sie Gott sei Dank nicht gefunden. Aber über Deine
Großmutter fielen sie her wie die Tiere. Sie haben sie furchtbar
zugerichtet. Und einer von den beiden hat ihr dann eine Kugel in
den Kopf gejagt.
Ich kann Dir nicht mit Worten beschreiben, wie schrecklich
das alles war. Ich war noch ein Kind und habe das damals alles
gar nicht richtig verstanden. Erst viel später begriff ich die Zu-
sammenhänge. Aber trotzdem habe ich es nie geschafft, mit ir-
gendjemandem darüber zu sprechen, nicht einmal mit Deinem
geliebten Vater, dem ich sonst alles erzählt habe.
Als die Männer damals weg waren, bin ich aus meinem Ver-
steck gekrochen. Meine Mutter lag in einer riesigen Blutlache. Sie
war tot. Aber sie hatte etwas in ihrer Hand. Es ist das Amulett,
das Du hier in diesem Umschlag findest. Das hat sie anschei-
nend einem der beiden unbemerkt entrissen. Es trägt die Inschrift
›Für Friedrich, von Deinen Eltern Magda und Victor von Sploen,
Mannheim, 1940‹. Ich habe mir das vor ein paar Jahren von einer
Deutschen übersetzen und vorlesen lassen, weil ich diese Schrift
– sie heißt ›Sütterlin‹ – nicht kannte.
Liebe Renata, ich habe damals meiner toten Mutter verspro-
chen, ihre Mörder ausfindig zu machen und ihren Tod zu rächen.
Aber ich spüre, dass ich das nicht mehr schaffe. Ich habe einfach
viel zu lange gewartet. Es gab immer einen Grund, warum ich
der Sache gerade nicht nachgehen konnte. Heute denke ich, all
das war nur ein Vorwand, weil ich schrecklich Angst davor hatte,
mich der Vergangenheit zu stellen. Aber nun ergreift der Krebs
immer mehr Besitz von mir. Tag für Tag geht es mir schlechter
und ich fühle, dass mein Ende naht. Ich werde mein Versprechen
nicht halten können. Darum bitte ich Dich, mein liebes Kind, rei-
se Du für mich nach Deutschland, in dieses Mannheim! Sei stark
und tue bitte das, wozu ich zu schwach war. Vielleicht gibt es dort
tatsächlich jemanden, der Friedrich von Sploen heißt. Vielleicht

lebt er ja sogar noch. Und wenn Du ihn finden solltest, dann zieh ihn zur Verantwortung für das, was er Deiner Großmutter Marianka angetan hat. Das ist mein letzter und innigster Wunsch an Dich, mein liebes Kind.

Meine über alles geliebte Renata, behalte mich bitte in guter Erinnerung! Du warst das Beste, was mir in meinem Leben passieren konnte, Du und Deine wunderbare Tochter Alina. Ich bin so stolz auf Euch beide. Bessere Kinder hätte ich mir gar nicht wünschen können.

In ewiger und inniger Liebe
Deine Mutter Lidwina

Jennifer legte die Übersetzung des Briefes auf ihren Schreibtisch und schaute erneut zum Fenster hinaus. Sie hatte Tränen in den Augen, während sie hinauf zum Himmel blickte. Es war ein schöner Tag. Blauer Himmel mit großen aufgeblähten weißen Wolken, die langsam nach Osten zogen. Ein ähnlicher Tag musste das damals in Galizien gewesen sein. Ein Tag, der hell und freundlich begonnen und in tiefem Schwarz und Rot geendet hatte. Ein rabenschwarzer, blutroter Tag für die Bewohner des kleinen Dorfes, der ihnen so viel Schmerz und Verzweiflung bringen sollte. In solchen Momenten empfand Jennifer es immer als große Gnade, in einem so friedlichen Land leben zu dürfen. Sie hatte Gott sei Dank nie einen Krieg erleben müssen und hoffte innig, dass ihr das erspart bleiben würde.

Was für ein Brief! Und was für ein furchtbares Verbrechen. Die arme alte Frau hatte das Wissen darum ihr ganzes Leben lang mit sich herumgetragen. Wie sehr muss es sie all die Jahre gequält haben! Und einer von denen, die ihr und ihrer Mutter das angetan hatten, war aus Mannheim. Was für eine grauenhafte Vorstellung!

Jennifer stand auf und ging im Zimmer auf und ab. Immer wieder überflog sie die Zeilen und immer wieder erschütterte sie der Inhalt des Briefes von Neuem. Es stand für sie außer Frage, sie musste Alina helfen. Sollte dieser Kriegsverbrecher in der Tat noch leben und vielleicht sogar als unbescholtener Bürger hier in Mannheim wohnen, würde sie ihn ausfindig machen. Ein solches Verbrechen durfte niemals verjähren. Sie würde alles daran setzen, Alina und ihrer Mutter zu helfen und den Alten vor den Kadi zu zerren.

Plötzlich erschrak Jennifer. Alinas Mutter! Über den grausamen Mord an der – ja, in welchem Verwandtschaftsverhältnis stand sie eigentlich zu Alina? Jennifer stutzte einen Moment, ... an der Urgroßmutter von Alina, hatte sie beinahe vergessen, dass ja noch immer der Verbleib von Renata Iwancyk ungeklärt war. Es gab für Jennifer nun doch keinen Zweifel mehr daran, dass Renata nach Mannheim gekommen war. Und kurz darauf war sie spurlos verschwunden. Hoffentlich war ihr nicht doch etwas zugestoßen? Vielleicht lebte ja dieser, sie schaute nochmals auf den Brief und las: »Friedrich von Sploen« tatsächlich noch? Sie rechnete, er musste dann heute mindestens um die neunzig sein. Vielleicht war ja Renata tatsächlich zu ihm gegangen und hatte ihn mit seiner Gräueltat konfrontiert, ihm sein Amulett, das ein ausschlaggebendes Beweismittel sein würde, vor die Nase gehalten und ihm mit gerichtlichen Schritten gedroht? Und wer weiß, wie der reagiert hatte? Vielleicht hatte er versucht, Renata das Amulett abzunehmen? Vielleicht war es dabei zu Handgreiflichkeiten gekommen? Und nun hielt er sie in seiner Wohnung oder seinem Haus fest? Im schlimmsten Fall hatte er ihr vielleicht sogar etwas angetan? Aber daran wollte sie gar nicht denken. Doch der Gedanke ließ sich nicht verdrängen, ging ihr nicht mehr aus dem Kopf.

Und wenn er der Serientäter war? Und das zweite Opfer vielleicht Renata war? Sie musste Alexander anrufen. Jennifer griff zum Hörer. Doch dann legte sie gedankenversunken wieder auf. Das war doch alles Quatsch, was sie sich da zusammenreimte. »Alexander wird denken, dass ich spinne.« So ein Quatsch, ein neunzigjähriger Greis als Serienkiller! Das machte alles einfach keinen Sinn! Es war absurd zu glauben, die Fälle könnten etwas miteinander zu tun haben.

Tausend Fragen stürmten auf sie ein und ihr brummte der Schädel. Sie musste unbedingt versuchen, einen klaren Kopf zu behalten. Eins nach dem anderen! Der Brief hatte ihr schließlich einige konkrete Anhaltspunkte geliefert.

Denen galt es nun nachzugehen.

Jennifer holte das Telefonbuch heraus. »… Van der Lubbe, Villinger, Vogel, Von Kahlden …«, sie glitt mit dem Finger im Telefonbuch entlang. »Bingo!« Da stand »Von Sploen, Friedrich« und dahinter die Straße mit der Hausnummer. Das musste er sein!

Jennifer notierte sich alles. Das war eine Adresse in der Oststadt, unmittelbar am Luisenpark, also in der besten Wohnlage Mannheims. Er schien also noch immer in Mannheim zu wohnen und anscheinend auch noch zu leben, zumindest war dies bei der Drucklegung des Telefonbuchs der Fall gewesen. ›Der muss wirklich uralt sein‹, dachte Jennifer bei sich, resümierte jedoch: »Aber auch Alter schützt vor Strafe nicht!«

»Auf, Sly, heute gehen wir mal im Unteren Luisenpark spazieren!« Sly, der sich gerade gemütlich aufs Sofa gerollt hatte, wirkte eher lustlos. »Auf, mach schon! Im Luisenpark gibt es ganz vornehme Oststadt-Hundedamen! Komm schon, du Macho!«

Dieser Versuchung konnte der Vierbeiner nicht widerstehen. Und wie der Blitz stand er bei Fuß an der Tür neben Jennifer. Das Flanieren am Luisenpark versprach aufregend zu werden.

Wie recht er haben sollte!

22

Jennifer hatte Sly nicht zu viel versprochen. Die Hundedamen, die im Unteren Luisenpark spazieren geführt wurden, waren nicht zu verachten. Die Chihuahuas interessierten Sly nur wenig, mit diesen Handtaschenhunden wusste er nichts anzufangen und die Afghanen mit ihren langen Mähnen waren für ihn eindeutig eine Nummer zu groß. Die Pudeldamen waren da schon eher interessant, obwohl er bei den meisten dieser vornehm gestylten silbergrau-rosafarbenen dauergewellten Ladys nicht landen konnte. Dafür wirkte er wohl viel zu unkonventionell und verwegen. Ob man ihm ansah, dass er im Jungbusch wohnte?

Während Sly gut mit seinen Betrachtungen über die weibliche Hundewelt beschäftigt war, galt Jennifers Aufmerksamkeit den Villen, die die Straße entlang des Luisenparks säumten. Es waren zum Teil außergewöhnlich schöne Gebäude mit großartigen Fassaden. Zweifellos war die Oststadt, was die Architektur anbelangte, der prächtigste Stadtteil Mannheims.

Es war am Ende des 19./Anfang des 20. Jahrhunderts gewesen, als wohlhabende Mannheimer Bürger sich hier niedergelassen hatten. Das Witzige dabei war, dass viele von ihnen aus dem Jungbusch kamen, wo sie eindrucksvolle Spuren hinterlassen hatten. Denn die imposanten Gründerzeithäuser in der Jungbusch- und Kirchenstraße, die noch heute die einstige Pracht erkennen ließen, waren von denselben vermögenden und einflussreichen Mannheimern errichtet worden. Doch dann war eine Flut von kinderreichen, armen Menschen aus dem Odenwald und der Pfalz nach Mannheim gekommen. Sie suchten im Hafen und den Fabriken auf der Friesenheimer Insel nach Arbeit und ließen sich zwangsläufig in den nahegelegenen Stadtteilen nieder. Und das war nun mal in erster Linie der Jungbusch gewesen. Dies hatte jedoch dazu geführt, dass die »Crème de la Crème« Mannheims den Stadtteil fluchtartig verlassen hatte. Sie waren in das damals noch unbebaute Gelände des heutigen Luisenparks abgewandert und hatten dort die Oststadt aus der Wiege gehoben.

Jennifer hatte sich vor einigen Jahren einmal in einem Artikel zur Mannheimer Stadtgeschichte mit diesem Thema etwas intensiver befasst. Bei ihren Recherchen war sie auf zahlreiche Namen von Bankiersfamilien, von Industriellen und erfolgreichen Kaufleuten gestoßen. An den Namen »von Sploen« konnte sie sich jedoch nicht erinnern. Es schien sich bei den »von Sploens« zumindest um keine alteingesessene Mannheimer Familie zu handeln. Sie atmete auf. Der Gedanke beruhigte Jennifer ein wenig, obwohl die schreckliche Tat dadurch um keinen Deut harmloser wurde. Es war ein irrationales Empfinden, das wohl eher mit ihrem ausgeprägten Lokalpatriotismus zu tun hatte.

Sie setzte sich auf eine der Bänke in Straßennähe. Es war ein sonniger Märztag, so wie sich das für den Frühlingsanfang gehörte, trotzdem spürte Jennifer die Kälte, die noch immer vom Boden nach oben abstrahlte. Sie zog ihr Smartphone heraus. »So, jetzt zeig mal, was du kannst!« Eigentlich mochte sie das Ding nicht. Ein Telefon sollte eigentlich in erster Linie zum Telefonieren da sein und musste nicht auch noch hundert andere Funktionen bedienen. Aber als ihr Stiefvater es ihr zu Weihnachten mit den Worten: »Das ist das allerneueste Modell auf dem Markt« geschenkt hatte, wollte sie ihn nicht vor den Kopf stoßen. Allerdings graute es ihr gleichzeitig davor, sich mit der Bedienungsanleitung dieses »Alleskönners« auseinandersetzen zu müssen. Auch wenn alle um sie herum Stilaugen bekamen, wenn sie es herauszog, so musste sie sich doch eingestehen, dass das einfach nicht ihre Welt war. In dieser Beziehung war sie noch ganz schön altmodisch. Sei's drum! Jetzt würde es ihr zum ersten Mal einen nützlichen Dienst erweisen. Sie tippte die App an, gab die Adresse in Google ein und ging

147

auf Maps und Street-View. Und da war es, das Haus von Friedrich von Sploen. Glücklicherweise hatte er es nicht schwärzen lassen. »Wahrscheinlich weiß er gar nichts von seinem Glück, geschweige denn was Google ist.« Sie lachte: »Der denkt wahrscheinlich, das ist was zum Essen, ein Gugelhupf oder so was.«

Nachdem sie das Foto eine Weile betrachtet hatte, steckte sie das Smartphone wieder ein. Ihre Augen glitten die Straße entlang und blieben schon kurz darauf an einem nahe gelegenen säulenverzierten Haus mit zahlreichen Erkern und Balkonen haften. Sie erkannte das Haus der von Sploens sofort.

Die Villa strahlte noch immer eine gewisse Eleganz aus, obwohl ihr sicher ein frischer Anstrich gut getan hätte. Auch die hölzernen Fensterläden im ersten Stock erschienen ihr mehr als renovierungsbedürftig. An einem der Fenster hatten sie sich sogar aus ihrer Verankerung gelöst und hingen nun schräg vor den Fensterscheiben. Die stabilen Rosenspaliere, die sich um die Eingangstür zogen, schienen schon lange verwaist zu sein. Keine einzige Pflanze rankte an ihnen. Sie wirkten wie eiserne Skelette, der schwarze Anstrich war an vielen Stellen vom Metallgestänge abgeblättert und überall schien sich Rost breit zu machen. Die Villa wirkte zwar einerseits bewohnt, andererseits aber auch ziemlich vernachlässigt.

Hier also schien dieser Friedrich von Sploen zu wohnen. Gedankenversunken betrachtete sie die Villa. Irgendwie musste sie an den Alten rankommen. Bloß, wie sollte sie das anstellen? Einfach hingehen und klingeln und ihn mit den Vorwürfen konfrontieren? Er würde sofort dichtmachen und alles von sich weisen. Und er wäre vorgewarnt. Oder sollte sie ihn gar nicht auf seine Vergangenheit ansprechen und nur nach Renata fragen? Das wäre genauso ungeschickt. Wenn er sie wirklich dort festhielt, würde er es ihr natürlich nie und nimmer sagen. Nein, sie musste sich irgendeinen Vorwand ausdenken, um in das Haus hineinzukommen.

Sie blickte hinüber zur Wiese, wo Sly mit einem anderen Hund herumtollte. Eigentlich war das ja gar nicht erlaubt. Auf dem Schild am Eingang des Parks war auf kleinen Bildern unmissverständlich dargestellt, dass Hunde an die Leine genommen werden mussten, Radfahrer abzusteigen hatten und das Fußballspielen verboten war. Aber niemand scherte sich wirklich darum. Wo kein Kläger ist, ist auch kein Richter. Sly war in seinem Element. Warum sollte sie ihm das verwehren?« Während sie sein Treiben beobachtete, kam ihr plötzlich eine Idee.

Jennifer zog nochmals ihr Smartphone heraus und schaute sich nun in »Google Earth« die Seiten des Grundstücks an, die sie von der Bank aus nicht gut erkennen konnte. Sie zoomte das Grundstück heran. Anscheinend gab es an der Seite des Hauses einen kleinen Trampelpfad, der nach hinten in den Garten führte. Aber der war vom Haus aus viel zu gut einsehbar. Aber weiter links von der Villa schienen die Hecken, die das Grundstück umzäunten, nicht sehr hoch zu sein. Sie dachte kurz nach. Ja, das könnte klappen!

Kurz darauf stand Jennifer genau vor diesen Büschen. Sie hob Sly hoch. »Mensch, bist du schwer, Junge!«, stöhnte sie, während sie ihn über die Hecke in den Garten hievte. »So, jetzt lauf schon los hinters Haus! Keine Angst, ich hol dich gleich wieder!«

Kurz darauf stand sie vor der Eingangstür. Sie zögerte einen Augenblick, dann nahm sie ihren ganzen Mut zusammen und drückte auf den Klingelknopf. Wie der Alte wohl aussah? Wie ein brutales Monster mit kalten, leblosen Augen? Oder eher wie ein harmloser Tattergreis, halb blind und halb taub? Sie wurde aus ihren Gedanken gerissen, als sich schließlich die Tür öffnete. Vor ihr stand jedoch kein alter Mann, sondern eine blonde Frau Mitte 50. Jennifer war für den Bruchteil einer Sekunde irritiert, fasste sich jedoch sogleich wieder.

»Ja?« Die Frau schaute sie fragend an. »Was Sie wünschen?«

»Guten Tag, entschuldigen Sie bitte, dass ich Sie störe, aber mein Hund ist in Ihren Garten gelaufen«, erklärte Jennifer mit gespielter Unschuldsmiene.

»Was für ein Hund? Hier nix Hund.« Die Frau wollte die Tür gerade wieder schließen, doch Jennifer drückte von außen mit der Hand dagegen.

»Nehmen sofort Hand weg!«, schrie die Frau sie an.

»Aber warten Sie doch, Sie brauchen keine Angst vor mir zu haben«, beschwichtigte sie Jennifer, »ich tue Ihnen doch nichts, ich möchte nur meinen Hund aus Ihrem Garten holen.«

Die Frau schaute sie misstrauisch von oben bis unten an. Als sie die Hundeleine in Jennifers Hand erblickte, schien sie jedoch beruhigt zu sein. »Warum Sie nicht besser schauen auf Hund?«, herrschte sie Jennifer an.

»Es tut mir ja wirklich sehr leid, dass ich Ihnen so viele Umstände mache. Kann ich denn nicht schnell hereinkommen und meinen Hund aus Ihrem Garten holen? Er lässt sich nämlich nicht von Fremden anfassen«, erklärte ihr Jennifer, »und ich möchte nicht, dass er nach Ihnen schnappt.«

»Na, dann reinkommen und Hund in Garten holen!«

Während Jennifer den Gang entlanglief, schaute sie sich unbemerkt um. Sie wollte sich so viel wie möglich von dem Haus einprägen. Vor allem aber hoffte sie, irgendwo den Alten zu sehen.

Der Flur war mit feingewebten Läufern mit persischen Mustern ausgelegt. Die Teppiche waren sicherlich einmal sehr teuer gewesen. Die Möbel waren schwer und dunkel. Alte deutsche Eiche. Alles sehr rustikal. Allein schon daran war zu erkennen, dass hier ein alter Mensch wohnen musste, denn die Möbel entsprachen dem Zeitgeist der

50er/60er Jahre. In einer der Vitrinen war eine Sammlung von Zinkbechern und -kannen. Ein Material, das Jennifer von jeher abscheulich gefunden hatte. An der Wand über einem Sekretär hing das Brustbild eines Mannes in Uniform, eingerahmt von zwei Wandleuchtern aus Bleikristall. Jennifer blieb einen Augenblick stehen und schaute sich das Foto an. Das musste dieser Friedrich von Sploen als Offizier im Zweiten Weltkrieg sein.

»Hier ist Garten. Nehmen Hund und dann gehen!« Die Frau riss Jennifer aus ihren Betrachtungen.

»Wohnen Sie hier allein?«, fragte Jennifer sie und bemühte sich besonders freundlich und verbindlich zu wirken.

»Nein, ich pflegen alte Mann«, antwortete die Frau kurz.

»Ich heiße übrigens Jennifer Trams«, wechselte sie nun das Thema und streckte der Frau die Hand entgegen. Sie wollte versuchen, die andere in ein Gespräch zu verwickeln.

Zögernd ergriff die Frau ihre Hand: »Jozefina Dzierwa!«

»Freut mich, Sie kennenzulernen«, lachte Jennifer sie an. »Wo kommen Sie denn her?«

»Polen!«, war die kurze Antwort. Die Frau schien nicht sehr gesprächig zu sein. Trotzdem würde sie nicht so leicht aufgeben.

»Das ist sicherlich nicht einfach, einen alten Menschen zu pflegen. Und dazu noch in einem fremden Land!«

Sie nickte. »Ist schwere Arbeit. Mann sehr alt und krank. Immer oben in Bett gehen.«

»Meinen Sie nicht, er würde sich freuen, wenn ich ihm mal kurz Guten Tag sagen würde?« Jennifer versuchte eine Möglichkeit zu finden, Friedrich von Sploen wenigstens für einen Augenblick zu sehen.

»Nein, das keine gute Idee! Herr von Sploen wollen keine Besuch. Mann sehr böse!«, wehrte die Frau sofort ab. »Nicht wollen, dass Fremde in Haus kommen.«

»Schade«, erwiderte Jennifer. Zumindest hatte sie aber nun erfahren, dass sich sein Schlafzimmer oben im ersten Stock befand.

Als die Frau die Terrassentür öffnete, saß Sly bellend auf dem Treppenabsatz der äußeren Kellertür und machte gerade Anstalten hinunterzulaufen. Die Frau war sichtlich erbost und herrschte Jennifer an: »Hund nix gehen Keller, alles vollscheißen! Sie Köter nehmen und sofort gehen. Herr von Sploen aufwachen, wenn so laut machen!«

»Verzeihung! Es tut mir wirklich leid.« Jennifer gebot Sly, ruhig zu sein, was ihr jedoch nur schwerlich gelang. »Sly ist halt noch ein junger Hund und junge Hunde sind nun mal neugierig und verspielt. Aber keine Sorge, er ist stubenrein!«

Und während Jennifer ihn an die Leine nahm und sich in Richtung Ausgang bewegte, meinte sie: »Du bist ein böser Hund, Sly! Du darfst doch nicht einfach in fremde Gärten laufen und dann noch so laut bellen. Also, dann auf Wiedersehn und entschuldigen Sie nochmals die Störung.«

Die Frau nickte ihr zu, während sie die Tür verärgert ins Schloss warf.

»Auweia, die war ja ganz schön sauer!«, brummelte Jennifer vor sich hin. »Na ja, das war ja auch ganz schön dreist, wie wir sie überfallen haben. Aber der Zweck heiligt die Mittel!«

Trotzdem war Jennifer ganz und gar unzufrieden mit dem Resultat ihrer Aktion, denn sie hatte so gut wie nichts gebracht.

Sie wusste zwar jetzt, dass Friedrich von Sploen noch lebte und dass er ein Pflegefall war. Aber das brachte sie in ihren Ermittlungen überhaupt nicht weiter. Denn nun schien auch klar zu sein, dass er niemals in der Lage gewesen wäre, Renata festzuhalten oder ihr gar etwas anzutun. Darüber hinaus war ja auch noch seine Pflegerin im Haus. Sie hatte also ganz falsch mit ihrer Vermutung gelegen, dass Renata Friedrich von Sploen aufgesucht hatte. Somit konnte sie sich von der Idee, Renata würde sich in dem Haus befinden, verabschieden. Vielleicht hatte sich Alina doch geirrt und ihre Mutter hatte Friedrich von Sploen niemals aufgesucht. Vielleicht war sie ja nicht einmal in Mannheim gewesen. Wer weiß, warum Renata tatsächlich nach Deutschland gereist war? Vielleicht hatte Renata einen Mann kennengelernt und war zu ihm nach Deutschland gefahren und hatte das ihrer Tochter nicht sagen wollen. Möglicherweise war es ja eine Bekanntschaft, die sie übers Internet gemacht hatte. Es gab unzählige Foren, in denen Frauen aus Osteuropa versuchten, Männer, die im Westen lebten, kennenzulernen. Was tat man nicht alles aus Liebe oder auch aus der Sehnsucht heraus, ein Leben in vermeintlichem Wohlstand in Deutschland führen zu können! Vielleicht gab es ja für Renatas Verschwinden eine ganz harmlose Erklärung. Aber der Brief, den Alinas Großmutter hinterlassen hatte. Würde Renata sich wirklich über den letzten Willen ihrer Mutter hinweggesetzt haben? Das machte doch alles keinen Sinn. Ihr schwirrte der Kopf. Verdammt noch mal, war das eine verfahrene Situation. Hätte sie sich bloß nie darauf eingelassen. Arteo hatte recht gehabt. Es war eine Schnapsidee gewesen, nach Polen zu reisen. Alles für die Katz!

Jennifer überquerte mit Sly die Straße. Die Sonne schien noch immer und so fläzte sie sich auf eine der Parkbänke. Sie schloss die Augen und spürte die Wärme der zarten Sonnenstrahlen auf ihrer Haut. Wie sollte sie bloß weiter vorgehen? Sie hatte keinen weiteren Anhaltspunkt als den Hinweis auf die Villa der von Sploens. Jennifer seufzte. Es würde ihr wohl nichts anderes übrig bleiben, als heute Abend Alina in Darłowo anzurufen und ihr mitzuteilen, dass sie den Fall abgeschlossen habe. Ihre Mutter sei allem Anschein nach doch nicht in Mannheim gewesen. Wahrscheinlich müsste sie nur etwas Geduld haben. Ihre Mutter würde sicherlich wieder auftauchen. Aber das war alles so unbefriedigend. Mist!

Sly stupste mit seiner Schnauze gegen Jennifers Knie.

Jennifer ging jedoch nicht darauf ein und ohne sich zu rühren, meinte sie, während sie ihm mit der Hand über den Kopf strich:»Lass mich noch ein bisschen die Sonne genießen, Dicker, wir gehen ja gleich nach Hause.«

Aber Sly konnte penetrant sein und dachte überhaupt nicht daran, Ruhe zu geben. Stattdessen stupste er sie immer und immer wieder und als sie nicht reagieren wollte, zwickte er sie sanft in die Wade.

»Aua, du spinnst wohl! Das geht jetzt aber wirklich zu weit! Soll das die Retourkutsche sein für die Gartenaktion?« Sie setzte sich auf und öffnete die Augen.»Dann sind wir ja jetzt quitt, du alter Schlawiner!« Sie lachte ihn an:»Ich weiß, das war nicht okay, dass ich dich einfach über das Gebüsch in den Garten gehievt und dir dann auch noch vor dieser Frau Vorwürfe gemacht habe. Aber der Zweck heiligt die Mittel und schließlich bist du ja mein Kompagnon, oder? Da musst du schon auch etwas Körpereinsatz zeigen, mein Lieber!«

Sly bestätigte Jennifers Aussage mit einem überzeugenden»Wuff«, indem er gleichzeitig mit seiner Pfote an ihrem Stiefel kratzte.»Hör auf, was ist denn bloß mit dir los? Das gibt lauter Striemen im Leder!« Jennifer zog ihr Bein zurück und strich mit den Fingerspitzen über ihren Stiefel. Plötzlich hielt sie inne und blickte auf den Boden neben ihrem Schuh. Als sie dieses glitzernde Etwas aufhob, spürte sie, wie ihr Herz in der Brust heftig zu pochen begann. Sie hielt es gegen die Sonne und drehte es nach allen Seiten und obwohl sie die Inschrift nicht entziffern konnte, wusste sie genau, was sie in diesem Augenblick in ihren Händen hielt. Es war nichts anderes als das Amulett, das Renatas Großmutter damals in der Stunde ihres Todes ihrem Mörder entrissen hatte.

23

Das Amulett änderte alles. Das alte Schmuckstück war der Beweis dafür, dass Renata in der Villa gewesen war. Jennifer zog eine Zigarette aus der Dunhill-Schachtel, während sie sich an ihren Schreibtisch setzte. Sie fuhr sich mit der Hand durchs Haar, atmete tief ein und stieß die Luft stoßartig aus, als wollte sie alles, was an innerlichem Druck auf ihrem Herzen lastete nach außen befördern. Genau das waren die Momente, wo sie alle ihre Kraft brauchte, um der Versuchung zu widerstehen, nach dem Feuerzeug zu greifen und sich eine Dunhill anzuzünden. Stattdessen steckte sie sich die kalte Zigarette zwischen die Lippen und nuckelte daran.

Erneut nahm sie die Übersetzung des Briefes zur Hand und überflog die Zeilen, so als müsse sie doch noch eine Information entdecken, die ihr zuvor entgangen war. Irgendetwas, was sie überlesen hatte. Aber sie fand keinen Hinweis und so legte sie die Übersetzung zusammen mit dem Brief wieder in das Kuvert auf ihrem Schreibtisch.

Sie drehte das Amulett nochmals um und betrachtete die Gravur ganz genau. Aber es gelang ihr nicht, die Inschrift in Sütterlin gänzlich zu entziffern. Den einen oder anderen Buchstaben kannte sie, aber mehr auch nicht. Vielleicht sollte sie ja doch einmal einen Volkshochschulkurs besuchen, in dem die Sütterlin-Schrift gezeigt und erklärt wurde. Seit sie die Detektei eröffnet hatte, war sie schon mehrmals auf Dokumente in Sütterlin gestoßen. Insbesondere hatte es sich dabei um Erbstreitigkeiten gehandelt, bei denen alte handgeschriebene Testamente aus der Zeit vor dem Zweiten Weltkrieg eine Rolle gespielt hatten.

Sie nahm das Amulett an der Kette und hängte es über den metallenen Rundbogen ihrer Schreibtischlampe, der den Lampenfuß mit dem Schirm verband. Es begann sich um die eigene Achse zu drehen und wie ein Mobile vor ihren Augen zu tanzen. Es war zweifellos das Amulett aus dem Abschiedsbrief von Alinas Großmutter. Der Anhänger und die Kette waren über 70 Jahre alt. In ihrer Patina war die Geschichte von drei Generationen verschmolzen. Und was für eine Geschichte! Eine voller Dramatik, Leid und Schmerz. Ein Glücksbringer, an dem das Blut Unschuldiger klebte.

Was um alles in der Welt sollte sie bloß tun? Sollte sie Alexander anrufen und ihm die Geschichte erzählen? Nein, das war keine gute Idee, der hatte genug mit den beiden Leichenfunden zu tun. Die Soko aus über fünfzig Mitarbeitern arbeitete unermüdlich an dem Fall. Sie warteten noch immer vergeblich auf einen entscheidenden Hinweis aus der Bevölkerung oder dass ihnen der Zufall zu Hilfe kommen würde. Aber nichts dergleichen war bisher geschehen. Ein paar Trittbrettfahrer und Wichtigtuer hatten sich gemeldet. Pure Zeitvergeudung! Alexander, der eh schon rund um die Uhr mit seinen Ermittlungen beschäftigt war, hatte sie recht unsanft vor die Tür befördern lassen und ihnen angedroht, sie wegen Falschaussage zur Rechenschaft zu ziehen. Im Polizeipräsidium jagte ein Meeting das andere, denn sie gingen dem noch so kleinsten Detail nach, in der Hoffnung, es würde sich daraus eine heiße Spur ergeben.

Jennifer hatte Alexander seit dem Abend beim Griechen nicht mehr gesehen. Sie hatten sich in der darauffolgenden Woche zwar ein paar Mal verabredet, er hatte jedoch jedes Mal kurz vorher abgesagt, sodass sie schon fast Zweifel an seinen Empfindungen für sie bekommen hatte. Vielleicht waren seine Gefühle ja bereits abgekühlt? Auf der anderen Seite hatte er sie fast jeden Abend angerufen. Das hätte er sicher nicht getan, wenn sie ihm gleichgültig wäre. Warum war sie bloß immer gleich so misstrauisch? Warum konnte sie nicht einfach die Augenblicke mit ihm genießen und alles auf sich zukommen lassen? Sie legte jedes Wort und jede seiner Reaktionen, die nicht ihren Erwartungen entsprach, auf die Goldwaage und interpretierte etwas Negatives hinein. Jennifer hasste diese Seite an sich. Früher war sie nicht so gewesen, aber seit der kläglichen Beziehung mit Mark hatte sie ihre Unbeschwertheit verloren. Sie sehnte sich so sehr nach Alexander. Sollte sie ihn nicht doch anrufen? Das Amulett wäre doch ein vortrefflicher Grund, sich bei ihm zu melden, ohne den Eindruck zu erwecken, sie laufe ihm hinterher. Nein, das war unfair. Sie durfte der Versuchung nicht erliegen, Geschäftliches mit Privatem zu vermischen. Alexander hatte zurzeit Stress ohne Ende, da musste sie jetzt nicht auch noch mit ihrer Geschichte kommen. Und außerdem, was würde Alexander schon machen können, außer hinzugehen, Friedrich von Sploen das Amulett unter die Nase zu halten und ihn zu fragen, ob Renata Iwancyk ihn Ende Januar/ Anfang Februar aufgesucht habe? Der würde das mit ziemlicher Sicherheit nie und nimmer bestätigen, sofern Alexander den Alten überhaupt zu Gesicht bekäme und er nicht seine Pflegerin, dieser Jozefina Dzierwa, vorschicken würde. Friedrich von Sploen lag ja angeblich krank in seinem Bett. Aber wer weiß, vielleicht stimmte das ja gar nicht und in Wirklichkeit ging es dem Alten gut. Vielleicht benutzte er seine Pflegerin dazu, ihn abzuschirmen. Aber warum sollte diese Jozefina die Unwahrheit sagen und Friedrich von Sploen vielleicht sogar decken? Was hätte sie davon? Vielleicht hatte ja der Alte Renata doch in seiner Gewalt und zwang diese Jozefina für ihn zu lügen. Am Ende bedrohte er vielleicht sogar beide Frauen? Aber ehrlich gesagt, hatte die Pflegerin eigentlich keinen eingeschüchterten Eindruck auf sie gemacht. Ach, das war alles so was von verworren! Alles und Nichts war möglich. Jede ihrer Theorien konnte stimmen, aber sie konnte auch mit ihren sämtlichen Vermutungen gänzlich daneben liegen.

Es konnte ja auch sein, das Renata zwar dort gewesen, aber wieder unverrichteter Dinge gegangen war, weil sie hatte feststellen müssen, dass sie den alten kranken Mann nicht mehr zur Rechenschaft ziehen konnte. Vielleicht hatte sie ja dabei das Amulett unbemerkt verloren oder es absichtlich dort gelassen, um endlich einen Strich unter die Vergangenheit machen zu können. Vielleicht gab es ja tatsächlich eine harmlose Erklärung für das alles. Und wenn Renata in der Villa doch etwas zugestoßen war? Fragen über Fragen. Und keine Antworten, nur vage Vermutungen. Im Grunde hatte sie nichts in der Hand. Wenn sie nur wüsste, wo genau Sly das Amulett gefunden hatte. Im Garten oder im Haus?

Jennifer grübelte und grübelte. Sie konnte es drehen und wenden wie sie wollte, es gab nur eine einzige Möglichkeit: Wollte sie sich absolute Gewissheit verschaffen, musste sie nochmals in die Villa zurückkehren. Sie musste Friedrich von Sploen sehen und mit ihm reden, und selbst wenn es nur für einen kurzen Augenblick sein würde. Er war der Schlüssel zu all ihren Fragen.

Jennifer war sich durchaus bewusst, dass eine solche Aktion riskant war, denn sie wusste nicht, was sie in der Villa letztendlich erwartete. Trotzdem nahm sie sich vor, am nächsten Tag nochmals hinzugehen. Es musste ihr irgendwie gelingen, diese Jozefina Dzierwa für sich einzunehmen. Sie musste versuchen, ihr Vertrauen zu gewinnen. Die Frau war ihr sehr abweisend und verbittert vorgekommen.

Immer mit einem alten senilen Menschen zusammen zu sein und darüber hinaus keine weiteren sozialen Kontakte zu haben, war sicherlich nicht einfach. Da würde wahrscheinlich der freundlichste und optimistischste Mensch mit der Zeit mürrisch und ablehnend werden. Die Frauen, die aus einer finanziellen Notlage hier in Deutschland für die Pflege alter Menschen anheuerten, leisteten Schwerstarbeit. Die Trennung von ihrer Familie, die andere Kultur und die fremde Sprache, all das war nicht leicht. Sie hatten mit Sicherheit große Sehnsucht nach ihren Kindern und Enkeln und den Menschen, die ihnen vertraut waren. Wenn auch die Bezahlung, gemessen an dem, was sie in ihrem Heimatland verdienten, in Deutschland recht passabel war, so war es die Arbeitszeit keinesfalls. Sie mussten vierundzwanzig Stunden rund um die Uhr ansprechbar sein. Ihr Dienst endete somit nie und das oft monatelang. Eine Vereinsamung und der damit verbundene innere Rückzug waren fast unausweichlich. Und genau da musste sie den Hebel ansetzen, bei ihrer Einsamkeit. Jennifer war sich nicht sicher, ob es ihr gelingen würde, an sie heranzukommen, aber sie wollte es wenigstens nicht unversucht lassen. Sie hatte schließlich nichts zu verlieren.

Nachdem Jennifer am nächsten Morgen in aller Frühe mit Sly die allmorgendliche obligatorische Toilettenrunde absolviert hatte, ging sie mit ihm zurück in ihre Wohnung. »Sly, mein Schatz, heute Vormittag musst du mal ausnahmsweise allein zu Hause bleiben. Ich kann dich bei dem, was ich vorhabe, nicht gebrauchen. Da würdest du mich nur stören«, erklärte sie ihm nach dem Frühstück. »Aber wenn ich heute Mittag zurückkomme, dann machen wir einen langen Spaziergang. Versprochen!« Sly, der schon bereit zum Aufbruch an der Tür gestanden war, trottete beleidigt ins Wohnzimmer zurück und sprang aufs Sofa, wo er sich der Länge nach ausstreckte.

Jennifer marschierte die verlängerte Jungbuschstraße hinunter in Richtung Marktplatz. Dort schlenderte sie an den zahlreichen Blumenständen in der vordersten Reihe entlang. Sie liebte den Mannheimer Markt, der ihr von Kindesbeinen vertraut war. Seit sie vor Jahren wieder nach Mannheim zurückgezogen war, hatte sie es sich nicht nehmen lassen, wann immer sie konnte, samstagvormittags auf den Wochenmarkt zu gehen. Meist versuchte sie gegen Viertel vor zwölf dort zu sein, um dem wunderbaren Glockenspiel zu lauschen. Und natürlich hatte sie es sich auch nie nehmen lassen, sich eines der legendären Fleischkäsebrötchen aus einer der Buden an der Marktplatzkirche zu gönnen.

Heute war jedoch alles anders. Sie durfte keine Zeit vergeuden. Jennifer suchte einen schönen großen Strauß mit Frühlingsblumen aus. Mit ihm und einer Tüte Muffins machte sie sich auf den Weg in die Oststadt.

Jozefina Dzierwa blickte sie erstaunt an. Bevor sie jedoch etwas sagen konnte, war Jennifer schon die fünf Stufen hinaufgeeilt und hatte ihr den Blumenstrauß in die Hand gedrückt. Dabei hatte sie gemeint: »Entschuldigen Sie, wenn ich so mit der Tür ins Haus falle, aber es ist mir einfach ein Bedürfnis, Ihnen eine Freude zu machen. Mir hat das gestern so leid getan, dass mein Hund Sie belästigt hat. Ich möchte das gerne wieder gut machen. Darum habe ich hier einen kleinen Frühlingsgruß für Sie!« Dann hatte sie hinzugefügt, indem sie flotten Schritts das Haus betreten hatte: »Ich habe gedacht, ich bringe auch gleich noch ein bisschen Kuchen mit. Ich kann mir vorstellen, dass es für Sie doch manchmal ganz schön öde sein muss, wenn Sie immer nur mit einem alten kranken Mann zusammen sind.«

All das war so schnell gegangen, dass Jozefina überhaupt keine Chance gehabt hatte, Jennifer abzuwehren. Ihre Überrumpelungstaktik war tatsächlich aufgegangen. Jozefina hatte zwar noch »Halt!« rufen wollen, aber da ging Jennifer schon weiter den Flur entlang. Darum schloss sie einfach die Tür, stammelte »Danke« und meinte, sie solle geradeaus durchgehen.

Jennifer blickte durch die offenen Türen in die einzelnen Zimmer: »Ah, hier ist ja das Wohnzimmer«, meinte sie, während sie hineinging, »das ist ja wirklich gemütlich. Chippendale ist einfach zeitlos!« Jennifer mochte diesen Stil überhaupt nicht, aber sie wollte das Gespräch in Gang halten und plapperte fröhlich vor sich hin. Sie durfte dieser Jozefina keine Gelegenheit geben, zu intervenieren. Gleichzeitig arbeiteten Jennifers Sensoren unter Hochdruck. Sie versuchte, alle Eindrücke zu speichern, Spuren des alten

Mannes zu finden oder Anhaltspunkte zu bekommen, wo er stecken könnte. Nichts wies jedoch darauf hin, dass er sich hier unten befand.

Sie wandte sich um zu Jozefina und meinte zu ihr: »Herrlich haben Sie es hier. So eine alte Villa hat wirklich ein ganz besonderes Flair. Jetzt bin ich doch froh, dass ich den Mut gefunden habe, Sie zu besuchen.« Dabei zauberte Jennifer ihr einnehmendstes Lächeln hervor. »Ich hoffe, Sie freuen sich, dass ich Ihnen ein bisschen Gesellschaft leiste?«

Jozefina blickte sie skeptisch an. Ihr Gesichtsausdruck war trotzdem schwer zu interpretieren, obwohl Jennifer ihr schon anmerkte, dass sie nicht sonderlich von ihrem Besuch begeistert war. Doch bevor sie etwas sagen konnte, fuhr Jennifer fort: »Ich hätte eine große Bitte: Hätten Sie eine Tasse Kaffee für mich? Ich habe morgens immer so einen niedrigen Blutdruck und ich merke gerade, wie es mir schwindelig wird.« Dabei ergriff sie die nächstbeste Lehne und ließ sich auf das Stuhlpolster sinken.

»Ich hoffe, ich mache Ihnen nicht allzu große Mühe«, fügte Jennifer hinzu, »aber eine kleine Kaffeepause tut Ihnen doch sicher auch gut und außerdem schmecken die Muffins besser mit einem leckeren Kaffee.« Wieder packte sie ihr unverschämt freundliches Lächeln aus, dem sich niemand entziehen konnte.

Jennifer überging Jozefinas Unsicherheit und ignorierte ihren irritierten Blick. Ihr Vorgehen war in der Tat an Dreistigkeit kaum zu überbieten. Aber was sein muss, muss sein.

»Mir nix ausmachen. Ich Kaffee kochen und muss auch Blumen Wasser geben. Dann ich wieder kommen. Geschirr in Vitrine stehen«, sie deutete auf den Schrank neben dem Esstisch. Dann verließ sie den Raum.

Als Jennifer hörte, dass Jozefina in der Küche hantierte, huschte sie flugs in den Flur. Leise schlich sie die Treppe hinauf. Sie musste sich vorsichtig bewegen, denn obwohl der gesamte Boden mit Perserteppichen und Läufern ausgelegt war, knarrte das alte morsche Holz der Stufen bei jedem ihrer Schritte.

Oben befanden sich vier Räume. Behutsam öffnete sie die Tür des ersten Zimmers und schaute hinein. Es schien eine Art Boudoir, ein Ankleidezimmer, zu sein, das mittlerweile jedoch eher als eine Art Bügel-, beziehungsweise Wäscheraum genutzt wurde, denn überall lagen große Stapel von Bügelwäsche herum und der Wäschekorb war randvoll mit dreckiger Wäsche. Die Pflegerin schien sich schon seit Wochen nicht mehr um die Wäsche gekümmert zu haben. Aber wenn Friedrich von Sploen ein schwerer Pflegefall war, musste man sich darüber auch nicht wundern, denn dann war die Frau mit seiner Betreuung mehr als ausgelastet. Leise schloss Jennifer wieder die Tür und schlich weiter zur nächsten. Sie machte diese einen Spaltbreit auf. Wieder Fehlanzeige! Hier befand sich die Toilette. »Mein Gott ist hier alles versifft!« Die Kloschüssel hatte wohl auch schon seit längerer Zeit keine Bürste und keinen Putzlappen mehr gesehen. Aber vor allem war es der ekelhafte Geruch nach Urin. Jennifer war sicher alles andere als ein Putzteufel, aber der Zustand der Toilette war wirklich unter aller Kritik. Auch wenn sie das in der untersten Etage gut verborgen hatte, wurde hier oben offenbar, dass Jozefina Dzierwa mit der Arbeit in diesem Haus total überfordert war. Leise bewegte sich Jennifer zur vorletzten Tür des Gangs. Sie überlegte. Das musste das Zimmer sein, an dem sich die lockeren Fensterläden befanden. Sie hatte ein recht gutes räumliches Vorstellungsvermögen. Wieder drückte sie vorsichtig die Klinke hinunter. Als sie gerade hineinschauen wollte, hörte sie plötzlich hinter sich eine Diele knarren. Sie war gerade dabei sich umzudrehen, als sie ein heftiger Schlag auf den Kopf niederstreckte, der ihr die Besinnung raubte.

24

»Verdammt!« Alexander Seefeld schaute den Gerichtsmediziner entgeistert an. »Wenn ich mit allem gerechnet hätte, aber nicht damit!«

Als der Kollege aus der Pathologie gegangen war, griff er sofort zum Hörer.

Aber statt Jennifers meldete sich eine synthetische Stimme: »Der angerufene Teilnehmer ist zur Zeit leider nicht erreichbar. Bitte versuchen Sie es später noch einmal.«

»Frauen!« Jennifer hatte ihre Mailbox anscheinend immer noch nicht umgestellt. Er hasste Ansagen, wo man keine Nachrichten hinterlassen konnte. Aber wer weiß, vielleicht war sie ja zu Hause. Er konnte es ja mal auf ihrer privaten Festnetznummer versuchen. Er hörte das Klingeln auf der anderen Seite.

»Hallo, hier ist Jenny. Und wer bist du? Freue mich auf deine Nachricht nach dem Piep!«

»Ich bin's, Alexander. Schade, dass du nicht zu Hause bist. Ich muss dich unbedingt sprechen. Ich fürchte, über meine Nachricht wirst du alles andere als erfreut sein. Ich muss dir das aber persönlich sagen. Also, ruf mich bitte sofort an, wenn du deine Mailbox abhörst. Hörst du, Jennifer! Es ist sehr dringend! Bis dann!« Alexander Seefeld legte auf.

Er öffnete seine Schreibtischschublade und kramte darin. Ihm fiel nämlich gerade ein, dass er ja noch eine Büronummer von ihr hatte.

»Sie haben die Nummer der Detektei Smart & Sly gewählt. Bitte hinterlassen Sie Ihren Namen und Ihre Telefonnummer. Ich rufe Sie umgehend zurück.«

Erneut legte er auf. Alexander Seefeld lehnte sich in seinem Schreibtischsessel zurück und blickte noch einmal auf den Bericht des Gerichtsmediziners. Er konnte es noch immer nicht fassen, was da stand. Die DNA des Kopfes aus dem Bekleidungshaus stimmte mit der DNA von Renata

Iwancyk überein. Es bestand somit kein Zweifel, dass die Mutter von Jennifers Klientin tatsächlich einem Gewaltverbrechen zum Opfer gefallen war.

Alexander ärgerte sich über sich selbst, dass er nicht näher auf Jennifers Polenreise eingegangen war. Jennifer hatte sicher auch Fotos von dieser Renata Iwancyk mitgebracht. Er hätte sie sich nur anzusehen brauchen, dann wäre ihm viel Arbeit erspart geblieben. Der Kopf war dadurch, dass der Täter ihn zwischenzeitlich eingefroren hatte, in fast unversehrtem Zustand und die Gesichtszüge noch gut erkennbar gewesen, obwohl laut dem pathologischen Befund fast zwei Monate zwischen dem Tod der Frau und dem Auffinden ihres Kopfes gelegen hatten. Aber nachdem Renata Iwancyks DNA nicht mit dem Fuß und dem Unterschenkel übereingestimmt hatte, war die ganze Geschichte für ihn erstmal erledigt gewesen. So sehr er Jennifer mochte, so wenig hatte er ihre Recherchen wirklich ernst genommen. Für ihn war ihre Detektei eher eine Freizeitbeschäftigung, ein Hobby. Die Spielerei einer Journalistin, die nun mal gerne Nachforschungen anstellte. Er hatte sich eher über den ganzen Aufwand, den Jennifer betrieben hatte, amüsiert. Schließlich wurden doch ständig Leute von ihren Angehörigen vermisst, die dann nach Wochen oder Monaten irgendwo quicklebendig auftauchten. Meistens waren die Gründe, warum sie sich abgesetzt hatten, irgendwelche amourösen Abenteuer. Wenn der »Anfall« dann vorbei war, kehrten sie reumütig in den Schoß ihrer Familie zurück. Das waren doch alles Fälle, die sich mit etwas Geduld von selbst lösten. Okay, da konnte ja so ein Detektiv, der dem Vermissten hinterherschnüffelte, ganz hilfreich sein. Zumindest half es, die Sache ein bisschen zu beschleunigen.

Aber der Fall von Renata Iwancyk hatte nun eine ganz andere Dimension bekommen. Sie war allem Anschein nach demselben Täter in die Hände gefallen, wie schon das erste Opfer.

Er seufzte. Ja, das erste Opfer, von dem nur der Fuß mit dem Unterschenkel vorhanden war. Es gab über diese Frau noch immer so gut wie keine Erkenntnisse. Alexanders Kollege Krolsky, den alle nur Krol nannten, hatte ihr noch am Tatort den Namen »Blanka« gegeben, wegen ihrer weißen Haut, wobei er, so makaber das klang, ja eigentlich nur einen Unterschenkel mit Fuß getauft hatte, an dem zudem noch zwei Zehen fehlten. Wo die wohl geblieben waren? Alexander Seefelds Gedanken schweiften ab und er erinnerte sich an einen Fall vor vielen Jahren in Koblenz, wo den Familienmitgliedern zwei Zehen zugeschickt worden waren. Damals hatte sich schnell herausgestellt, dass die Mafia ihre Hände im Spiel hatte. In diesen Kreisen war es durchaus üblich, den Verwandten die Nase, Finger oder auch Zehen des Opfers als Warnung zu schicken. Egal ob in oder außerhalb Europas, die Methoden der Mafia waren gnadenlos. Sie waren in grausamer Weise erfinderisch. Aber bei solchen Fällen handelte es sich fast immer um einen Racheakt oder um Entführungen, auf die dann schnell eine entsprechende Erpressung folgte.

Die Sache hier lag natürlich ganz anders. Auch wenn sie vom ersten Opfer nur den Unterschenkel und den Fuß hatten, so besagte das noch lange nicht, dass sich am Fundort ursprünglich nicht noch weitere Körperteile der toten Frau befunden hatten. Auf der Friesenheimer Insel gab es jede Menge wild lebender Tiere. Sie konnten sie weggetragen, vergraben, vielleicht sogar gefressen haben.

Alexander Seefeld resümierte nochmals: Sie konnten sicher davon ausgehen, dass der Tod der beiden Frauen ziemlich zeitgleich eingetreten war. Die Pathologie hatte gemeint, zwischen Mitte bis Ende Januar, höchstens bis Anfang Februar. Der Täter hatte nach dem ersten Mord somit nicht lange gewartet und binnen kürzester Zeit sein zweites Opfer ermordet. Zumindest kannten sie die Todesursache von Renata Iwancyk. Sie war an einem Genickbruch gestorben, durch einen harten Schlag mit einem schweren Gegenstand auf ihren Hinterkopf. Der Tod musste sofort eingetreten sein. Und trotzdem, all diese Erkenntnisse brachten ihn nicht wirklich weiter, solange die Mordwaffe nicht vorlag. Und er hatte keine Ahnung, wo sie die suchen sollten. Die einzige Spur, die er verfolgen konnte, betraf Renata Iwancyk. Er musste herausfinden, warum sie nach Mannheim gekommen war und mit wem sie sich hier getroffen hatte. Dass sich die beiden Opfer gekannt hatten, davon war wohl eher nicht auszugehen. Und trotzdem, vielleicht hatten sie ja doch irgendetwas gemeinsam. Irgendein Kriterium, nach dem der Täter sie gezielt ausgewählt hatte. Oder waren sie doch nur Zufallsopfer gewesen, die sich nur zur falschen Zeit am falschen Ort aufgehalten hatten? Aber wo sollte das gewesen sein? Das Einzige, was er mit Sicherheit wusste, war, dass der Fundort des ersten Opfers auf keinen Fall der Tatort gewesen war. Bei Renata Iwancyks Kopf musste man sich diese Frage gar nicht erst stellen, ging man nicht davon aus, dass ein irregewordener Abteilungsleiter – ihm fiel der Film »Shining« mit Jack Nicholson ein – mit einem Beil in der Hand in den Umkleidekabinen des Bekleidungshauses am Paradeplatz Amok gelaufen war. Trotz des Ernstes der Angelegenheit konnte er sich bei diesem Gedanken ein ironisches Grinsen nicht verkneifen.

Alexander konnte es drehen und wenden wie er wollte. Die Einzige, die ihm jetzt helfen konnte, war Jennifer. »Melde dich endlich, Mädchen!« Erneut versuchte er sie auf dem Handy zu erreichen. Aber wieder sprang nur die Mailbox an.

»Jennifer, wo zum Teufel steckst du?«

25

Jennifer dämmerte vor sich hin. Sie befand sich in einem Schwebezustand zwischen Schlafen und Wachsein, wo zusammenhanglose Gedankenfetzen den Geist durchströmen wie vom Wind zerzauste fedrige Wolken. Wo kein klares Bild entsteht, sondern sich alles in Zeit und Raum verliert. Nichts ist greifbar in diesen Sekunden, an die man sich später nicht mehr erinnern kann, denn sie sind die Schwelle, die Traum und Wirklichkeit voneinander trennen.

Nach und nach begann Jennifer sich zu spüren, fühlte das Blut in ihren Adern fließen und das Schlagen ihres Pulses. Wie schwer sich alles anfühlte! So als würden bleierne Gewichte auf ihr lasten. Jede Faser ihres Körpers schmerzte! Sie konnte sich kaum bewegen.

Sie nahm ihre kurzen, hastigen Atemzüge wahr. Es war ein schnelles, flaches, hechelndes, stoßartiges Ein- und Ausatmen. Sie erschrak, als sie realisierte, dass sie nur durch die Nase Luft holen konnte. Irgendetwas verschloss ihre Mundhöhle, etwas, das sie würgte, ihre Zunge nach hinten drückte und ihr heftige Atemnot verursachte. Zwischen ihren Zähnen drückte ein Knebel, der brutal in ihre Mundwinkel schnitt, dieses Etwas in ihre Kehle. Sie versuchte ihre Lippen zu fühlen, spannte sie an. Sie brannten wie Feuer, schienen gänzlich ausgetrocknet und spröde zu sein. Sie wollte mit ihren Fingern nach ihrem Mund tasten, um das zu entfernen, was sie am Atmen hinderte. Aber ihre Arme und Hände ließen sich nicht bewegen.

Mit einem Schlag war Jennifer hellwach. Jähe Angst erfasste sie. Sie öffnete ihre Augen, aber sie konnte nichts sehen. Sie blinzelte, waren ihre Augen überhaupt geöffnet? Sie schloss sie, öffnete sie, schloss sie, riss sie auf. Aber es passierte nichts. Um sie herum blieb es stockdunkel. Absolut nichts war zu erkennen, nicht der winzigste Lichtstrahl, an dem sie sich hätte orientieren können. Alles schwarz.

Rabenschwarz. Wieder versuchte sie ihre Hände zu bewegen. Aber ohne Erfolg! Ihre Arme waren auf ihrem Bauch mit irgendetwas zusammengebunden, das keinen Millimeter nachgab und erbarmungslos in ihre Handgelenke schnitt. Jennifer spürte, wie ihr Atem schneller und schneller wurde und ihr Herz zu rasen begann. »Jetzt bloß nicht panisch werden!« Wenn sie sich verschlucken oder husten müsste, könnte das ihr Ende sein. Wieder stieg eine unbeschreibliche Angst in ihr hoch. Sie versuchte ihre Beine hochzuziehen, aber auch die ließen sich kaum bewegen. Sie schienen mit demselben unnachgiebigem Material zusammengebunden zu sein wie ihre Hände. Die Fesseln waren so eng angelegt, dass sie ihr das Blut abschnürten und ins Fleisch schnitten.

Sie starrte mit aufgerissenen Augen in die Dunkelheit, hoffte, doch noch irgendetwas erkennen zu können. Sie blinzelte, presste die Augenlider erneut fest zusammen, um sie gleich wieder weit zu öffnen. War sie überhaupt wach? Vielleicht träumte sie ja das alles nur? »Aufwachen! Ich will aufwachen!«, schrie es voller Verzweiflung in ihr. Vielleicht war das ja nur einer dieser schrecklichen Träume, in denen man zu schreien versuchte und keinen Ton herausbrachte oder wo man weglaufen wollte und einfach nicht vom Fleck kam ...»Bitte, bitte, ich möchte aufwachen!«

Doch es passierte nichts. Sie konnte nicht aufwachen, denn sie war bereits wach, auch wenn sie das für ein paar Sekunden nicht hatte wahrhaben wollen. Das war kein Traum! Es war bittere Realität! Jennifer spürte, wie sich ihre Augen mit Tränen der Verzweiflung und der Hoffnungslosigkeit füllten und sie wieder zu hecheln begann. »Ich darf jetzt nicht weinen! Der Speichelfluss wird mir sonst den letzten Atem rauben. Ich muss mich konzentrieren!« Ein, aus, ein, aus, ein...!« Nach und nach gelang es ihr, ruhiger und rhythmischer zu atmen. »Es gibt für alles einen Ausweg. Jetzt nur nicht die Beherrschung verlieren! Ich muss einen klaren Kopf bewahren, so wie damals, als ich im Keller eingeschlossen war. Das schien doch auch aussichtslos zu sein und ich habe es damals trotzdem rausgeschafft.« Jennifer versuchte, sich Mut zu machen. »Ich darf jetzt nicht resignieren! Alles wird gut!« Sie versuchte tief durch die Nase einzuatmen, was ihr jedoch kaum gelang, denn die Luft war ungemein stickig. Sie hatte das Gefühl, dass nur wenig Sauerstoff zu ihr drang. »Wo zum Teufel bin ich bloß?«

Plötzlich überkam Jennifer eine schreckliche Ahnung. Sie spannte ihre Bauchmuskeln und die ihrer Beine an und schwang die zusammengebundenen Füße mit voller Wucht nach oben. Es tat einen fürchterlichen Schlag und ein heftiger Schmerz durchzuckte ihre Beine, die an etwas abgeprallt waren. Vorsichtig versuchte sie, sich zur Seite zu drehen, indem sie sich wie eine Schlange hin und her wand. Ein unbeschreibliches Grauen erfasste sie, als sie langsam gewahr wurde, dass sie sich... – sie wagte es kaum zu denken – allem Anschein nach in einer sargähnlichen Kiste befand. »Ich bin lebendig begraben!«, schoss es ihr durch den Kopf. »Lasst mich raus! Hilfe, lasst mich raus!«, schrie es erneut in ihr, während sie nur leise ächzende Töne aus der Tiefe ihrer Kehle von sich geben konnte, da der Knebel jeden weiteren Laut erstickte. Sie konnte ihren Atem nicht länger beherrschen und begann von neuem zu japsen und zu schnauben.

Es dauerte eine ganze Weile, bis Jennifer wieder ein wenig zur Ruhe kam. Sie durfte ihrer Angst, dieser Urangst aller Menschen, lebendig begraben zu sein, nicht nachgeben. Sie musste versuchen, ihren Verstand einzuschalten. Wenn sie aus dieser todbringenden Falle herauskommen wollte, musste sie ihre Situation sachlich analysieren und ihren Verstand einschalten. Sie durfte sich nicht ihren Ängsten hingeben.

Jennifer versuchte, sich wieder ins Gedächtnis zu rufen, was geschehen war. Langsam kamen die Erinnerungen zurück. Sie entsann sich, dass sie in der Villa von Friedrich von Sploen in den ersten Stock hinaufgegangen war, während seine Pflegerin in der Küche Kaffee gekocht hatte. Auch fiel ihr wieder ein, dass sie verschiedene Türen geöffnet und in die Zimmer geschaut hatte. ›Ja und dann …?‹ Sie musste einen Augenblick nachgrübeln, … dann hatte sie plötzlich jemanden hinter sich gehört und fast zeitgleich hatte sie ein Schlag auf den Hinterkopf getroffen und sie niedergestreckt. Sie hatte nach Friedrich von Sploen gesucht, aber statt ihn zu finden, hatte er wohl sie entdeckt.

Und jetzt lag sie in dieser gottverdammten dunklen Kiste. Er hatte augenscheinlich die Zeit ihrer Bewusstlosigkeit dazu benutzt, sie zu knebeln, wie ein Paket zu verschnüren und sie in diesen verfluchten Sarg zu legen. Doch hatte er auch Zeit gehabt, sie zu vergraben? Noch einmal stieß sie schwungvoll mit beiden Füßen gegen den Deckel. Es fühlte und hörte sich nicht an, als ob sie sich unter der Erde befinden würde. Das würde dumpfer klingen. Der Gedanke, zumindest nicht unter der Erde verscharrt zu sein, beruhigte Jennifer ein wenig. Wahrscheinlich hatte die Zeit nicht dazu gereicht, sie im Garten zu verbuddeln, denn sicherlich war sie nicht sehr lange bewusstlos gewesen. Er hatte also schnell handeln müssen. Vielleicht stand diese verfluchte Kiste ja im Keller oder auf dem Dachboden? Jennifer war sich mittlerweile ganz sicher, dass er sie nicht vergraben hatte. Unter der Erde wäre es mit Sicherheit viel kälter und der Sauerstoff wäre bestimmt schon längst aufgebraucht.

Und trotzdem, warum hatte er ihr das angetan? Jennifers Augen füllten sich erneut mit Tränen. Wie hatte sie nur so dumm und naiv sein können? Wie hatte sie Friedrich von Sploen nur so unterschätzen können? Sie hatte ihm zwar zunächst zugetraut, dass er Renata Iwancyk in der Villa festhalten würde, aber wirklich geglaubt hatte sie es dann letztendlich doch nicht. Auch den Gedanken, dass er Renata etwas angetan haben könnte, hatte sie eigentlich nach dem Gespräch mit seiner Pflegerin recht schnell verworfen. Am Schluss hatte Jennifer ja nur noch mit ihm reden wollen, um dadurch vielleicht Aufschluss über den Verbleib von Renata Iwancyk zu erhalten. Aber genau das war wohl ihr Fehler gewesen. Durch ihre Nachforschungen hatte er sich bedroht gefühlt und befürchtet, dass sie ihm auf die Schliche kommen würde. Sie war ihm gefährlich geworden. Deshalb hatte er sie aus dem Verkehr ziehen müssen. Aber hatte er das allein bewerkstelligen können? Welche Rolle spielte seine Pflegerin? War sie seine Komplizin? Sie musste seine Komplizin sein. Eine andere Möglichkeit gab es doch gar nicht! Ob sie ihn freiwillig deckte? Oder ob er sie für ihr Schweigen bezahlte? Vielleicht bedrohte er sie ja auch oder erpresste sie? Diesem Mann war alles zuzutrauen. Wenn sie daran dachte, wie brutal er während des Krieges Renatas Großmutter vergewaltigt und wahrscheinlich auch erschossen hatte, dann war diesem Menschen alles zuzutrauen. Dieser Mann war skrupellos und schien keine Hemmschwelle zu haben.

Je mehr Jennifer über Friedrich von Sploen nachdachte, desto größer wurde ihre Unruhe. Sie musste hier weg, raus aus dem Sarg, wo sie ihm vollkommen ausgeliefert war. Sie bewegte sich heftig hin und her, schaukelte von rechts nach links, schlug mit ihrem Körper gegen die Seitenwände, den Boden und Deckel der Kiste. Bis sie erschöpft zurücksank. All das brachte nichts. Ihr wurde immer klarer, dass sie sich nicht selbst aus der Kiste würde befreien können. Sie war in der Falle.

Plötzlich glaubte Jennifer etwas zu hören. Sie horchte angestrengt in die Stille. Es war kaum vernehmbar, eigentlich eher spürbar als hörbar. Sie konnte es nichts zuordnen. Einerseits ängstigte es sie, andererseits war es die Bestätigung ihres Eindrucks, dass sie nicht unter der Erde begraben war. Jennifer lauschte angespannt. Es war ein ganz leises Geräusch. Ein Geräusch, das darauf schließen ließ, dass jemand in ihrer Nähe war. Das konnte nur Friedrich von Sploen sein. Sie hielt für einen Augenblick den Atem an. Oder sollte sie schreien und auf sich aufmerksam machen, in der Hoffnung, dass er es vielleicht doch nicht war und jemand kam, um sie zu befreien? Aber wer sollte sie befreien? Sie hatte niemandem gesagt, wo sie hingegangen war. Vielleicht war es besser, sich vorsichtshalber ruhig zu verhalten, um Friedrich von Sploen nicht zu Schlimmerem zu provozieren. Irgendetwas sagte ihr, dass sie sich besser ruhig verhalten sollte. Retter benahmen sich anders. Die Tatsache, dass derjenige da draußen nicht sprach, empfand sie als bedrohlich. Und so beherrschte sie sich und gab keinen Mucks von sich, stellte sich schlafend, während sie versuchte, zur Ruhe zu kommen und wieder ihren Atem zu kontrollieren.

Was hatte Friedrich von Sploen bloß mit ihr vor?

26

Alexander Seefeld hatte den ganzen Tag über vom Büro und am Abend von zu Hause aus immer wieder versucht, Jennifer zu erreichen. Als zum gefühlten fünfzigsten Mal wieder ihre Mailbox ansprang, hatte er sein Handy wütend in die Ecke gefeuert. »Das darf doch wohl nicht wahr sein!«, hatte er geflucht. »Warum, verdammt noch mal, gehst du nicht dran?« Er hatte sich einen irischen Whiskey eingeschenkt, die Tagesthemen eingeschaltet und sich in seinen schwarzen Ledersessel gesetzt. Er hoffte, die Nachrichtensendung würde ihn ein bisschen ablenken, ihn auf andere Gedanken bringen. Aber stattdessen war er gleich darauf vor dem Fernseher eingeschlafen.

Kurz vor Mitternacht ertönte das Tatort-Jingle, der Klingelton seines Handys, aus der Ecke. Alexander schreckte

hoch. »Na, endlich!« Er atmete auf. »Hallo, Jennifer, ich bin ja so froh, dass du dich meldest!«
»Wer ist denn Jennifer? Hab ich da was verpasst?« Am anderen Ende war seine geschiedene Frau Nadine. Alexander hatte keine Lust auf ihre Anspielung einzugehen. »Was verschafft mir denn die Ehre deines Anrufs mitten in der Nacht?« Er wollte gleich auf den Punkt kommen.
»Ach, ist es schon so spät! Aber du warst doch sicher noch nicht im Bett, oder?«
»Nein, aber ich bin hundemüde. Ich hatte einen schweren Tag. Warum rufst du mich überhaupt an? Es ist doch hoffentlich nichts mit Jan?« Der einzige Grund, warum Alexander überhaupt noch den Kontakt zu seiner Ex-Frau pflegte, war ihr gemeinsamer Sohn.

Ihre Ehe hatte von Anfang an unter keinem guten Stern gestanden. Alexander hatte leider zu spät erkannt, dass Nadine hoffnungslos selbstverliebt, verwöhnt und oberflächlich war. Ihre Lieblingsbeschäftigung bestand im Shoppen und im fortwährenden Herumzicken. Aber genau in dem Augenblick, als er sich damals von ihr trennen wollte, hatte sie ihm eröffnet, dass sie schwanger war. Er war verständlicherweise nicht sonderlich über diese Nachricht begeistert gewesen Aber was hätte er tun sollen? Sie sitzen lassen mit dem gemeinsamen Kind? Oder sie zu einer Abtreibung bewegen? All das brachte er nicht fertig. Er hatte sie ja mal geliebt und wer weiß, vielleicht würde die Schwangerschaft sie auch verändern. Und so kehrte er alle Zweifel zur Seite und heiratete sie wider besseren Wissens. Doch schon bald bereute er seine Entscheidung zutiefst. Trotzdem hielt er seinem Sohn zuliebe jahrelang an dieser Ehe fest. Irgendwann jedoch ertrug er Nadine nicht mehr und reichte die Scheidung ein. Die täglichen Streitereien hatten ihn zermürbt und er war zu der Auffassung gekommen, dass eine Trennung letztendlich auch für Jans Werdegang besser sei.

»Also, jetzt sag schon, was gibt's?« Alexander hatte keine Lust auf lange Telefonate mit seiner Ex.

»Es geht um die Osterferien. Ich wollte dir eigentlich nur mitteilen, dass ich in der Woche nach Ostern nicht da sein werde und du Jan nehmen musst. Ich sage es dir frühzeitig, damit du dich schon mal drauf einstellen kannst«, flötete Nadine durchs Telefon.

»Das nennst du frühzeitig? Ostern ist schon in einem Monat!« Alexander kannte diese Taktik nur zu gut. Nadine liebte es, andere vor vollendete Tatsachen zu stellen und Dinge eigenmächtig zu delegieren anstatt sie vorher erst einmal abzusprechen.

»Ich kann dir das noch nicht zusagen. Du hast ja sicherlich in der Zeitung gelesen, dass bei uns die Hölle los ist. Wir suchen noch immer nach dem Täter der zwei ermordeten Frauen. Ich weiß also gar nicht, ob ich an Ostern überhaupt Urlaub bekomme«, wandte er ein.

»Ja, das tut mir furchtbar leid, aber ich habe auch meine Verpflichtungen«, erwiderte Nadine, ohne auf seinen Einwand einzugehen, »du musst dann halt eine Lösung finden. Vielleicht passt ja deine neue Freundin, – wie hast du sie vorhin gleich genannt? Ach, ja, diese Jennifer, auf ihn auf?! Du kriegst das schon hin, mein Lieber! Also, ich wünsche dir eine gute Nacht!«

Bevor Alexander noch etwas dagegen einwenden konnte, legte sie bereits auf.

»Dämliche Ziege! Gott sei Dank bin ich die los!« Alexander war sauer über Nadines Überfall, denn als solchen empfand er ihren Anruf. Er schenkte sich einen neuen Whiskey ein, setzte sich in seinen Sessel und schaltete den Fernseher aus. »Was die sich einbildet! Die denkt auch, jeder tanzt nach ihrer Pfeife!« Nadine schaffte es immer wieder, ihn auf die Palme zu bringen. Doch er konnte sich ihr nun mal wegen des gemeinsamen Kindes nicht entziehen und das wusste sie ganz genau. Durch Jan wurde er erpressbar. So gerne Alexander Ostern mit seinem Sohn verbracht hätte, so sehr belastete ihn gleichzeitig der Gedanke daran. Er war sich ziemlich sicher, dass sich die beiden Mordfälle nicht so schnell lösen lassen würden und er auf gar keinen Fall frei nehmen konnte. Auf der anderen Seite konnte er ja den Kleinen nicht aufs Präsidium mitnehmen. Er grübelte nach. Vielleicht war ja Nadines Vorschlag, dass Jennifer in den Osterferien auf Jan aufpassen solle, gar nicht so verkehrt? Warum eigentlich nicht? Er müsste mal mit ihr darüber reden. Und wenn in die beiden Mordfälle tatsächlich in den nächsten vier Wochen noch etwas Bewegung käme, könnten sie vielleicht sogar alle gemeinsam Ferien machen. Das war doch gar keine so schlechte Idee! Alexander zweifelte keine Minute daran, dass sich Jan und Jennifer gut verstehen würden. Und wenn der Kleine erst mal Sly sähe, war die Sache sowieso gelaufen. Jan liebte Tiere und ganz besonders Hunde.

Bei nächster Gelegenheit würde er sie alle miteinander bekannt machen.

Bloß dafür musste sich Jennifer erst mal melden!

27

Als Alexander Seefeld am nächsten Morgen das Polizeipräsidium betrat, herrschte überall große Aufruhr.

»Isch glaab, die Kolleesche hawwe jemand gschnappd!«, rief ihm Herr Lang freudestrahlend aus dem Pförtnerhaus zu. Alexander winkte zu ihm hinüber. Er konnte es kaum glauben, was er da hörte. In Windeseile lief er hinauf in sein Büro, wo er schon von Krol erwartet wurde. »Ist das wahr? Ihr habt den Mörder der beiden Frauen geschnappt?«

Krol nickte: »Auf frischer Tat ertappt, bei dem Versuch, weitere tiefgefrorene Leichenteile auf der Maulbeerinsel zu entsorgen. Und wissen Sie, Chef, was das Beste daran ist? Jetzt halten Sie sich fest! Unser Täter ist eine Frau!«

»Eine Frau!« Alexander konnte es nicht glauben. »Seid ihr ganz sicher, dass ihr euch da nicht irrt und ihr auch tatsächlich die richtige Person verhaftet habt?«

»Na ja, was würden Sie denn denken, wenn Sie jemanden dabei erwischen, wie er gerade zwei abgetrennte menschliche Arme im Neckar versenken will. Und sich dann bei dem anschließenden DNA-Abgleich herausstellt, dass sie zum Kopf von Renata Iwancyk gehören?«

»Das gibt es nicht!« Alexander lachte gequält, jedoch gleichzeitig auch erleichtert auf. Trotzdem konnte er es kaum fassen. Er hatte das Gefühl, dass ihm eine Zentnerlast vom Herzen fiel. Endlich hatten sie den Täter, beziehungsweise die Täterin, gefunden. Nachdem in den letzten beiden Monaten alles so schleppend gelaufen war, hatte er das nie und nimmer zu hoffen gewagt. Aber eine Frau als Täter, dazu noch möglicherweise als Doppelmörderin? Damit hatte er überhaupt nicht gerechnet. So etwas hatte er, solange er im Dienst war, noch nie erlebt.

»Mensch, da habt ihr euch ja reingehängt. Klasse Arbeit!« Alexander klopfte dem Kollegen auf die Schulter.

»Na ja, in erster Linie haben wir es den beiden Sportanglern zu verdanken. Wenn die nicht gewesen wären, würden wir noch immer im Dunkeln tappen.«

»Und wann und wie habt ihr sie dingfest gemacht?«, wollte Alexander Seefeld wissen.

»Wir haben sie um Mitternacht auf der Maulbeerinsel geschnappt! Die beiden Angler waren nämlich dort beim Nachtfischen«, erklärte ihm Krol.

»Was ist denn das: ›Nacktfischen‹? Das habe ich ja noch nie gehört. Klingt für mich ein bisschen verrückt, besonders bei der Jahreszeit«, wandte Alexander Seefeld ein.

Krol musste lachen. »Nachtfischen, Chef mit ›ch‹«, korrigierte er ihn, »nicht Nacktfischen! An was Sie gleich wieder denken!«

»Na ja, es gibt nichts, was es nicht gibt. Ja, und diese Nachtfischer oder sagt man Nachtangler, wie auch immer, haben die Frau erwischt?«

Krol nickte. »Sie müssen sich vorstellen, die beiden sitzen da an nichts Böses denkend schweigend am Ufer. Um sie herum ist es stockdunkel und alles ist ruhig, damit die Fische weder durch Geräusche noch durch Licht verscheucht werden, denn das ist ja der Sinn der Sache. Und dann taucht plötzlich mitten in der Nacht eine Frau aus dem Nichts mit ihrem Einkaufs-Trolley auf und beginnt ganz in ihrer Nähe irgendwas in den Neckar zu werfen. Die beiden müssen gedacht haben, sie sind im falschen Film. Sie sind dann natürlich auf sie zugegangen und haben sie gefragt, was sie da mache. Da hat sie zu türmen versucht. Aber die zwei waren schneller, haben sie gepackt und sie festgehalten, bis wir eintrafen. Die haben ganz schön gestaunt, als sie dann letztendlich gesehen haben, was die Frau in den Neckar geworfen hat und noch hineinwerfen wollte. Die sind kreidebleich geworden.«

»Das kann ich mir lebhaft vorstellen. Eine unglaubliche Geschichte ist das.« Alexander Seefeld schüttelte den Kopf. »Hat sie denn schon gestanden?«

Krol kratzte sich am Kopf und verzog das Gesicht. »Da gibt es ein kleines Problem, Chef! Sie spricht nicht mit uns.«

»Was heißt hier, sie spricht nicht mit uns?«, wiederholte Alexander Seefeld.

»Na, so wie ich es sage. Sie spricht überhaupt nicht. Sie hat bis jetzt kein einziges Wort gesagt.«

»Kann sie denn überhaupt sprechen? Vielleicht ist sie ja stumm oder taub. Oder auch beides. Oder sie spricht kein Deutsch und versteht uns gar nicht? Wer sagt denn überhaupt, dass sie eine Deutsche ist? Was haben Sie denn für einen Eindruck von ihr?« Alexander Seefeld versuchte zunächst, eine logische Erklärung für das Verhalten der Frau zu finden.

»Keine Ahnung. Gefühlsmäßig würde ich vermuten, dass sie aus Osteuropa kommt: Russland, Baltikum, vielleicht auch Polen oder Tschechien?« Krol zuckte mit den Achseln. »Wir haben sie unmittelbar nach ihrer Festnahme kurz befragt. Ich habe es sogar auf Polnisch versucht, aber sie hat auch darauf nicht reagiert. Wir haben es dann sein lassen. Schließlich war es ja mitten in der Nacht«, erklärte Krol.

»Klar. Vielleicht ist sie ja heute schon ganz anders drauf und gesprächiger. Aber trotzdem, Krol, setz dich schon mal mit verschiedenen Dolmetschern in Verbindung. Draußen im Vorzimmer muss irgendwo eine Liste rumliegen und vor allem stell mich mal zu unserem Polizeipsychologen, zum Behrends, durch.«

»Geht in Ordnung, Chef!« Krol verließ den Raum.

Während Alexander sich hinter seinen Schreibtisch setzte und das erste Kurzprotokoll überflog, hielt er plötzlich inne. »Und wenn sie doch keine Serientäterin war und die beiden Frauenleichen gar nichts miteinander zu tun hatten?« Schließlich hatte man bei der festgenommenen Frau ausschließlich Körperteile von Renata Iwancyk gefunden. Von »Blanka« hingegen fehlte immer noch jede Spur. Im Augenblick gab es keinerlei konkrete Hinweise darauf, dass die Frau auch etwas mit dem ersten Opfer zu tun hatte. Trotzdem legte die Tatsache, dass die Morde so kurz hintereinander geschehen waren, den Verdacht nahe, dass es sich um ein und denselben Täter handelte. Er musste unbedingt die Adresse der Festgenommenen ermitteln und dann brauchte er sofort einen Hausdurchsuchungsbefehl. Bloß im Augenblick hatte er keine Ahnung, wo er den ausführen sollte. Bis jetzt wusste er nichts über die Identität der Frau, geschweige denn, wo sie wohnte. Er musste sie unbedingt zum Sprechen bringen.

28

Die Frau saß schweigend vor Alexander und starrte wie gebannt zur gegenüberliegenden Wand, als würde sie sich dort eine spannende Sendung im Fernseher anschauen. In ihrem Gesicht war keinerlei Regung zu erkennen. »Wie heißen Sie? Wo wohnen Sie? Woher kommen Sie?«, fragte Alexander sie zum wiederholten Male und baute sich bei dieser Gelegenheit so vor ihr auf, dass sie nicht mehr an ihm vorbeischauen konnte. Aber auch das beeindruckte sie nur wenig. Denn nun blickte sie statt auf die weiße Wand wie erstarrt auf sein weißes Hemd. »Reden Sie endlich, Sie machen Ihre Situation nur noch schlimmer!«

Langsam hatte er die Schnauze gestrichen voll. Jetzt saß er dieser Frau schon geschlagene drei Stunden gegenüber und war kein Stückchen weitergekommen. Er hatte alles Erdenkliche versucht. Zunächst hatte er sich durch ein paar simple Tests davon überzeugt, dass sie weder taub noch stumm war. Danach hatte er sie in allen möglichen Sprachen angesprochen von Albanisch bis Ungarisch. Die drei hinzugezogenen Dolmetscher, die während des Verhörs erschienen waren, hatten es nochmals in allen möglichen slawischen, romanischen und germanischen Sprachen versucht und darüber hinaus noch auf Finnisch, Ungarisch und Türkisch. Aber sie hatte auf nichts reagiert.

Als er dann wieder mit ihr allein war, redete er zunächst mit Engelszungen auf sie ein, versuchte, ihr Vertrauen zu gewinnen, um kurz darauf seine Taktik zu ändern und ihr die Konsequenzen ihrer Tat in den dunkelsten Farben zu schildern. Aber sie blieb unbeeindruckt, schaute durch ihn hindurch und vermied tunlichst jeden Blickkontakt mit ihm.

Alexander war mit seinem Latein am Ende. Er ließ sie abführen und meinte, eine Unterbrechung würde wohl allen guttun. Zum einen hatte er Hunger, zum anderen war er den ganzen Morgen nicht dazu gekommen, Jennifer anzurufen. Er wollte es unbedingt nochmals versuchen. Wieder ging nur die Mailbox an. »Warum, zum Teufel, rufst du mich nicht zurück?« Alexander war wütend. Als ob der Druck hier im Polizeipräsidium nicht ausreichte! Das Verhör am Morgen hatte gewaltig an seinen Nerven gezehrt. Die Frau, die wie eine Mumie vor ihm gesessen hatte, brachte ihn mit ihrem Schweigen zur Weißglut. Das konnte er jetzt gerade noch gebrauchen: zum beruflichen Stress auch noch privaten. Sollte das eine Taktik von Jennifer sein? Wollte sie ihn zappeln lassen? Das taten Frauen doch so gerne, weil sie glaubten, die Männer damit weichkochen zu können. Eigentlich hatte er gehofft, dass sie solche Spielchen, wie er sie von seiner Ex kannte, nicht nötig hatte. Sollte er sich so in ihr getäuscht haben?«

Alexander ging hinüber zum Griechen am Paradeplatz und bestellte sich von der Karte des Mittagstischs eine Portion Pasticcio. Der griechische Nudelauflauf war jetzt genau das, was er brauchte, schließlich hieß es ja immer, dass Nudeln glücklich machten.

Zwei Wochen war es nun her, dass er hier mit Jennifer gesessen hatte und Sly unter dem Tisch gelegen war. Wenn er jetzt daran dachte, kam es ihm viel länger vor. Wie eine kleine Ewigkeit! Jennifer fehlte ihm. Es war ganz komisch. Obwohl sie erst zweimal miteinander ausgegangen waren, hatte er das Gefühl, sie schon ewig zu kennen. Diese Frau war wirklich etwas Besonderes. In ihrer Nähe fühlte er sich wohl. Sie war immer gut aufgelegt und es war keine Sekunde langweilig mit ihr. Wenn er mit ihr zusammensaß, ging der Gesprächsstoff nicht aus, immer gab es etwas zu erzählen.

Er blickte auf den leeren Stuhl. Wie schön wäre es, wenn Jennifer ihm jetzt gegenübersitzen würde! Zum ersten Mal seit vielen Jahren entwickelte er wieder tiefere Gefühle für eine Frau. Er hatte nach seiner gescheiterten Ehe geglaubt, er würde sich überhaupt nie mehr verlieben können. Er hatte sich in seine Arbeit gestürzt. Sein Job und Jan, darauf wollte er sich konzentrieren, das waren die stabilen Elemente in seinem Leben. Nur das zählte.

Nach der Trennung von Nadine hatte er sich ein paarmal mit Frauen verabredet. Berufsbedingt war es kein Problem für ihn, jemanden kennenzulernen. Er hatte auch durchaus Chancen bei den Frauen. Allerdings hatte er es sich von Anfang an zum Prinzip gemacht, sich nicht mit Kolleginnen einzulassen. Das brachte nur Ärger. Krol hatte ihn einmal scherzhaft als den »George Clooney vom Präsidium« bezeichnet. Schwätzer! Mit George Clooney hatte er höchstens seine politische Einstellung und die Vorliebe für Kaffee gemeinsam. Er hatte keine Lust als Womanizer durchzugehen. Das lag ihm fern. Jedenfalls waren die Treffen mit diesen Frauen im Grunde alle nur kurze Affären gewesen. Nichtssagende One-Two-Three-Night-Stands, die er sich im Grunde hätte sparen können. Nach diesen Erfahrungen hatte er sich erst mal von der Damenwelt zurückgezogen und das Thema für sich abgehakt, bis dann eines Montagmorgens Jennifer in seinem Büro aufgetaucht war. Da hatte er nach langer Zeit wieder ein verloren geglaubtes Kribbeln gespürt, das sich nicht nur in seinen Lenden breit machte, sondern auch sein Herz zum Vibrieren gebracht hatte.

Alexander lächelte vor sich hin, während er sich einen griechischen Mokka bestellte. Dieses Mal schien alles anders zu sein. Es hatte ihn richtig erwischt, denn wenn er ehrlich war, musste er sich eingestehen, dass er sich nach Jennifer sehnte und sie unendlich vermisste.

29

Jennifer hatte jegliches Zeitgefühl verloren. Sie wusste nicht mehr, wie lange sie schon hier lag. Drei Stunden? Acht Stunden? Ein Tag, zwei Tage oder noch länger? Und ob es draußen heller Tag oder dunkle Nacht war.

Immer wieder hatte sie für kurze Zeit das Bewusstsein verloren und war in einen kurzen Schlaf gefallen. Am unerträglichsten waren die Momente gewesen, in denen sie in der Dunkelheit wieder zu sich gekommen war und ihr langsam die Situation gewahr wurde. Dieses schreckliche Gefühl, das im Bauch begann und sich dann nach und nach in beklemmender Weise in ihrem ganzen Körper breitmachte, war pure Todesangst. Empfindungen waren in ihr hochgekommen, die sie bis dahin nie gekannt hatte. Eine Mischung aus nicht beherrschbarer, ungezügelter Panik und abgrundtiefer Resignation, die irgendwann in ein »Sich-Fügen ins eigene Schicksal« mündete.

Seit sie das letzte Mal aufgewacht war, spürte sie ihren Körper nicht mehr. Alles war gefühllos und taub. Nur die leisen Tränen, die ihr immer wieder über die Wangen rannen und nach und nach ihr ganzes Gesicht benetzten, nahm sie noch wahr. Die Luft war so stickig, dass sie kaum noch atmen konnte. Ihre Lippen und ihre Kehle waren ausgetrocknet und sie wurde von einem fürchterlichen Durst geplagt. Sie spürte, dass sie hier nicht mehr rauskommen würde. Anscheinend hatte der Alte beschlossen, sie in dem Sarg zugrunde gehen zu lassen. Wieder rannen Tränen über ihre Wangen. Sie hätte so gerne noch ein bisschen gelebt, hatte noch so viele Pläne gehabt. Es gab so vieles auf dieser Erde, was sie noch nicht gesehen hatte und was sie nun nie mehr sehen würde. Ihr Leben lief wie ein Film vor ihr ab. Eigentlich hatte sie ein wunderschönes Leben gehabt, zwar stets mit ein bisschen Geldsorgen, aber letztendlich hatte es doch immer fürs Nötigste gereicht. Und in ihrem

Beruf hatte sie sich auch verwirklichen können. Sie war eine gute Journalistin gewesen. Zu gerne hätte sie noch ein Buch geschrieben, ein Buch über schöne Orte in Mannheim, wo man sich wohlfühlen konnte. Aber zu all dem würde es nun nicht mehr kommen. Sie hatte nicht einmal mehr Abschied nehmen können von den Menschen, die ihr etwas bedeuteten. Von ihren Eltern, ihrer Mutter Caterina und ihrem Stiefvater Peter, die immer gut für sie gesorgt hatten, deren Lebenswelten ihr jedoch mit der Zeit ganz fremd geworden waren. Wie gerne hätte sie ihren leiblichen Vater kennengelernt! Sie fragte sich nun, warum sie nie nach Mexiko aufgebrochen war, um ihn ausfindig zu machen. Und von Arteo, ihrem besten Freund, der von Kindesbeinen an für sie dagewesen war und der immer ihre künstlerische Seite gefördert hatte. Und nicht zuletzt von Alexander. Bei dem Gedanken an ihn füllten sich ihre Augen erneut mit Tränen. ›Endlich ist mir mein Traummann begegnet‹, dachte sie, ›mein Mister Right, aber nun endet alles, bevor es überhaupt richtig angefangen hat. Leb wohl, Alexander!‹ Und auch von Sly, sie würde ihn nicht mehr sehen, ihren kleinen Kumpel, den sie vom ersten Moment an geliebt hatte. Was würde nun aus ihm werden?

›Ich werde hier in dieser Kiste sterben, jämmerlich verdursten und ersticken.‹ Sie sah die Schlagzeile der Boulevard-Zeitung in fetten Lettern vor ihren Augen: »Detektivin verendet qualvoll im Sarg«. Irgendwann würde man sie finden, oder das, was bis dahin noch von ihr übrig wäre. Was sie wohl im Jenseits erwartete? Vielleicht würde sie ja Cleo, ihrer alten Freundin wieder begegnen und all den vielen Menschen, die sie geliebt hatte und die nur vorausgegangen waren? Aber was, wenn da drüben nichts sein würde, wenn gar kein Gott existierte? Vielleicht gab es ja doch einen Gott, einen gütigen Gott, der seine Menschenkinder beschützte? In Gedanken faltete sie ihre Hände und längst vergessen geglaubte Worte aus dem Konfirmandenunterricht kamen ihr in den Sinn, so als wäre es gerade gestern gewesen:

Der Herr ist mein Hirte, mir wird nichts mangeln,
er weidet mich auf einer grünen Aue und führet mich zum frischen Wasser.
Er erquicket meine Seele und führet mich auf rechter Straße,
um seines Namens willen.
Und ob ich schon wanderte im finsteren Tal, so fürcht' ich kein Unglück,
denn du bist bei mir, dein Stecken und Stab trösten mich...
Dann verlor Jennifer erneut das Bewusstsein.

30

»Ich weiß nicht, wie ich das Verhör noch weiterführen soll? Ich habe sie den ganzen Tag nach allen Regeln der Kunst befragt, bin auf sie eingegangen, habe sie provoziert, versucht, sie aus der Reserve zu locken. Aber die Frau reagiert auf gar nichts. Ich bin ratlos. Ich weiß wirklich nicht, was ich mit dieser Person noch anstellen soll«, meinte Alexander zu Krol, der gerade aus dem Büro gehen wollte.

»Hat sich der Behrends immer noch nicht gemeldet?«, und ehe er die Antwort abwartete, fuhr Alexander fort: »Ach, Krol, denken Sie bitte noch daran, bevor Sie gehen, einen Pflichtverteidiger zu bestellen!«

»Geht in Ordnung, Chef. Und sowie sich morgen der Polizeipsychologe meldet, gebe ich Ihnen Bescheid. Also dann, schönen Feierabend.« Er schloss die Tür hinter sich.

Da Alexander mal wieder der Letzte in der Abteilung war, lehnte er sich in seinem Schreibtischsessel zurück und legte seine Beine über das Eck der Schreibtischplatte. Er nahm die Akte nochmals zur Hand und überflog das Protokoll. Wenn die Tatverdächtige bei ihrer Blockadehaltung blieb, konnte sich das Ganze unendlich hinziehen. Seine letzte Hoffnung war, dass dem Polizeipsychologen noch etwas einfiel oder der Pflichtverteidiger vielleicht einen Weg fand, an sie heranzukommen. Vielleicht konnte sie ja einer von den beiden überzeugen, dass es für sie besser wäre auszusagen. Alexander warf die Akte auf den Schreibtisch und griff zum Hörer. Den ganzen Nachmittag hatte er schon bei Jennifer anrufen wollen, aber das Verhör, das ja im Prinzip gar keines gewesen war, hatte nicht enden wollen.

Wieder sprang ihre Mailbox an und auf dem Handy ertönte nur die elektronische Stimme, die ihm mitteilte, dass sie gerade nicht zu erreichen sei und er später nochmals anrufen solle. »Den Text kann ich schon fast singen, so oft habe ich den jetzt gehört!« Er legte frustriert auf. Ob Jennifer nochmals nach Polen geflogen war? Aber das hätte sie ihm doch sicher gesagt, und außerdem gab es in ganz Europa Netze, in die man sich einwählen konnte. Nein, es musste einen anderen Grund dafür geben, warum Jennifer ihn nicht zurückrief.

Er stand auf und zog seine Lederjacke an. Langsam begann er sich nun doch, Sorgen um sie zu machen. Vielleicht war sie ja krank oder hatte einen Unfall gehabt und lag im Krankenhaus? Aber selbst von dort konnte sie sich melden! Es sei denn, sie wäre so schwer krank oder verunglückt, dass sie nicht einmal dazu imstande wäre. An so etwas wollte er jedoch gar nicht denken.

Er zog die Tür hinter sich zu und lief den langen Gang des Polizeipräsidiums entlang. Er musste sich Klarheit verschaffen. Obwohl es nicht seine Art war, unangemeldet bei seinen Freunden aufzutauchen, beschloss er, zu ihrer Wohnung in den Jungbusch zu fahren. Es war zwar genau die entgegengesetzte Richtung, aber darauf kam es jetzt auch nicht mehr an. Diese Ungewissheit machte ihn wahnsinnig!

Er hielt vor dem Haus in der Hafenstraße. Im Jungbusch war um diese Zeit viel los. Am Abend erwachte der Stadtteil. Er war schon seit einiger Zeit die Ausgehmeile Mannheims für Studenten und junge Leute. Hier wurde am meisten geboten. Nirgends in der Stadt gab es so viele Kneipen, wo man gute Musik hören, angenehm plaudern und leckere Cocktails trinken konnte. Alexander klingelte bei Jennifer. Er wartete eine Weile, aber nichts tat sich. Er überquerte die Straße und schaute hoch zu ihrer Wohnung. Alles war dunkel. Als er sich gerade umdrehen wollte, sah er, wie jemand die Haustür aufschloss. Vielleicht ging ja Jennifers Klingel nicht? Und wenn sie wirklich krank war, lag sie vielleicht im Bett und deshalb war alles dunkel. Und so lief er zurück zur Tür und bat den älteren Mann, ihn mit hineinzulassen.

»Zu wemm wollese donn?« Der Mann blickte ihn von oben bis unten an.

»Ich bin ein Freund von Frau Trams, ich habe den Eindruck, dass ihre Klingel nicht funktioniert.«

»Ach, zu unsera Schurnalischdin wollese! Un die hot ihne net uffgemachd? Des versteh isch jedzd net. Awwer isch denk schunn, dass die deheem is. Denn die lossd ihrn Hund eigendlisch nie allä. Iwwerigens wenn se jedzd nuff zu iehre gehe, dann rischdesere än schäne Gruuß vun mer aus un sachesere, dass se bidde däfier sorge soll, dass de Slei net so viel belld. Die ledzschd Nacht, des war jo ball net zum Aushalde! Dagsiwwer hot mers net soviel ausgemachd, awwer nachts, do brauch isch moin Schloof. Vielleischd is de Slei jo kronk, denn normalaweis kamman guud hawwe. Es is eigendlisch ä goldisches Kärlsche. Alla dann, nix fer uguud und noch än schäne Owend!«

»Danke, Ihnen auch!«, erwiderte Alexander, als der Mann in seiner Wohnung verschwand.

Alexander stieg die Treppe zu Jennifers Wohnung hinauf. Er drückte auf den Klingelknopf. Ein Gong ertönte, die Klingel funktionierte tadellos. Im selben Augenblick ging ein heftiges Gekläff los. Alexander hört an dem Getrappel im Innern der Wohnung, dass Sly sofort zur Tür rannte, an der er nun – vermutlich auf den Hinterpfoten stehend – mit aller Kraft scharrte. Der Hund schien außer Rand und Band zu sein. Er bellte, heulte auf und versuchte verzweifelt die Tür zu öffnen.

»Sly! Ganz ruhig. Braver Hund!«, versuchte Alexander ihn zu besänftigen, während er gleichzeitig Jennifers Namen rief und heftig gegen die Tür trommelte. Aber er erhielt keine Antwort. Nur Sly tobte weiter. »Da kann nur etwas passiert sein.« Er musste sich sofort Zugang zu der Wohnung verschaffen. Alexander lief die Treppe hinunter und klingelte bei dem älteren Mann, der ihn ins Haus gelassen hatte und der ihm kurz darauf öffnete.

»Ja, was gibbds?« Er schaute Alexander erstaunt an.

»Haben Sie zufällig einen Schlüssel zu Frau Trams Wohnung?«

Der Mann schüttelte den Kopf. »Warum? Machdse Ihne net uff?

»Nein. Aber ich habe den Eindruck, dass ihr etwas passiert ist. Ich muss unbedingt in die Wohnung.« Alexanders Aufregung war kaum zu überhören.

»Ah, do gehese am beschde mol nunner zu de Fra Milla, die hot vun einische dohin en zwette Schlissel. Alla dann, viel Glick!« Er verschwand wieder in seiner Wohnung.

Alexander atmete auf, als die Nachbarin ihm öffnete. Sie hatte tatsächlich einen Schlüssel für Jennifers Wohnung.

»Ja, wir haben uns alle schon gewundert, dass der Sly seit gestern so viel bellt. Jetzt, wo Sie das sagen, kommt mir das auch komisch vor. Und wer, sagten Sie nochmals, sind Sie?« Frau Müller schaute ihn prüfend an. »Ich habe Sie hier nämlich noch nie gesehen.«

»Mein Name ist Alexander Seefeld. Ich bin ein Bekannter von Jennifer Trams. Und darüber hinaus bin ich auch noch Polizeihauptkommissar. Sie können mir also getrost öffnen.« Er zog seinen Dienstausweis hervor und zeigte ihn ihr.

»Na ja, ich kann ja nicht einfach einem Wildfremden die Wohnung von Frau Trams öffnen, Herr Oberstaatsanwalt«, erklärte Frau Müller ein wenig konsterniert. »Polizeihauptkommissar«, korrigierte er sie und fügte hinzu: »Das erwartet ja auch niemand von Ihnen.«

»Kann ich jetzt gehen, Herr Oberhauptkommissar?«, fragte Frau Müller, nachdem sie die Wohnung aufgeschlossen hatte.

»Polizeihauptkommissar«, verbesserte er sie erneut und meinte schließlich, »ach, lassen Sie es! Ist schon gut! Und vielen Dank für Ihre Mühe.«

Frau Müller verabschiedete sich und stieg die Treppe hinunter.

Vorsichtig öffnete Alexander die Tür. Kaum hatte er sie einen Spalt aufgemacht, da zwängte schon Sly seine Schnauze hindurch und drängte sich aus der Wohnung. Wieder bellte er laut, während er gleichzeitig aufgeregt an Alexander hochsprang und ihm das Gesicht ableckte. »Langsam, Sly, nicht so wild! Ich lass mich nicht so gerne von Hunden küssen!« Alexander versuchte ihn abzuwehren, was ihm jedoch nur zum Teil gelang. »Lass mich erst mal rein und jetzt bring mich zu deinem Frauchen!«

Alexander knipste das Licht an und trat in den Flur. »Jennifer! Bist du da?« Keine Antwort. Er öffnete die Tür zum Badezimmer. Nichts! Er suchte sie in ihrem Wohn- und Schlafzimmer. Doch auch da war sie nicht. In gewisser Weise war er erleichtert, als er feststellte, dass sie sich nicht in der Wohnung befand. Er war innerlich auf alles vorbereitet gewesen. In seinem Beruf hatte er schon soviel mit ansehen müssen, dass er mittlerweile mit allem rechnete.

Aus der Küche drang ein übler Geruch. Er ahnte schon, woher das kommen würde und sah auch gleich darauf die Wasserlache und das Häufchen in der Ecke, wo Sly seine Notdurft verrichtet hatte. »Braver Junge«, Alexander kraulte ihn. »Du bist ein kluger Hund!« Es beeindruckte ihn, dass Sly nicht auf den Wohnzimmerteppich gemacht, sondern sich stattdessen den Fliesenboden in der Küche ausgesucht hatte. Alexanders Blick fiel auf Slys leeren Wasser- und Futternapf. »Du bist bestimmt ganz schön hungrig und durstig!« Er öffnete eine große Dose Hundefutter und füllte das Wasser nach. Sly stürzte sich gierig auf beides, während Alexander mit ein paar herumliegenden Zeitungen Slys Hinterlassenschaften entfernte.

So sehr Alexander im ersten Augenblick erleichtert gewesen war, Jennifer nicht in desolatem Zustand oder vielleicht sogar tot in ihrer Wohnung vorgefunden zu haben, so sehr sorgte es ihn nun, was tatsächlich vorgefallen war. Hier in der Wohnung schien alles in Ordnung zu sein. Alles war aufgeräumt, keine Kampfspuren und auch keinerlei Hinweise darauf, dass hier jemand unbefugt eingedrungen war. Zwei Stühle und eine Topfpflanze waren umgestürzt, aber die waren wahrscheinlich Slys Temperament zum Opfer gefallen.

Alexander setzte sich auf Jennifers Sofa und dachte nach. Was hatte der Nachbar gesagt? Sly habe schon tagsüber die ganze Zeit gebellt. Das würde sich mit seinen vergeblichen Anrufversuchen decken, die ja auch schon seit gestern Vormittag erfolgt waren. Er konnte somit davon ausgehen, dass Jennifer bereits gestern Morgen das Haus verlassen hatte. Aber warum hatte sie Sly nicht mitgenommen? Vermutlich hatte sie beabsichtigt, gleich wieder zurückzukommen, denn sie hatte ihm ja auch nicht viel zu fressen hingestellt. Und allem Anschein nach konnte sie ihn bei dem, was sie vorhatte, nicht brauchen. Bloß was hatte sie vorgehabt? Wo war Jennifer hingegangen? Irgendetwas musste schiefgelaufen sein, denn sie war nicht mehr zurückgekehrt. Irgendetwas musste passiert sein, was sie nicht eingeplant hatte. Nie und nimmer würde sie Sly zwei Tage allein in der Wohnung lassen, dazu noch ohne Wasser und ohne Futter. Und sie wusste ja auch, dass er rausmusste.

Wenn er sie nur gefragt hätte, woran sie zuletzt gearbeitet hat. Der Fall Renata Iwancyk war aus Jennifers Sicht ja erst mal abgeschlossen gewesen, nachdem die DNA der Leichenteile von der Friesenheimer Insel nicht mit der DNA von Renata Iwancyk übereingestimmt hatte. Und dass es sich bei der zweiten Leiche doch um Renata Iwancyk handelte, wusste er ja selbst erst seit gestern Morgen. Um ihr das mitzuteilen, hatte er sie ja im Grunde genommen anrufen wollen. Aber wer weiß, vielleicht war sie auf eine andere Spur gestoßen und dieser nachgegangen. Aber warum hatte sie dann nicht mit ihm darüber geredet. Hatte sie kein Vertrauen zu ihm?

Obwohl es ihm eigentlich gegen den Strich ging, in ihren Sachen herumzuschnüffeln, beschloss er nun trotzdem, sich in ihrer Wohnung etwas genauer umzusehen. Vielleicht würde er ja auf irgendetwas stoßen, woraus er entnehmen konnte, wo sie hingegangen sein könnte. Und wenn es gar nichts Berufliches gewesen war? Vielleicht war sie ja verunglückt?

Alexander zog sein Handy raus und wählte die Nummer der Rettungsleitstelle. »Hier Polizeihauptkommissar Seefeld, verbinden Sie mich bitte mit Herrn Gruber.«

Kurz darauf meldete dieser sich.

»Hallo, Jürgen, hier spricht Alexander. Ich brauche deine Hilfe. Eine Freundin von mir ist verschwunden, ich kann dir das jetzt nicht näher erklären, aber könntest du für mich herausfinden, ob eine Jennifer Trams, ich buchstabiere T-R-A-M-S, zwischen gestern Mittag und heute Abend in eines der Krankenhäuser hier in der Region eingeliefert wurde, beziehungsweise, ob sie in einen Unfall hier in der Umgebung verwickelt war? Du würdest mir damit einen großen Gefallen tun.«

Jürgen Gruber versprach ihm, sich darum zu kümmern und ihn zurückzurufen, sowie er etwas in Erfahrung gebracht hätte.

Alexander stand auf und ging an die Garderobe. Er griff in ihre Jackentaschen. Nichts, außer einem zerknüllten Papiertaschentuch. Sly lief auf ihn zu, er hatte seine Leine in der Schnauze.

Alexander betrachtete ihn. »Verstehe, Kumpel, du musst raus. Wundert mich nicht nach so vielen Stunden. Also, dann lass uns schnell eine Runde zusammen drehen.« Er ging mit Sly am Verbindungskanal entlang. Irgendwie tat ihm die Stimmung hier unten nicht gut, denn plötzlich überkamen ihn trübe Gedanken. Und wenn Jennifer einem Verbrechen zum Opfer gefallen war?

Sie war einerseits unglaublich aufgeweckt, aber im Umgang mit Kriminellen und ihren Machenschaften letztendlich doch unerfahren und vielleicht auch zu blauäugig. Möglicherweise hatte sie ja zwischenzeitlich einen ganz anderen Auftrag angenommen? Einen Fall, der gar nichts damit zu tun hatte. Was aber war, wenn sie doch weiter nach Renata Iwancyk gesucht hatte und vielleicht tatsächlich auf eine Spur gestoßen war?« In seinen Gehirnwindungen begann es zu rattern. »Und wenn es nicht nur eine Spur gewesen war, sondern sie vielleicht sogar die Leiche gefunden hatte oder besser gesagt, das, was noch davon übrig war.« Wenn dies der Fall war, konnte Jennifer durchaus der Tatverdächtigen begegnet sein, die sie letzte Nacht verhaftet hatten und die so beharrlich schwieg. Zeitlich wäre das möglich gewesen.

Er blieb abrupt stehen. Aber wie und wo konnte Jennifer auf die Leiche gestoßen sein? Wovon hatte Jennifer Kenntnis gehabt, von dem er nichts wusste?

31

Er nahm eine Banane aus der Obstschale. Mittlerweile war es zweiundzwanzig Uhr. Alexander hatte seit dem Mittagessen nichts mehr gegessen und einen Bärenhunger. Er setzte sich an Jennifers Schreibtisch. Als er darüber blickte, fiel ihm spontan der Spruch ein:»Nur kleine Geister halten Ordnung, das Genie überblickt das Chaos«. Jennifer musste schon ein großes Genie sein, wenn dieser Satz tatsächlich stimmte. Neben einem Stoß von Tageszeitungen lag ein Haufen mit Telefonrechnungen, Bankauszügen, allen möglichen Kassenzetteln, zwischen denen noch abgefahrene Quadrate-Tickets und neue Fahrkarten hindurchblitzten. Er klappte ihr Notebook auf und legte das darauf liegende Telefonbuch daneben.»Mist! Sie hatte es, wie er schon befürchtet hatte, durch ein Passwort gesichert.« Er kannte sie zu wenig, um Rückschlüsse darauf ziehen zu können. Vielleicht Smart & Sly. Es tat sich nichts, war ja auch viel zu simpel. Das mit dem Notebook konnte er vergessen. Er würde das Passwort nie herausfinden. So kam er nicht weiter. Er schob es zur Seite. Das Telefonbuch fiel zu Boden. Als er es aufhob, glitt ein großer, flacher Umschlag heraus. Er betrachtete ihn von allen Seiten. Als Absender stand da Aljona Rudenko-Schultz, Dolmetscherin, darunter befand sich eine Ludwigshafener Adresse und Telefonnummer. Was hatte Jennifer mit dieser Dolmetscherin zu schaffen?

Er öffnete den Umschlag und sah, dass sich noch ein zweiter Brief darin befand und mehrere lose beschriebene Blätter. Die Buchstaben auf dem kleinen Kuvert waren in Kyrillisch, so wie der darin befindliche Brief. Er zog die Blätter heraus. Das schien die deutsche Übersetzung des Briefes zu sein. Er begann zu lesen.

Der Brief war für Alexander wie eine Offenbarung. Endlich wurde ihm klar, warum Renata Iwancyk nach Mannheim gekommen war. Aber vor allem gab ihm der Brief auch den entscheidenden Hinweis darauf, wo Jennifer mit größter Wahrscheinlichkeit hingegangen war. Darum lag auch das Telefonbuch hier. Sie hatte nach der Adresse dieses, wie hieß er noch mal? Er überflog die Übersetzung, dieses Friedrich von Sploen gesucht. Er schlug den Buchstaben »V« auf und da stach ihm die Markierung schon ins Auge, denn Jennifer hatte den Eintrag mit einem gelben Liner unterstrichen. Er las: von Sploen, Friedrich und dahinter die Adresse. Das war in der Oststadt. Er kannte die Straße, sie führte unmittelbar am Unteren Luisenpark entlang.

Alexander lehnte sich im Stuhl zurück. Sein Blick fiel auf die Schreibtischlampe und das Amulett, das daran hing. Er schaute es genauer an, dann griff er danach und steckte es ein. Er rekapitulierte nochmals: Renata Iwancyk war Ende Januar nach Mannheim gekommen, um Friedrich von Sploen für das Kriegsverbrechen an ihrer Großmutter in Galizien zur Rechenschaft zu ziehen. Nach ihrer Ankunft hatte sie sich noch einmal telefonisch bei ihrer Tochter Alina in Darłowo gemeldet. Danach verlor sich ihre Spur. Am Freitag vor Fastnacht, also fast zwei Monate später, tauchte dann schließlich Renatas tiefgefrorener Kopf in dem Bekleidungshaus am Paradeplatz auf, dessen Untersuchung eindeutig ergeben hatte, dass sie schon etwa zwei Monate zuvor ermordet worden war, also zeitnah mit Blanka.

Und gestern Nacht verhafteten sie schließlich eine Frau, die ihre ebenfalls tiefgefrorenen Arme entsorgen wollte. Warum fror jemand eine Leiche ein, um sich ihrer dann Wochen später nach und nach an verschiedenen Orten zu entledigen? Was machte das für einen Sinn? Er musste herausfinden, in welchem Verhältnis die Täterin und das Opfer, beziehungsweise die Opfer, standen. Falls die Festgenommene wirklich die Tat begangen hatte, was war dann ihr Motiv gewesen? Vielleicht hatte sie ja Renata Iwancyk gar nicht selbst getötet? Vielleicht war ja dieser Friedrich von Sploen der Täter? Schließlich hatte er schon einmal gemordet, war ein gesuchter Kriegsverbrecher, der es geschickt verstanden hatte, sich über Jahrzehnte seiner gerechten Strafe zu entziehen. Möglicherweise war die Frau nur seine Helfershelferin? Aber das waren alles vage Vermutungen, die er beweisen musste. Alexander spürte, wie der Fall ihn merklich aufwühlte, doch was ihn am meisten plagte, war die Frage nach dem Verbleib von Jennifer. Bei dem Gedanken an sie übermannten ihn ungute Gefühle. Er fühlte, dass sie in großer Gefahr schwebte.

Alexander packte schnell seine Sachen zusammen und nahm Sly an die Leine. »So, auf geht's Kumpel, wir müssen dein Frauchen suchen. Zuerst werden wir diesem Friedrich von Sploen einen nächtlichen Überraschungsbesuch abstatten und dabei musst du mir helfen!«

Die Straße am Luisenpark war schlecht beleuchtet und trotz Vollmond war es ziemlich dunkel. Der Mond ließ sich hinter den Wolken nur erahnen. Mittlerweile war es kurz nach Mitternacht und fast nirgends brannte mehr Licht. Hinter einigen wenigen Fenstern war eine bläulich flackernde Strahlung auszumachen. Hier schaute noch irgendjemand von seinem Bett aus fern. ›Ein wunderbares Schlafmittel bei dem Programm!‹, dachte Alexander bei sich.

Die Hausnummern waren nur schlecht zu erkennen, weil sie zum Teil von Efeuranken überwuchert oder an schlecht einsehbaren Stellen angebracht waren. ›Hier möchte ich auch nicht Briefträger sein!‹ kam es Alexander in den Sinn, während er weiter nach der richtigen Villa suchte. Doch er musste sich gar nicht mehr lange bemühen, denn plötzlich begann Sly ihn heftig in eine ganz bestimmte Richtung zu ziehen.

»Langsam, Sly! Wo, zum Teufel, willst du denn hin?« Alexander lief keuchend hinter ihm her. Der Hund schien genau zu wissen, wo sie langmussten. Er folgte ihm auch dann noch, als Sly plötzlich einen Haken in die Büsche schlug. Alexander versuchte sich vor den knorrigen Zweigen zu schützen, die ihm übers Gesicht streiften. Er schaute sich um und stellte fest, dass er sich auf einem kleinen Trampelpfad befand, der seitlich an der Villa vorbeiführte. Ohne Slys Hilfe hätte er den in der Dunkelheit gar nicht wahrgenommen. Aber so zielsicher, wie der Hund ihn hierher geleitet hatte, war es Alexander schnell klar geworden, dass Sly schon einmal dagewesen sein musste. Darum beschloss er, Sly zu vertrauen und sich weiter von ihm führen zu lassen.

Der Hund dirigierte ihn auf die Rückseite des Grundstücks und lief die Kellertreppe hinunter. Dann blieb er bellend vor der Tür stehen.

»Psst! Sei leise! Aus, Sly!«, zischte Alexander ihn an. Hoffentlich hatte sie niemand bemerkt.

Als Alexander vor der Kellertür stand, hielt er einen Augenblick inne. »Was um alles in der Welt mache ich hier bloß?« Warum ging er nicht ganz normal, wie sich das gehörte, an die Tür, klingelte, wies sich aus und fragte nach Jennifer? Was er hier tat, war im Grunde genommen Hausfriedensbruch, denn er versuchte, sich ohne Durchsuchungsbefehl Zutritt zu einem Haus zu verschaffen. Doch was war, wenn Jennifer von diesem Friedrich von Sploen tatsächlich festgehalten und akut bedroht wurde, oder, er wagte es kaum zu denken, der Mann ihr vielleicht sogar schon etwas angetan hatte? Es kam jetzt auf jede Sekunde an. Er durfte keine Zeit verlieren, Durchsuchungsbefehl hin oder her! Er griff instinktiv nach seiner Waffe. »Mist, die habe ich ja gar nicht dabei!« Wie immer hatte er sie nach Feierabend in seiner Dienststelle eingeschlossen. Alexander drückte vorsichtig die Türklinke hinunter, ließ sie jedoch gleich wieder los, als diese lautstark knarrte. Was würde ihn bloß in der Villa erwarten? Egal, er musste da hinein! Nochmals drückte er zu, dieses Mal beherzter. Krachend sprang die Tür auf. Er blieb einen Augenblick ruhig stehen und lauschte in das Haus hinein. Aber nichts war zu hören.

Hier unten war es ziemlich dunkel, nur Schemen waren durch das wenige Licht, das über das Kellerfenster hereinfiel, zu erkennen. Obwohl sich gleich neben der Tür ein Lichtschalter befand, hatte er es vorgezogen, das Licht aus zu lassen. Langsam, Schritt für Schritt, ging er vorwärts, während Sly leise neben ihm her trappelte. Hier unten stank es erbärmlich. Ein Gemisch aus allen möglichen unangenehmen Gerüchen. Zudem war es in dem Keller klamm. Er schien feucht zu sein. Alexander spürte, wie seine Schuhe auf dem klebrigen Boden haften blieben. Langsam gewöhnten sich seine Augen an die Dunkelheit und er konnte schon bald die Kellertreppe ausmachen, die nach oben in die Villa führte.

Im Haus war alles ruhig. Er schlich leise durch die Räume im Erdgeschoss: das Wohn-und Esszimmer, die Küche und ein Gästezimmer, das ziemlich unaufgeräumt in dem schummrigen Licht wirkte. Hier unten schien niemand zu sein. Sollte sich jemand im Haus aufhalten, musste er in den Räumen im ersten Obergeschoss sein. Alexander band Sly unten am Treppenpfosten an, was diesem gar nicht gefiel. »So, du bleibst schön hier! Und sei schön leise! Pst!«, flüsterte er, während er Sly über den Kopf strich. Im Halbdunkel begann Alexander leise die Treppenstufen hinaufzusteigen. Erneut horchte er in die Dunkelheit. Vielleicht würde er ja ein gleichmäßiges Atmen, Schnaufen oder Schnarchen vernehmen. Aber nichts war zu hören. Alles war still. Es sah so aus, als ob Friedrich von Sploen nicht zu Hause war. ›Das hätte ich mir sparen können‹, dachte Alexander, während er auf die letzte Tür zuging. Er drückte die Klinke hinunter.

Kaum hatte er die Tür einen Spaltbreit geöffnet, schlug ihm ein unerträglicher ätzender Gestank entgegen. Es war ein Gestank, als würde er mitten in der Kloake einer Millionenstadt stehen. Alexander hatte das Gefühl, sich übergeben zu müssen. Unwillkürlich schlug er die Tür wieder zu und hielt sich die Hand vor Mund und Nase. Für einen Augenblick stand er bewegungslos da. Dann knipste er das Licht im Flur an. Da niemand nach dem geräuschvollen Zuschlagen der Tür aufgetaucht war, konnte Alexander ziemlich sicher sein, dass er sich allein in der Villa befand.

Aber was war das bloß, was sich in diesem Zimmer befand und was so erbärmlich stank? Alexander erschrak zutiefst. Er hatte den Geruch zwar nicht genau ausmachen können, trotzdem war er ihm nicht fremd. In den vielen Jahren bei der Mordkommission hatte er zu viele Leichen gesehen, Menschen, die gerade gestorben waren, die noch in ihrem Blut lagen, aber auch Tote, bei denen schon die Verwesung eingesetzt hatte. Und er hatte sie nicht nur gesehen, sondern auch gerochen. Und wenn es tatsächlich eine Leiche war, die in diesem Zimmer lag? Er dachte an Jennifer, verwarf jedoch den Gedanken sofort wieder.

Alexander lief in das gegenüberliegende kleine Badezimmer, in das er zuvor hineingeschaut hatte und zog ein Handtuch von der Halterung. Er drückte es vor seinen Mund und seine Nase und öffnete die Zimmertür erneut. Der beißende Geruch drang selbst durch das Handtuch. Wieder wurde es ihm übel. Er tastete mit der Hand nach dem Lichtschalter und betätigte ihn, doch nichts passierte. Entweder war die Birne kaputt oder es war ein Defekt in der Leitung. Er schaute sich um. Es schien ein Schlafzimmer zu sein, denn in einer der Ecken stand ein großes Bett.

Durch das Fenster flutete das Mondlicht durch einen Spalt zwischen den Fensterläden scheinwerfergleich auf das Bett. Alexander blinzelte hinüber. Da bewegte sich doch etwas! Aber natürlich bewegte sich hier etwas! Jemand schien unter dem Laken zu liegen.»Jennifer!«

Alexander eilte hinüber und schlug das Laken zurück. Von Entsetzen übermannt, wich er einen Schritt zurück. Für einen Augenblick wandte Alexander sich ab, um jedoch schon kurz darauf wieder auf das Bett zuzugehen. Vor ihm lag bis zum Gerippe abgemagert eine nackte menschliche Gestalt, die über und über mit den eigenen Exkrementen verschmiert war und erbärmlich stank. Sie bestand nur noch aus Haut und Knochen. Die Arme und Beine des alten Mannes waren verkrampft, Finger und Zehen gekrümmt wie die Krallen eines Vogels. Seine Augen, die ins Leere starrten, waren weit aufgerissen. In ihnen spiegelte sich ein irrer Glanz.

32

»Wird er überleben?«, fragte Alexander, der sich in der Küche der Villa niedergelassen hatte und gerade ein Glas Leitungswasser trank, den Arzt des Rettungsdienstes, nachdem sie Friedrich von Sploen abtransportiert hatten.

Der Arzt schüttelte den Kopf. »Ich halte es für unwahrscheinlich, dass er sich nochmals erholen kann. Ich habe ehrlich gesagt schon vieles gesehen. Alte Leute, die von Familienmitgliedern nur wegen des Pflegegeldes daheim behalten wurden und die wir dort total vernachlässigt herausgeholt haben. Meist waren sie stark dehydriert und auch schlecht ernährt. Aber so etwas wie das hier ist mir noch nicht untergekommen.« Der Arzt war erschüttert.

»Ich habe so etwas auch noch nie erlebt«, pflichtete Alexander ihm bei. Er war noch immer schockiert. »Dieser Anblick haut den stärksten Mann um.«

»Es kommt mir nicht so vor, als ob es sich hier nur um die Vernachlässigung eines alten Menschen handelt. Ich habe eher den Eindruck gewonnen, dass man das dem alten Mann absichtlich angetan hat. Er sollte elendig verrecken, vor allem sollte ihm seine Würde genommen werden«, stellte der Arzt fest. »Wissen Sie eigentlich etwas Näheres? Wurde er von seinen Angehörigen betreut? Oder gab es Pflegepersonal?«

»Ich weiß nur wenig über den Mann«, erklärte Alexander dem Arzt gedankenverloren. »Was ich über ihn weiß, spricht allerdings nicht gerade für ihn. Aber ein solches Ende hat niemand verdient, nicht einmal er.«

Der Arzt schaute Alexander stirnrunzelnd an. Er konnte diese Äußerung nicht einordnen.

»Entschuldigen Sie, das gehört jetzt nicht hierher.« Alexander fasste sich wieder. »Zu Ihrer Frage: Ich vermute, dass er eine Pflegerin hatte. Und ich habe da auch einen Verdacht, wer das gewesen sein könnte. Allerdings gibt es in dem Fall noch jede Menge Ungereimtheiten«, stellte Alexander nachdenklich fest.

»Na ja, dann wünsche ich Ihnen viel Erfolg! Und dass Sie den Täter bald schnappen!« Der Arzt drehte sich um und wäre beinahe mit Krol zusammengestoßen, der gerade, als er die Küche verließ, hereinstürmte. »Chef, sehen Sie mal, was wir gerade im Keller gefunden haben!«

Alexander schaute wie gebannt auf die transparente Plastiktüte, die Krol ihm vor die Nase hielt. »Nehmen Sie das Ding weg! Für heute ist mein Bedarf an Ekelerregendem gedeckt.«

»Aber Sie wissen, was das ist?«, hakte Krol grinsend nach.

»Natürlich weiß ich, was das ist: die zwei fehlenden Zehen von Blanka.« Alexander hatte sie sofort an den Nagellackresten erkannt.

»Tiefgefroren. In bestem Zustand«, Krol betrachtete den Inhalt der Tüte erneut.

»Und wo habt ihr die gefunden?«

»Am besten Sie kommen mit mir runter. Der Keller ist eine rechte Schreckenskammer.«

»Warten Sie mal, Krol! Setzen Sie sich bitte kurz zu mir!«, forderte Alexander seinen Kollegen auf. »Gleich vorneweg, ich schätze sehr Ihre Diskretion, aber Sie haben sich doch sicherlich gewundert, mich heute Nacht hier in dieser Villa vorzufinden, ausgerechnet da, wo unsere Tatverdächtige ihre Verbrechen begangen hat. Ich denke, ich bin Ihnen da eine Erklärung schuldig.«

Krols Gesicht wurde immer länger vor Staunen, als Alexander ihm nun von den Ermittlungen seiner Bekannten, wie er Jennifer ihm gegenüber nannte, erzählte.

»Ich sage ja immer, viele Fälle klären sich durch reine Zufälle. Hätte die Tochter von Renata Iwancyk nicht bei Jennifer Trams in der Detektei angerufen und sie gebeten, ihre Mutter zu suchen, dann hätte Jennifer Trams niemals Kontakt zu mir aufgenommen. Und so hätte ich auch nie einen Hinweis auf diese Villa hier bekommen. Alles reiner Zufall!«

»Was für eine irre Geschichte!« Krol konnte es gar nicht fassen. »Mensch, Chef, ohne diese Jennifer Tams würden wir noch immer im Dunkeln tappen!«

Krol lachte, doch plötzlich erstarb sein Lächeln: »Und wo sagten Sie, ist jetzt diese Jennifer Trams?«

»Wenn ich das nur wüsste! Ich hatte vermutet, dass sie hier festgehalten wird im Keller oder vielleicht auf dem Dachboden. War eigentlich schon jemand da oben?« Ein leichter Hoffnungsschimmer war in Alexanders Augen zu erkennen.

Krol schüttelte den Kopf: »Einer der Kollegen war auf dem Speicher. Aber der ist leer.«

Alexander seufzte. »Also Krol, nochmals danke. Und es wäre schön, wenn Sie Ihre Diskretion noch eine Zeitlang aufrechterhalten könnten.« Alexander schaute ihn dankbar an.

»Klar, Chef. Sie können sich auf mich verlassen!«, versicherte ihm Krol.

»Auf, dann lassen Sie uns jetzt nach unten gehen!« Im Keller schaute sich Alexander um. Zunächst fiel ihm der rot verklebte Boden auf. »Ist das ...?« er zauderte bei der Vorstellung, dass er hier im Dunkeln durchgelaufen war. Krol kam ihm zuvor. »... altes verkrustetes Blut! Da hat sich jemand nicht allzu viel Mühe gemacht, die Spuren seines Verbrechens zu beseitigen.«

Alexander wurde es beinahe übel bei dem Gedanken, dass das alte Blut an seinen Schuhsohlen klebte. Er würde die Schuhe zu Hause sofort in den Müll werfen. Slys Pfoten würden sicher auch nicht besser aussehen, er musste sie ihm später unbedingt abwaschen.

»Kommen Sie mal mit, Chef! Da hinten steht sie, die Tiefkühltruhe. Da hat sie die beiden Frauen gelagert und da haben wir auch die Zehen gefunden, die klemmten unter einem Einlegeboden, darum hat sie die übersehen!«, erklärte ihm Krol.

»Also hat sie wahrscheinlich doch beide Frauen auf dem Gewissen. Ich war mir da zuletzt nicht mehr so ganz sicher. Aber jetzt weist wohl alles darauf hin«, stellte Alexander fest.

»Wir gehen davon aus, dass die Tatverdächtige beide hier unten ermordet hat. Wir haben zwar noch nicht den Abschlussbericht, aber die Kollegen sind sich da ziemlich sicher«, meinte Krol.

»Und weiß man schon, an was die Frauen genau gestorben sind? Gibt es eine Tatwaffe?«, wollte Alexander wissen.

»Nein, so weit sind wir noch nicht.« Krol schüttelte den Kopf.

»Und habt ihr sonst noch etwas gefunden?«

»Nein, bis auf die beiden Zehen war die Truhe leer.«

Alexander schüttelte sich: »Widerlich!« Er war hart im Nehmen, aber dieser Fall ging ihm an die Nieren.

»Wahrscheinlich brauchte sie Platz für das nächste Opfer. Für Friedrich von Sploen oder ...«, mutmaßte Krol und stockte verlegen.

»Reden Sie ruhig weiter! ... für Jennifer Trams! Das wollten Sie doch sagen!«, ergänzte Alexander bitter. Auch ihm war dieser Gedanke sekundenschnell durch den Kopf gegangen. Doch er wollte ihn nicht wahrhaben. Diese Vorstellung in seinem Kopf gar nicht zulassen. Er versuchte sich wieder auf die beiden Opfer zu konzentrieren und fuhr fort: »Das bedeutet also, dass sie die Frauen auch hier unten zerteilt hat. Sie sollten ja in die Tiefkühltruhe passten!«

Krol nickte. »Sie hat das sehr fachgerecht gemacht, sie hat sie regelrecht filetiert. Wir haben weiter hinten im Keller ein Beil und mehrere Messer gefunden sowie einen großen Holzblock, den hat sie wohl dazu benutzt.

»Das wird ja immer appetitlicher.« Alexander war es schon seit Stunden derart übel, dass ihn mittlerweile fast nichts mehr erschüttern konnte. »Wie geht es denn jetzt weiter?«

»Für heute Nacht sind wir erst mal durch«, meinte Krol, »morgen geht's dann nochmals richtig los. Erst hier unten und dann oben in den anderen Räumen. Also, ich brauch jetzt eine Mütze Schlaf. Gute Nacht, Chef!«

Auch Alexander war todmüde. Er hatte mittlerweile Probleme, klar zu denken. Auch wenn er in dem Fall selbst nun doch erheblich weitergekommen war, so nagte an ihm doch die Sorge um Jennifer.

Nach den bisherigen Erkenntnissen konnten sie also davon ausgehen, dass die Villa der Tatort war. Auch bestand kein Zweifel daran, dass Friedrich von Sploen als Täter ausschied. Er war selbst zum Opfer geworden. Blieb nur die Frau übrig, die sie am Vortag verhaftet hatten und die partout nicht reden wollte? Aber aus welchem Grund hatte sie es getan? Was, verdammt noch mal, war ihr Motiv?

Alexander schwirrte der Schädel. Die Angst um Jennifer nagte an ihm, ließ ihn nicht zur Ruhe kommen. Er hatte innerlich aufgeatmet, als die Kollegen nichts mehr im Keller gefunden hatten, denn die Befürchtung, Jennifer könne ein weiteres Opfer geworden sein, hatte ihn nicht losgelassen.

»Ich muss jetzt auch Schluss machen, ich muss dringend versuchen, ein wenig zu schlafen«, meinte er zu sich selbst und gähnte. Das brachte hier alles nichts mehr. Er wandte sich zum Gehen. Jennifer war allem Anschein nach nicht in der Villa gewesen. Sie musste wohl doch einer anderen Spur nachgegangen sein.

»Auf, Kumpel!«, ermunterte Alexander Sly, als er dessen Leine aufknotete und ihn vom Treppengeländer losband. Der hatte jedoch anscheinend genau auf diesen Moment gewartet, denn er riss sich los und stürmte in Windeseile die Treppe hinauf. Dort blieb er vor der Tür des ersten Zimmers kurz stehen. Dann sprang er an ihr hoch und kratzte am Türblatt.

»Also, wir gehen jetzt auch!«, meinte der Mann von der Spurensuche zu Alexander. »Wir haben oben im Schlafzimmer und auch unten im Keller für den Moment soweit alles gesichtet. Wir geben den vorläufigen Bericht gleich morgen früh weiter. Dann haben Sie ihn spätestens um die Mittagszeit auf Ihrem Schreibtisch liegen. Und der Rest der Villa ist dann morgen im Laufe des Tages dran, bis dahin wird das Haus versiegelt. Wenn Sie dann auch so weit sind, können wir gehen!«

»Einen Augenblick, bitte, ich muss gerade noch meinen Hund herunterholen«, Alexander bat sie um einen Moment Geduld.

»Sly, auf, komm zu mir! Es geht nach Hause!«, lockte ihn Alexander.

Doch Sly dachte überhaupt nicht daran, herunterzukommen.

»Tut mir leid! Warten Sie bitte noch einen Augenblick, ich hole ihn sofort runter«, meinte Alexander zu den Kollegen, die schon ungeduldig an der Tür standen.

Aber Sly ließ sich nicht so einfach mit hinunternehmen. Er bellte, sprang weiterhin an der Tür hoch und war außer Rand und Band. Und als Alexander versuchte, ihn mit Gewalt von der Tür wegzuziehen, schnappte er sogar nach ihm. »Was ist denn bloß los mit dir?« Alexander war für einen Augenblick ratlos. Vielleicht gab es ja einen Grund, warum sich das Tier so gebärdete? Vielleicht hatten sie ja etwas übersehen? Oder aber Sly hatte die Witterung Jennifers aufgenommen, schoss es Alexander plötzlich durch den Kopf. Ein Versuch war es allemal wert.

Er öffnete die Tür des Boudoirs. Sly rannte sofort hinein und blieb vor einem Möbelstück stehen, auf dem zahlreiche Perserteppiche ausgebreitet lagen. »Was willst du hier, Sly? Das ist nur ein Ankleidezimmer. Da ist sonst nichts. Komm hier raus! Braver Hund!« Alexander versuchte ihn zu beruhigen.

Der jedoch nahm die Ecke des oberen Teppichs in seine Schnauze und zog ihn herunter auf den Boden. Desgleichen tat er mit den anderen. Alexander sah Slys Treiben zunächst etwas verärgert zu. »Ich bin zu müde für deine Spielchen, Sly, komm schon!« Doch plötzlich veränderte sich Alexanders Blick, als sich vor seinen Augen ein altes Möbelstück offenbarte, das die Teppiche zuvor abgedeckt hatten. Alexander traute seinen Augen nicht, als er es sah. Vor ihm stand eine riesige sargähnliche Holztruhe, auf die sich Sly sofort laut bellend stürzte und an ihr heftig zu scharren begann.

»Jennifer!«, Alexander stürzte auf die antike Truhe zu. »Jennifer, bist du da drin?«

Er bekam keine Antwort. Trotzdem versuchte er die Kiste zu öffnen, doch sie schien zugenagelt zu sein. Und so nahm er den nächstbesten metallenen Schuhlöffel aus dem Schuhregal und schob ihn zwischen den Deckel und die Seitenwand der Truhe. Mit kräftigen Hebelbewegungen lockerte er den Deckel und als er sich zum letzten Mal mit dem Gewicht seines ganzen Körpers gegen den Hebel stemmte, schnellte die Holzplatte nach oben und fiel zu Boden. Jennifer lag wie leblos in dem Sarg. Ihre Augen waren geschlossen. Trotzdem spürte Alexander ihren flachen Atem. Gott sei Dank, sie lebte! Er löste die Knebel und mit seinem Taschenmesser schnitt er die Fesseln an ihren Händen und Füßen durch. Dann hob er sie behutsam aus dem Sarg. Alexander drückte die kleine Balkontüre mit dem Fuß auf und ließ sich davor mit ihr in den Armen auf dem Boden sinken.

Sly, der gerade noch aufgeregt hin- und hergesprungen war, ließ sich neben ihnen nieder, legte seinen Kopf auf die Vorderpfoten und betrachtete Jennifer traurig mit seinen großen braunen Augen.

Die frische, klare Nachtluft strömte herein. Der Mond war mittlerweile wieder hinter den Wolken verschwunden. Alexander streichelte über Jennifers Wangen. Ihre Haut fühlte sich warm und weich an und er spürte, wie sie nun tiefer und gleichmäßiger zu atmen begann.

»So ist es gut, Mädchen«, er lachte erleichtert, während seine Augen einen glasigen Schimmer bekamen. »Jennifer, bitte wach auf, jetzt wird alles gut!« Er gab ihr einen Kuss auf die Stirn,

Als Jennifer die Augen öffnete und die Sterne am Firmament sah, schaute sie Alexander schwach lächelnd an.» Bin ich jetzt im Himmel?«, fragte sie ihn leise.

Er nickte und gab ihr einen sanften Kuss auf den Mund.

33

»Junge, du musst dich sofort in den nächsten Flieger setzen und hierherkommen.« Tante Evelyn schluchzte leise in den Telefonhörer.»Ich habe ganz schlechte Nachrichten.«

Harald von Sploen, der gerade aus seiner Vorlesung kam, glaubte zu wissen, was seine Tante ihm jetzt mitteilen würde. In dem Alter, in dem sein Vater war, musste man immer mit seinem Ableben rechnen. »Du rufst mich wegen Vater an, stimmt's?«

»Ja, Harald!«, und nach einer Pause fügte sie hinzu. »Dein Vater ist heute in den frühen Morgenstunden gestorben«, wieder schluchzte sie auf, »es tut mir so schrecklich leid!«

»Beruhige dich, Tantchen! Mein Vater hatte ein schönes Leben. Nicht viele alte Leute können behaupten, dass sie bis zu ihrem Ende in ihrem vertrauten Umfeld liebevoll gepflegt werden.«

Erneut schluchzte Tante Evelyn laut auf. »Ich glaube, da irrst du dich, mein Junge. Dein Vater ...«, sie spürte, wie sich ihre Kehle zuschnürte, »ich kann dir das am Telefon nicht sagen, Harald. Du musst so schnell wie möglich nach Hause kommen!«

»Was kannst du mir nicht sagen?« Harald stutzte. Er kannte Tante Evelyn zeitlebens als sehr beherrschte und eher resolute Frau. Die Tatsache, dass sie so fassungslos zu sein schien, irritierte ihn. Darum wiederholte er nochmals seine Frage: »Sag schon, Tante Evelyn! Was ist so schlimm, dass du es mir nicht sagen willst?«

Er hörte, wie Tante Evelyn tief durchatmete. »Dein Vater ist unter anderem an den Folgen von Unterernährung gestorben. Diese Jozefina Dzierwa scheint ihn schon seit Wochen nicht mehr versorgt zu haben. Die Polizei hat ihn gestern aus der Villa geholt und ins Universitätsklinikum gebracht, aber da lag er schon im Sterben. Sie konnten im Krankenhaus nichts mehr für ihn tun.«

Harald war für einen Augenblick sprachlos, ob der Geschichte, die ihm seine Tante schilderte. Hätte ihm das jemand anders erzählt, hätte er ihm kein Wort geglaubt. Als er sich ein wenig erholt hatte, stammelte er ins Telefon: »Aber ich begreife das alles nicht. Wo ist Jozefina? Hast du mit ihr gesprochen? Was sagt sie dazu? Warum hat sie ihn nicht, wie abgemacht, betreut?« Zahlreiche Fragen schwirrten in seinem Kopf.

»Ich weiß nur, dass sie bereits einen Tag vorher von der Polizei in Gewahrsam genommen wurde. Mehr kann ich dir im Augenblick nicht sagen. Ich muss heute Nachmittag im Polizeipräsidium vorsprechen. Bei einem Polizeihauptkommissar Seefeld, der mit dem Fall betraut ist. Da erfahre ich dann vielleicht mehr. Sie wollen mich anscheinend der Frau, die sie verhaftet haben, gegenüberstellen. Junge, ich weiß gar nicht, wie ich das alles durchstehen soll. Das nimmt mich doch sehr mit. Du musst so schnell wie möglich nach Deutschland kommen.« Wieder schluchzte Tante Evelyn auf.

»Ganz ruhig, Tante!«, versuchte er sie zu besänftigen. »Ich werde in spätestens zwei, drei Tagen bei dir sein. Ich nehme den nächsten Flieger, den ich kriegen kann. Versprochen!«

»Ja, Junge, komm bitte ganz schnell!« Weinend legte sie auf.

Harald begriff, dass er nicht darum herum kam, umgehend nach Deutschland zu fliegen. Seine Tante war der Sache allein nicht gewachsen. Er konnte die über 80-Jährige unmöglich mit einer solchen Angelegenheit im Stich lassen. Außerdem musste er mit Jozefina sprechen, sie zur Rede stellen. Er konnte es noch immer nicht fassen. Was für eine Heuchlerin! Sie hatte ihn total getäuscht, ihm die Sanftmütige, Bescheidene, Fürsorgliche vorgespielt, dabei hatte sie es nur auf ein möglichst schnelles Erbe abgesehen. Er ärgerte sich über sich selbst, wie er so auf sie hatte reinfallen können.

Ein paar Stunden später saß Evelyn Paulat im Büro von Polizeihauptkommissar Alexander Seefeld.

»Schön, dass Sie es einrichten konnten, so schnell zu uns zu kommen. Möchten Sie einen Kaffee?«, hatte er die alte Dame gefragt.

»Nach unseren Unterlagen sind Sie, Frau Paulat, und sein Sohn Harald die einzigen Verwandten von Friedrich von Sploen«, begann er das Gespräch.» Ist das richtig?« »Ja, seine Frau, meine Schwester Birgitta, ist schon 1967 gestorben, danach hat er nicht mehr geheiratet. Und seine Tochter, Haralds Schwester, ist 1979 ums Leben gekommen. Andere Kinder hatte er nicht. Harald und ich sind seine einzigen noch lebenden Verwandten.«

»Wir haben den ganzen Morgen erfolglos versucht, Ihren Neffen in Göttingen unter seiner Festnetznummer zu erreichen. Haben Sie vielleicht eine Handynummer von ihm?«

»Sie brauchen ihn nicht anrufen, ich habe ihn heute Morgen bereits informiert. Er hält sich zurzeit nicht in Deutschland auf. Mein Neffe ist Professor für Astrophysik und unterrichtet seit einem guten Dreivierteljahr in den USA. Er hat eine Gastprofessur in Princeton. Harald hat mir versprochen, dass er so schnell wie möglich nach Deutschland fliegt. Er wird in den nächsten Tagen hier eintreffen.« Sie zögerte, dann fuhr sie fort:»Sie sollten vielleicht noch wissen, dass mein Neffe kein besonders gutes Verhältnis zu seinem Vater hatte und er sich schon zu Lebzeiten ziemlich von ihm zurückgezogen hat.«

»Es tut mir leid, dass ich ihm die weite Reise nicht ersparen kann, aber ich muss ihn dringend wegen der Hausangestellten sprechen und ich brauche ihn auch als Zeugen«, erklärte ihr Alexander Seefeld.»Ich kann auf familiäre Querelen leider keine Rücksicht nehmen. Das werden Sie sicher verstehen.«

Evelyn Paulat nickte.

»Und wie war Ihr Verhältnis zu Ihrem Schwager?«

»Meist nicht sehr angenehm! Mein Schwager war ein sehr schwieriger Charakter, wobei ich das Gefühl hatte, dass er mit zunehmendem Alter eine gewisse Altersmilde entwickelte, was trotzdem nicht heißen soll, dass er einfach war.

Ich weiß, dass mein Neffe sehr unter den radikalen Ansichten seines Vaters gelitten hat. Und durch die rapide Verschlechterung seiner Alzheimer Krankheit müssen gerade die letzten Monate im Umgang mit ihm äußerst schwierig gewesen sein«, berichtete Evelyn Paulat.

»Sie sagen, ›müssen schwierig gewesen sein‹?« Alexander verstand nicht, warum sie im Konjunktiv redete.

»Na ja, ich war vom Sommer letzten Jahres bis Mitte Februar bei meiner Tochter in Australien. Das ist genau die Zeit, in der sich sein geistiger Zustand so sehr verschlechtert haben muss«, erklärte sie ihm.

»Ja, wann haben Sie denn dann Ihren Schwager zum letzten Mal gesehen?«, wollte Alexander von ihr wissen.

Bei dieser Frage bekam Evelyn Paulat glasige Augen. Sie berichtete, dass sie so etwa drei Tage nach ihrer Rückkehr aus Australien zu ihm gefahren sei. »Ich wollte ihn besuchen und da öffnete mir seine Betreuerin, diese Jozefina Dzierwa. Ich wusste ja von meinem Neffen, dass er sie eingestellt hatte. Allerdings hatte ich sie mir ein wenig anders vorgestellt.«

»Was heißt, Sie haben sie sich anders vorgestellt?« Alexander fragte nach.

»Na ja, mein Neffe hatte sie mir halt in den rosigsten Farben geschildert. Wie nett und herzlich sie sei. Ich habe sie eher ein bisschen, wie soll ich sagen, abweisend und kühl empfunden. Aber die Frau hatte natürlich auch große Probleme mit meinem Schwager. Vielleicht war sie ja nur überfordert. Jedenfalls war sie nicht sonderlich erfreut über meinen Besuch und ich hatte das Gefühl, dass sie mich schnell wieder loswerden wollte. Sie meinte, ich könne Friedrich jetzt nicht besuchen, er mache gerade seinen Mittagsschlaf und dabei dürfe man ihn nicht stören, sonst würde er sehr wütend werden.«

»Und wie haben Sie sich verhalten?«, hakte Alexander nach.

»Ich habe keine Angst vor den Wutausbrüchen meines Schwagers. Ich bin einfach hochgegangen in sein Zimmer. Ich dachte, vielleicht ist er ja wach. Als ich ihn dann aber schlafend im Bett liegen sah, wollte ich ihn doch nicht wecken. Ich habe die Tür wieder leise zugezogen und bin gegangen. Wenn ich natürlich gewusst hätte, dass ...« Die alte Dame konnte ihre Tränen nicht mehr zurückhalten.

»Möchten Sie ein Glas Wasser?« Alexander tat die Frau leid, aber er konnte ihr die Fragen nicht ersparen.

»Wissen Sie, mein Schwager lag mit dem Rücken zu mir,... und ich wollte ihn doch nicht stören ... Aber wissen Sie, jetzt wo Sie das alles so sagen, erinnere ich mich, dass es in dem Raum ganz schlimm gerochen hat. Aber ich habe trotzdem an nichts Schlimmes gedacht.«

»Keiner macht Ihnen einen Vorwurf!«, versuchte Alexander sie zu besänftigen.

»Frau Paulat, ich hätte noch eine Bitte an Sie. Glauben Sie, dass Sie diese Jozefina Dzierwa wiedererkennen würden?«

»Natürlich erkenne ich sie wieder. Ich habe ja unten im Wohnzimmer mit ihr noch einen Sherry getrunken. Ich habe zwar ein schlechtes Namensgedächtnis, aber an Gesichter kann ich mich immer erinnern.«

»Sie meinen also, Frau Paulat, Sie können Jozefina Dzierwa bei einer Gegenüberstellung identifizieren?« Die alte Dame zuckte unmerklich zusammen.

»Sie brauchen keine Angst zu haben«, beruhigte sie nun Alexander. »Sie müssen der Frau nicht direkt gegenübertreten, es reicht uns, wenn Sie durch die Scheibe schauen. Keine Angst, von da aus kann Frau Dzierwa Sie nicht sehen. Aber wir müssen auf Nummer sicher gehen, dass die Inhaftierte tatsächlich Jozefina Dzierwa ist.«

»Ja, sicher. Es geht schon wieder.« Sie stellte ihr Glas ab, während Alexander zum Hörer griff:»Krol, könnten Sie mal kurz mit Evelyn Paulat runtergehen wegen der Identifizierung von Jozefina Dzierwa?!«

»Mein Kollege wird Sie begleiten«, Alexander streckte ihr die Hand entgegen, »und haben Sie vielen Dank, Ihre Aussage hat uns sehr geholfen.«

Im Hinausgehen drehte sich Evelyn Paulat noch einmal um. Sie sah Alexander Seefeld fragend an:»Sagen Sie, Herr Polizeihauptkommissar, wieso haben Sie denn Frau Dzierwa überhaupt verhaftet? Woher wussten Sie denn, dass sie meinen Schwager vernachlässigt und er im Sterben liegt?« Evelyn Paulat fiel es schwer, die Zusammenhänge zu verstehen.

»Ach, wissen Sie, das ist eine komplizierte Geschichte, die ich Ihnen leider zu diesem Zeitpunkt, wo noch alle Ermittlungen laufen, nicht darlegen kann. Aber ich verspreche Ihnen, ich werde Sie auf dem Laufenden halten.«

Alexander ließ sich einen Kaffee aus der Maschine und setzte sich hinter seinen Schreibtisch. Er las gerade in den Akten und studierte den vorläufigen Bericht seiner Kollegen, als das Telefon klingelte. Es war Krol.

»Ja, hm, ja.« Alexander hörte genau zu. »Okay! Frau Paulat hat sie also identifiziert! Und sie ist sich hundert Prozent sicher, dass es sich um Jozefina Dzierwa handelt?«, wiederholte er, »okay, danke Ihnen, gut gemacht! Jetzt haben wir wenigstens ihren Namen.«

Alexander stand auf und ging zum Fenster. Es tat ihm immer gut, wenn er hinaus in die Baumwipfel schauen konnte. Was war das nur für eine Geschichte? Eine polnische Pflegekraft lässt absichtlich einen alten Mann verhungern. Sie ermordet zwei ihrer Landsmänninnen, zerstückelt sie und verteilt sie über Mannheim. Und schließlich schlägt sie Jennifer nieder, fesselt und knebelt sie und sperrt sie in eine Kiste, wo sie, wenn er sie nicht dank Sly zufällig gefunden hätte, jämmerlich zugrunde gegangen wäre. Die Ärzte hatten in der Nacht bei Jennifers Einlieferung ins Krankenhaus gemeint, es sei allerhöchste Zeit gewesen.

Wer war diese Jozefina Dzierwa? Eine Psychopathin, die sich daran ergötzte, andere Menschen zu quälen? Die grundlos mordete aus purer Lust am Töten? Oder hatte sie vielleicht doch ein Motiv gehabt? Ein Motiv, das er in seinen Ermittlungen bis jetzt übersehen hatte oder das er gar nicht wissen konnte, weil ihm die entsprechenden Informationen fehlten? Die immer wiederkehrende Frage nach dem Motiv machte ihn wahnsinnig. Sicher würde die Zeugenvernehmung von Harald von Sploen ihm weitere Erkenntnisse bringen. Und auch Jennifers Aussage würde ein weiterer Puzzlestein in diesem verfahrenen Fall sein.

34

Alexander saß neben Jennifers Bett und hielt ihre Hand. »Na, mein Held!« Sie lächelte ihn liebevoll an. An ihrer Stimme konnte er erkennen, dass sie noch immer schwach war.

Er schüttelte den Kopf: »Der wahre Held ist Sly, wenn der sich nicht losgerissen und so vor der Tür angestellt hätte, wer weiß, wann wir dich dann gefunden hätten. Das war ganz schön knapp.«

»Ich weiß. Ich hatte wohl doch einen Schutzengel.« Sie lächelte erleichtert. »Obwohl ich irgendwann nicht mehr daran geglaubt habe. Ich dachte wirklich, ich müsse jetzt sterben.«

»Ganz so schnell stirbt man nicht, nicht mal du!« Er lächelte sie an. »Außerdem wirst du noch gebraucht.«

»So, von wem denn?« Sie schaute ihn herausfordernd an.

»Dafür, dass du gerade noch sterben wolltest, bist du ja schon wieder ganz schön fit.«

Alexander blickte sie schelmisch an, dann wurde er ernst. »Ich habe mir wirklich große Sorgen um dich gemacht. Ich habe tagelang versucht, dich anzurufen, weil ich dir mitteilen wollte, dass Renata Iwancyks DNA zwar nicht mit der ersten Leiche, aber mit dem Kopf aus dem Bekleidungshaus übereinstimmt. Ich konnte mir überhaupt nicht erklären, warum du mich nicht zurückrufst.«

»Die DNA stimmt also doch überein«, wiederholte Jennifer. »Arme Alina, das muss ein furchtbarer Schlag für sie gewesen sein.«

»Ich denke schon. Mein Kollege Krol hat mit ihr telefoniert. Er erzählte mir, sie habe bitterlich geweint«, berichtete Alexander.

»Wisst ihr denn schon, warum Renata Iwancyk sterben musste?«, fragte Jennifer.

»Wir haben zwar ein paar Vermutungen, aber die Ermittlungen laufen noch. Die Frau, die wir vor zwei Tagen gefasst haben, redet nicht«, seufzte Alexander.

»Was für eine Frau denn?« Jennifer schaute Alexander verwundert an.

»Wir haben vorgestern eine Frau dingfest gemacht, die mitten in der Nacht auf der Maulbeerinsel tiefgefrorene Leichenteile von Renata Iwancyk im Neckar entsorgen wollte.«

»Das ist ja schrecklich! Und habt ihr auch Friedrich von Sploen festgenommen? Er war nämlich derjenige, der mich in seiner Villa niedergeschlagen hat. Dieser Mann ist eine Bestie! Ein Kriegsverbrecher! Er hat auch schon im Zweiten Weltkrieg eine Frau skrupellos erschossen!« Als Jennifer dies sagte, nahm ihre Stimme einen verzweifelten Ton an.

»Beruhige dich, Jennifer! Ich weiß das ja alles. Ich habe den Brief oder besser gesagt die Übersetzung des Briefes gelesen. Aber was dich anbelangt, da ist er unschuldig. Friedrich von Sploen kann dich gar nicht niedergeschlagen

213

haben, weil er zu der Zeit bereits sterbend in seinem Bett lag«, erklärte ihr Alexander.

»Aber das kann nicht sein! Du musst dich irren!« Jennifer konnte es nicht glauben. Sollte sie sich so getäuscht haben?

»Jennifer, wir haben den alten Mann gestern Nacht in ...«, er zögerte, »... einem, ich kann das kaum in Worte fassen, grauenhaften Zustand gefunden, er war bis aufs Skelett abgemagert, den Rest will ich dir gar nicht beschreiben. Er ist im Morgengrauen hier im Krankenhaus gestorben. Die Ärzte konnten nichts mehr für ihn tun.«

Für einen Augenblick herrschte Stille im Raum. Jennifer musste das erst einmal verkraften, was sie da hörte.

»Aber wer hat mich dann niedergeschlagen, gefesselt und geknebelt und in die Kiste gepackt?« Jennifer schaute ihn mit großen Augen an.

»Es weist alles darauf hin, dass es dieselbe Frau war, die wir gefasst haben. Jozefina Dzierwa, die Frau, die Friedrich von Sploen zu Tode pflegte und auch Renata Iwancyk und Blanka umgebracht hat.«

»Du meinst wirklich, dass Friedrich von Sploens polnische Betreuerin hinter allem steckt? Aber warum sollte sie das getan haben?« Jennifer blickte ihn ungläubig an.

»Ja, das wüsste ich auch gerne.« Alexander seufzte. »Ihr Motiv liegt noch immer im Dunkeln. Aber wir werden es rauskriegen.«

»Und wer ist Blanka?«, wollte Jennifer wissen.

»Den Namen hat mein Kollege Krol dem ersten Opfer von der Friesenheimer Insel gegeben«, klärte Alexander sie auf.

»Übrigens«, er griff in die innere Brusttasche seiner Lederjacke, »ich habe hier ein Foto von der Frau, die wir verhaftet haben. Könntest du bitte mal einen Blick darauf werfen?«

Jennifer nahm ihm das Bild aus der Hand und betrachtete es. Dann füllten sich ihre Augen mit Tränen, während sie heftig nickte.»Das ist die Frau, die mir die Tür in Friedrich von Sploens Haus geöffnet hat.«

»Nicht weinen, Jennifer!«Alexander schloss sie in seine Arme.»Alles ist gut! Es ist vorbei!«

Als sie sich wieder gefasst hatte, schaute sie ihn ernst an.»Ich verstehe überhaupt nicht, warum sie mir das angetan hat. Ich wollte doch gar nichts von ihr.«

»Von ihr nicht, aber von Friedrich von Sploen. Sie wusste genau, dass wenn du Friedrich von Sploen in dem Zustand, in dem er war, entdeckt hättest, wäre sie aufgeflogen. Das musste sie mit allen Mitteln verhindern. Ich könnte mir vorstellen, dass aus einem ähnlichen Grund auch Renata Iwancyk sterben musste«, erklärte ihr Alexander.»Sie hat vielleicht auch irgendetwas entdeckt, was Jozefina Dzierwa hätte gefährlich werden können.«

»Meinst du, sie hätte mich nach meinem Tod aus der Truhe geholt, zerstückelt, eingefroren und entsorgt?«Jennifer blickte Alexander voller Entsetzen an.

»Du solltest dir jetzt nicht so etwas ausmalen! Entscheidend ist doch nur, dass der Alptraum vorbei ist.« Alexander wollte das Thema nicht vertiefen. Er nahm sie erneut in die Arme.»Weißt du eigentlich, wie sehr ich dich vermisst habe? Mir ist in den Tagen, in denen du dich nicht gemeldet hast, erst so richtig klar geworden, wieviel du mir bedeutest. Ich möchte, dass du das weißt.«

Sie zog ihn näher an sich und flüsterte in sein Ohr:»Als ich gedacht habe, ich müsste sterben, habe ich nur noch an dich gedacht und wie traurig es ist, dass alles aufhört, bevor es richtig angefangen hat.«

Alexander löste die Umarmung ein wenig und schaute Jennifer tief in die Augen:»Ich schlage dir vor, dass wir all das Schreckliche, was passiert ist, jetzt vergessen. Und wenn du aus dem Krankenhaus kommst, fangen wir nochmals ganz von vorne an. Was hältst du davon?«

»Ich glaube, ich erlebe gerade eine Spontanheilung. Ich werde dem Arzt sagen, dass er mich gleich morgen entlassen muss.« Jennifer strahlte ihn glücklich an.

35

»Ihr Schweigen nützt Ihnen nichts. Wir wissen, wer Sie sind.« Alexander hatte beschlossen, bei diesem Verhör mehr in die Offensive zu gehen und die Frau nicht mehr mit Glacéhandschuhen anzufassen.

»Jozefina Dzierwa, Sie haben zwei unschuldige Frauen kaltblütig ermordet, ihre Körper zerstückelt, sie zunächst eingefroren und sie anschließend verschwinden lassen. Sie haben weiterhin Friedrich von Sploen, dessen Pflege man Ihnen anvertraut hatte, verhungern und dahinsiechen lassen. Der alte Mann ist gestern Morgen im Krankenhaus verstorben. Und Sie haben die Detektivin Jennifer Trams niedergeschlagen, sie gefesselt und geknebelt und wollten sie in einer alten Truhe elendig verrecken lassen. Das alles werde ich Ihnen beweisen. Und auch wenn Sie nicht reden, werde ich Sie zur Strecke bringen und dafür sorgen, dass Sie in diesem Leben nie mehr auf freien Fuß kommen«, hatte er ihr gedroht.

Doch auch das hatte sie nicht wirklich beeindruckt. Sie hatte nur einmal reagiert, als Alexander sie mit »Frau Dzierwa« angesprochen hatte. Alexander glaubte, ein leichtes Zucken unter ihrem rechten Lid registriert zu haben. Darüber hinaus hatte er sich eingebildet, in ihren Augen ein seltsames Glänzen zu erkennen. Aber vielleicht hatte er sich ja auch getäuscht.

»Abführen!« Alexander mochte die Frau nicht länger sehen. Sie war ihm zuwider. Er beschloss, in der Mittagspause ein wenig in die Lauer'schen Gärten zu gehen. Er brauchte frische Luft. Außerdem war es einer der ersten sonnigen Frühlingstage in diesem Jahr. Der Park lag nicht weit weg vom Präsidium. Er war eine grüne Oase mitten in den Quadraten.

Alexander setzte sich auf eine Bank und dachte nochmals über das Verhalten von Jozefina Dzierwa nach. Sie hatte auf nichts reagiert außer auf ihren Namen.

Wie abgebrüht diese Person war!

»Hier, Chef, ein ›Latte Macchiato‹, den mögen Sie doch, oder?« Krol streckte ihm den Kaffeebecher hin, während er sich neben ihm niederließ.

»Klasse! Sie können wohl Gedanken lesen!« Alexander war süchtig nach Kaffee.

»Ich kenn' Sie halt schon ne ganze Weile«, erwiderte Krol und fuhr fort: »Ich freu mich übrigens für Sie, dass Ihre Bekannte unversehrt aufgefunden wurde.«

»Ich auch! Ich kann Ihnen gar nicht sagen, wie erleichtert ich war. Wenn der Hund nicht gewesen wäre ...« Alexander nahm einen großen Schluck aus dem Kaffeebecher.

»Gibt's was Neues drüben?« Krol blickte in Richtung Polizeipräsidium.

»Nicht wirklich! Jozefina Dzierwa macht auch weiterhin ihren Mund nicht auf. Vieles kann ich mir zwar jetzt zusammenreimen, aber trotzdem fehlt mir noch immer ein plausibles Motiv. Und vor allem wüsste ich gerne, wer Blanka ist.

Haben die polnischen Kollegen eigentlich schon reagiert?«

Krol zog ein Fax aus der Tasche. »Hier lesen Sie selbst!«

Alexander überflog das Schreiben. »Jozefina Dzierwa hat keinerlei Vorstrafen in Polen. Ich begreife das nicht! Wie wird eine Frau, die nie auffällig war, zur Dreifachmörderin? Wir müssen irgendetwas übersehen haben. Hat sich eigentlich noch was in der Villa ergeben?«

»Das kann man wohl sagen, Chef. Da gibt es einiges, was Sie brennend interessieren dürfte.«

Alexander schaute ihn gespannt an.»Auf, reden Sie! Spannen Sie mich nicht so auf die Folter!«

»Wir haben das Zimmer von Jozefina Dzierwa durchsucht. Es scheint so, als ob sie sich ziemlich sicher gefühlt hat, denn sie hat es nicht einmal für nötig gehalten, etwas zu verstecken. Alles lag einfach nur so rum«, berichtete Krol.

»Was heißt das, ›alles lag nur so rum‹! Was haben Sie gefunden?« Alexander wurde ungeduldig.

»Da war eine Reisetasche unter ihrem Bett. In der befanden sich sage und schreibe 150.000 Euro in 500-Euro-Scheinen und eine Plastiktüte mit achtzig Goldmünzen. Krügerrand, eine Unze. Da hat jede nochmals einen Wert von mindestens tausend Euro«, berichtete Krol.

Alexander rechnete.»Das ist ja der Wahnsinn! Das sind fast eine viertel Million Euro!« Er konnte es nicht fassen: »Es dürfte ja ziemlich klar sein, woher das stammt. Das hat sie mit Sicherheit irgendwo in der Villa gefunden und sich gleich unter den Nagel gerissen!«

»Aber warten Sie, Chef, es kommt noch besser. In ihrem Kleiderschrank lag ein Umschlag mit einem recht aufschlussreichen Schreiben.«

»Was für ein Schreiben denn?« Alexander runzelte die Stirn.

»Ein Testament – der letzte Wille von Friedrich von Sploen. Und jetzt halten Sie sich fest! Es ist ein Testament zu Gunsten von Jozefina Dzierwa, in dem der alte von Sploen praktisch seinen Sohn enterbt und auf sein Pflichtteil zurücksetzt.«

»Das ist ja ein Ding!« Alexander stand auf.»Na, wenn das kein Motiv ist! Ich habe gewusst, dass da noch irgendetwas sein muss.« Plötzlich fiel es Alexander wie Schuppen von den Augen.»Klar, sie wollte den baldigen Tod Friedrich von Sploens herbeiführen, darum vernachlässigte sie ihn. Sie wollte sein Sterben beschleunigen, um schneller an das Erbe zu kommen.« Er dachte nach:»Aber dann gab es wohl Komplikationen, zuerst muss ihr Renata in die Quere gekommen sein, die ja unbedingt mit Friedrich von Sploen sprechen wollte. Jozefina Dzierwa musste sie darum aus dem Weg schaffen.«

»Klar, Chef, und dann hat die Dzierwa ihre Pläne geändert. Die legte gar keinen Wert mehr auf das Testament, weil sie wahrscheinlich wusste, dass in der Villa noch jede Menge Bares versteckt war und die ganze Geschichte mit dem Testament ihr nun doch viel zu riskant erschien«, stellte Krol fest.

Alexander spann den Gedanken weiter. »Doch dafür brauchte sie Zeit. Zeit, um sich die Villa noch genauer anzusehen, sie zu durchstöbern und nach Verstecken zu suchen. Alte Leute bewahren gerne ein Teil ihres Vermögens zu Hause auf und sind dabei äußerst kreativ. Nach und nach wurde Jozefina Dzierwa ja auch fündig, wie wir sehen. Nur reichte ihr das nicht, was sie fand. Sie war gierig geworden und wollte noch mehr. Doch dann tauchte auch noch Evelyn Paulat auf.« Alexander versuchte die Vorgänge zu rekonstruieren. »Wer weiß, vielleicht hätte sie die alte Dame auch noch in die Eisbox verfrachtet.«

»Aber genau darum musste sie für alle Fälle Platz in der Tiefkühltruhe schaffen. Deshalb wollte sie auch die Arme schnell loswerden. Die Maulbeerinsel lag nahe und nachts war da normalerweise niemand. Mit den Nachtfischern hatte sie nicht gerechnet«, ergänzte nun Krol.

»Das hätte ich an ihrer Stelle auch nicht. Nicht einmal mir war bekannt, dass es so etwas gibt.« Alexander musste innerlich grinsen, denn wieder kamen ihm seine vermeintlichen ›Nacktfischer‹ in den Sinn. Allerdings kippte seine gute Laune gleich wieder bei dem Gedanken an Jennifer. »Ich befürchte, den Platz in der Truhe hatte die Dzierwa zu diesem Zeitpunkt bereits für Jennifer Trams reserviert«, Alexander wurde erneut klar, in welcher Todesgefahr sie geschwebt hatte.

»Klingt doch alles ganz plausibel«, meinte Krol, »da haben wir es doch wieder: Geld verdirbt den besten Charakter!«

»Und dafür mussten drei Menschen ihr Leben lassen, alles wegen des schnöden Mammons!«, grübelte Alexander vor sich hin.

Plötzlich hielt er inne und schaute Krol an. »Unsere Theorie ist ja recht schön und gut und sie hat einiges für sich. Aber sie hat auch einen kleinen Haken. Denn zwei Fragen stehen noch immer unbeantwortet im Raum: Wer ist Blanka? Und warum musste sie sterben?«

36

»Zunächst möchte ich Ihnen mein aufrichtiges Beileid aussprechen.«

Alexander reichte Harald von Sploen die Hand, der gerade zur Tür hereingekommen war. »Nehmen Sie doch bitte gleich hier Platz!«

»Schön, dass Sie doch so schnell einen Flug bekommen haben. Ich denke, Ihre Anwesenheit ist besonders für Ihre Tante wichtig. Ich hatte letzte Woche das Gefühl, dass der tragische Tod Ihres Vaters sie sehr aus dem Gleichgewicht gebracht hat.«

»Ehrlich gesagt, auch ich bin zutiefst erschüttert über das, was mir Ihr Kollege im Nebenzimmer alles erzählt hat. Ich kann das gar nicht fassen.« Harald von Sploen sah blass aus, augenscheinlich nahm ihn das alles sehr mit. »Ich mache mir die größten Vorwürfe, dass ich meinen Vater in die Hände einer wildfremden Person gegeben habe. Aber er wollte es so. Mein Vater hatte verfügt, dass Jozefina Dzierwa, die Tochter seines alten Kriegskameraden Oleg Dzierwa, seine Pflege übernehmen solle. Deshalb hatte er auch zu ihren Gunsten sein Testament geändert, sie sollte die Hälfte von allem bekommen. Mich hat er auf das Pflichtteil zurückgesetzt.«

»Und wie war das für Sie? Hat Sie das nicht sehr gekränkt«, wollte Alexander wissen.

»Natürlich hat es mich gekränkt, aber ich war nichts anderes von ihm gewöhnt. Mein Vater hat mich mein Leben lang gedemütigt, ich habe von ihm nie wirkliche Anerkennung erfahren, von Liebe ganz zu schweigen. Er war ein Egoist, ohne die geringste Empathie für andere. Er hat sein Leben lang alle Menschen vor den Kopf gestoßen und im Alter wurde es immer schlimmer da hatte er zu niemandem mehr Kontakt außer zu meiner Tante und mir. Sogar seinen Hausarzt hat er rausgeekelt.«

»Ein hartes Urteil, das Sie ihm da ausstellen. Aber es passt ins Bild. Nach alledem, was wir mittlerweile über die Vorfälle in Galizien wissen, mein Kollege hat Ihnen ja den Abschiedsbrief von Renata Iwancyks Mutter gezeigt, hat sich Ihr Vater schwerster Kriegsverbrechen schuldig gemacht. Der zweite Mann, den die Frau in ihrem Brief erwähnt, wird dann vermutlich dieser Oleg Dzierwa gewesen sein.«

Harald von Sploen nickte: »Da bin ich mir fast hundertprozentig sicher, so wie die beiden in Kriegserinnerungen geschwelgt haben. Die beiden haben sich gesucht und gefunden.« Er blickte zu Boden: »Ich schäme mich zutiefst für die Schandtaten meines Vaters. Und wenn ich mir vorstelle, dass durch Jozefina Dzierwa nun noch ein zweites Mitglied der Familie Iwancyk sterben musste, macht mich das fassungslos. Ich frage mich, ob ich es nicht hätte verhindern können.«

»Sie sollten sich keine Vorwürfe machen. Es war eine Verstrickung tragischer Umstände, dass Renata Iwancyk da hineingeraten ist. Und wie dem auch sei, egal, was Ihr Vater getan hat, die Art und Weise, wie er sterben musste, war grausam und unmenschlich. Das wünsche ich keinem

Menschen.« Alexander versuchte die Vorfälle ein wenig zu relativieren. Er spürte, wie schwer die Situation für Harald von Sploen war.

»Ich habe noch ein paar Fragen zum Vermögen Ihres Vaters und zu Jozefina Dzierwa«, fuhr Alexander fort. »Hatte Ihr Vater viel Bargeld im Haus und hatte Frau Dzierwa Kenntnis davon?«

»Mein Vater war ein misstrauischer Mensch, er traute den Banken nicht und hat sein Leben lang jede Menge Bargeld, Goldmünzen, Schmuck, vielleicht sogar Wertpapiere zu Hause gehortet. Ich erinnere mich nicht mehr ganz genau, aber es ist schon möglich, dass ich das gegenüber Frau Dzierwa geäußert habe. Ich hatte keinen Grund, es ihr vorzuenthalten. Die Frau hat so einen freundlichen und vertrauenerweckenden Eindruck auf mich gemacht, ich habe ihr keine Sekunde misstraut«, erklärte Harald von Sploen.

»Ja, das ist das Problem, den meisten Schurken, sieht man das leider nicht an«, stellte Alexander fest. »Ich habe diese Erfahrung in meinem Berufsleben immer wieder gemacht.«

»Ich kann es trotzdem kaum glauben. Wissen Sie, ich besitze ja berufsbedingt auch einige Menschenkenntnis, aber dass ich mich so in einem Menschen täuschen würde, hätte ich nie und nimmer gedacht. Jozefina saß mir gegenüber, wir haben Kaffee getrunken, uns über alles unterhalten. Die Frau hat so ein aufrichtiges, ehrliches Gesicht. Sie wirkte auf mich integer und vor allem auch warmherzig. Ich kann es nicht fassen, dass sie drei Menschen bestialisch ermordet haben soll«, Harald von Sploen war noch immer bestürzt.

»Also, ich muss Ihnen da leider widersprechen, auf mich macht Frau Dzierwa einen anderen Eindruck. Ich empfinde sie nicht als warmherzig. Mir kommt sie doch eher kalt vor und ich finde auch, dass sie etwas Berechnendes im Blick hat. Aber lassen wir das, jeder sieht einen Menschen mit anderen Augen.« Alexander konnte Harald von Sploens Sicht auf Jozefina Dzierwa überhaupt nicht teilen.

»Wissen Sie, ich weiß langsam gar nicht mehr, was ich noch glauben soll. Wenn ich mir vorstelle, dass sie mir geschworen hat, meinem Vater die bestmögliche Pflege zukommen zu lassen und ihm den wunderschönsten Lebensabend zu bereiten, den man sich vorstellen kann, dann klingt das doch jetzt alles grotesk und infam angesichts der Ungeheuerlichkeiten, die sie begangen hat! Diese Heuchlerin!« Er beugte sich nach vorne, stützte die Ellbogen auf seine Beine und verbarg sein Gesicht in den Händen.

Es war nicht zu übersehen, wie die ganze Angelegenheit Harald von Sploen aufwühlte und quälte. Es war eine Mischung aus Scham und Verzweiflung, die in ihn umtrieb. Nach einer Weile richtete er sich auf und sah den Kommissar an: »Ich hätte eine große Bitte an Sie, Herr Seefeld. Ich möchte Jozefina Dzierwa sehen. Ich möchte ihr in die Augen schauen und sie von Angesicht zu Angesicht fragen, warum sie das meinem Vater angetan hat. Er hätte mit dieser Krankheit doch sowieso nicht mehr lange gelebt und dann wäre sie eine reiche Frau gewesen. Warum also diese Verbrechen und dazu auch noch an zwei Frauen, die mit dem Testament gar nichts zu tun haben. Ich krieg das alles nicht zusammen. Ich begreife es einfach nicht!«

»Natürlich können Sie Jozefina Dzierwa sehen. Ich werde gleich alles veranlassen.« Alexander gab Krol im Nebenzimmer Bescheid, dass er die Gegenüberstellung vorbereiten solle. »Wir können das gerne probieren. Ich bin gespannt, wie sie reagieren wird. Allerdings muss ich Sie gleich vorwarnen: Versprechen Sie sich nicht zu viel davon. Frau Dzierwa hat, seit wir sie verhaftet haben, kein einziges Wort mit uns gesprochen. Aber vielleicht ist das ja gar keine so schlechte Idee. Vielleicht schaffen Sie ja das, was uns nicht gelungen ist. Einen Versuch ist es jedenfalls wert.«

Alexander Seefeld, sein Kollege Krol und Harald von Sploen gingen die breite Treppe des Polizeipräsidiums hinunter in den Vernehmungsraum. Als sie die Tür aufmachten, saß Jozefina Dzierwa bereits an einer Seite des Vernehmungstischs und starrte wie immer emotionslos auf die gegenüberliegende Wand.

Während Alexander und Krol an der Tür stehen blieben, schritt Harald von Sploen in die Mitte des Raums und blieb gegenüber von Jozefina stehen. Stumm schaute er sie an, dann ging er einen Schritt nach vorne und betrachtete sie noch einmal ganz genau. Bleich wie die Wand drehte er sich plötzlich zu Alexander Seefeld und sah ihn erstaunt an. Dann sagte er:»Es tut mir leid, Herr Seefeld, aber ich weiß nicht, wer diese Frau ist!« Er zeigte mit ausgestrecktem Arm auf sie.»Das ist auf gar keinen Fall Jozefina Dzierwa! Diese Frau hier hab ich noch nie zuvor in meinem Leben gesehen!«

37

Wenn Alexander mit allem gerechnet hätte, aber nicht damit. Er war mindestens genauso perplex gewesen wie Harald von Sploen. Das nachfolgende Gespräch zwischen den beiden Männern war ergebnislos verlaufen. Harald von Sploen hatte keinen blassen Schimmer, weder um wen es sich bei dieser Frau handelte, noch wie sie sich zu dem Haus seines Vaters Zutritt verschafft hatte. Fest stand nur, dass sie sich schon vor Wochen, als Evelyn Paulat ihren Schwager besuchen wollte, als Jozefina Dzierwa ausgegeben hatte.

Nachdem Harald von Sploen gegangen war, saßen Alexander und Krol noch im Büro des Kommissars zusammen.»Zählen wir doch mal eins und eins zusammen!«Alexander ging im Raum auf und ab.»Wenn diese Frau nicht Jozefina Dzierwa ist, ja, wo ist dann Jozefina Dzierwa?«Alexander blickte Krol durchdringend an. »Denken Sie jetzt das, was ich auch gerade denke?«

Krol nickte. »Unsere Blanka muss Jozefina Dzierwa sein!«

»Genau das befürchte ich auch. Die da unten hält uns somit schon die ganze Zeit zum Narren. Sie hat Jozefina Dzierwa allem Anschein nach umgebracht und ihren Platz eingenommen«, sagte Alexander.

»Aber das geht doch nicht so einfach. Man kann doch nicht von heute auf morgen die Identität eines anderen Menschen übernehmen?«, warf Krol ein.

»Mein lieber Krol, Sie dürften doch am besten wissen, dass es erstens nichts gibt, was es nicht gibt. Und zweitens bin ich davon überzeugt, dass sie es von langer Hand geplant hat. Sie haben doch gehört, was Harald von Sploen gesagt hat, sein Vater hatte alle Kontakte abgebrochen, außer zu seinem Sohn und zu seiner Schwägerin. Und die waren beide seit dem letzten Sommer im Ausland: Evelyn Paulat bei ihrer Tochter in Australien und Harald von Sploen an der Universität Princeton in Amerika. Bessere Voraussetzungen hätte sie doch für die Realisierung ihres teuflischen Plans gar nicht haben können«, fasste Alexander zusammen.

»Aber was muss das für ein Mensch sein, der sich so etwas ausdenkt, und vor allem, warum?« Krol versuchte den Gedankengängen seines Chefs zu folgen.

»Warum? Da fallen mir schon einige Gründe ein. In erster Linie hatte sie dadurch die Möglichkeit, an die vielen Wertsachen in der Villa dranzukommen und in zweiter Linie hatte sie wohl das Testament im Visier. Die Frage nach dem ›wer‹ gestaltet sich da schon schwieriger. Wo könnte Jozefina Dzierwa ihre Mörderin kennengelernt haben? So wie sich mir das alles darstellt, hat sie hier ja niemanden gekannt«, grübelte Alexander.

»Vielleicht hat sie ja jemandem in Polen davon erzählt«, warf Krol ein.

»Das kann nicht sein, denn sie hat doch selbst erst bei Harald von Sploen von dem Testament erfahren. Und da war sie schon auf dem Weg nach Mannheim.« In Alexanders Hirnwindungen ratterte es, trotzdem kam er immer wieder an einen Punkt, wo es nicht weiterging. Darum wechselte er das Thema. »Sagen Sie mal, Krol, waren Sie eigentlich heute Vormittag schon in der Villa?«

Er verneinte. »Ich nicht, aber die Kollegen. Ich war den ganzen Morgen über mit Schreibkram beschäftigt. Ich bin in der letzten Woche durch den ständigen Außeneinsatz im Büro zu gar nichts gekommen. Alles ist liegengeblieben.«

»Dann rufen Sie doch bitte gleich mal drüben an, ob die noch irgendetwas gefunden haben oder ob ihnen noch etwas in der Villa aufgefallen ist!«, bat Alexander seinen Kollegen. Gerade als er dies sagte, ging die Tür zu seinem Büro auf und eine der Sachbearbeiterinnen kam mit einem schubladenartigen Plastikbchälter herein. »Herr Lohner lässt Sie grüßen. Er meinte, das, was da drin ist, könnte für Sie vielleicht interessant sein. Das haben die Kollegen von der Spurensuche heute Morgen im Zimmer von Frau Dzierwa in der Villa gefunden. Wo kann ich es abstellen?«

Alexander wollte sie erst korrigieren, ließ es dann aber sein, denn außer ihm und Krol konnte ja noch niemand wissen, dass es sich bei der verhafteten Frau gar nicht um Jozefina Dzierwa handelte.

»Stellen Sie den Behälter bitte auf meinen Schreibtisch!«

Als die Frau gegangen war, schauten sich Alexander und Krol den Inhalt des Behälters näher an: ein Schlüsselbund, ein Geldbeutel, ein Handy, ein kleiner Kosmetikbeutel und ein Notizbuch.

»Na, dann auf an die Arbeit! Lassen Sie uns mal die Habseligkeiten unserer Unbekannten, die sich als Jozefina Dzierwa ausgibt, genauer ansehen!« Alexander nahm das Notizbuch an sich, während Krol den Geldbeutel durchsuchte. In dem Notizbuch waren ein paar wenige Sätze

notiert. Alexander ging davon aus, dass es Polnisch war.
»Krol, kannst du mal kurz einen Blick darauf werfen?«
»Nichts von Bedeutung, Chef. Eine Einkaufsliste, ein
Backrezept, Schminktipps, eine Kalorientabelle und Diät-
vorschläge. Die wollte anscheinend abspecken.« Er blätter-
te weiter und stellte fest:»Ja, das war's!«

»Das ist ja wirklich nicht gerade aufregend«, stellte Alexander enttäuscht fest, er hatte sich mehr davon versprochen. »Und wie sieht's mit dem Geldbeutel aus?«

»Dreizehn Euro achtundsechzig, ein Chip für den Ein-
kaufswagen und eine EC-Karte von der Sparkasse, ausge-
stellt auf Jozefina Dzierwa«, fasste Krol zusammen.

»Das bringt uns alles nicht weiter.« Alexander nahm den
Schlüssel in die Hand. »Die sind mit höchster Wahrscheinlichkeit von der Villa. Schauen wir mal, was da drin ist?«
Er öffnete den Kosmetikbeutel und holte einen fast aufge-
brauchten Lippen-, einen abgebrochenen Kajalstift und einen Stielkamm heraus. Er ließ das Zeug wieder hineinfal-
len, schloss den Beutel und schleuderte ihn zurück in den
Behälter. »Lauter Mist!« Alexander war ein wenig genervt.
»Bleibt uns nur noch das Handy. Vielleicht konnten die
Kollegen ja schon herausfinden, auf welchen Namen es registriert ist.« Er nahm das rote Samsung-Klapphandy heraus und betrachtete es. »So eins hatte ich auch mal in Silber.
Das Modell hat schon ein paar Jährchen auf dem Buckel.«

»Das ist wirklich nicht der Heuler im Zeitalter des Smartphone!«, bemerkte Krol.

»Mag sein, aber die waren für die Zeit damals gar nicht
so schlecht und schau mal, sogar mit integrierter Kamera!«
Alexander setzte sich in seinen Sessel und klappte das Handy auf. »Hoffen wir, dass es nicht durch eine PIN gesichert
ist.« Er drückte die rote Taste. Und er hatte Glück. Es schaltete sich ein.

Zunächst schaute er sich die Nummern der in der letzten
Zeit eingegangenen Anrufe an und dann diejenigen, wel-

che die Frau gewählt hatte. Doch Fehlanzeige! Lediglich die Servicenummer zur Abfrage des Kontostands tauchte mehrere Male auf. »Schauen wir uns doch mal ihre Fotos an.« Er tippte auf das Kamera-Symbol.

Alexander staunte nicht schlecht, als er plötzlich auf ein »Selfie« stieß, auf dem die Tatverdächtige in inniger Umarmung mit einer etwa gleichaltrigen blonden Frau abgebildet war, die ihr verdammt ähnlich sah. Nur hatte die andere wesentlich weichere und freundlichere Gesichtszüge. »Wenn das nicht Jozefina Dzierwa ist, dann fresse ich einen Besen mitsamt dem Stiel!«

Alexander war sich absolut sicher, dass es sich bei dieser Frau um Jozefina Dzierwa handeln musste. Er würde Harald von Sploen nochmals in sein Büro bitten, damit er sich das Bild ansehe. Das Foto würde der endgültige Beweis für den Rollentausch sein.

Alexander atmete tief durch. Trotzdem stand noch immer die Frage im Raum, wie die Tatverdächtige es geschafft hatte, sich an Jozefina Dzierwa ranzumachen? Das Foto zeigte eindeutig, dass die Frauen wohl ein sehr inniges Verhältnis gehabt hatten.

»Soll ich uns was aus der Kantine besorgen?« Krol bekam langsam Hunger.

»Gute Idee, bringen Sie mir ein Brötchen mit, am liebsten Schinken mit Käse«, antwortete Alexander beiläufig, während er sich weiter mit dem Handy befasste. ›Ganz schön leichtsinnig von der, die Fotos nicht zu löschen. Aber sie muss sich so was von sicher gewesen sein, dass man ihr so schnell nicht auf die Schliche kommen würde. Sie muss sich schon für sehr überlegen gehalten haben‹, dachte Alexander bei sich. Aber das passte ja auch zu der ganzen Haltung, die sie seit ihrer Festsetzung einnahm. ›Vielleicht finde ich ja noch irgendwo einen Hinweis?‹

Er suchte weiter und tippte: Menü-SMS-Posteingang. Da waren einige SMS zu sehen. Das meiste war unbedeutend, nur allgemeine Werbung. Alexander ging mit dem Cursor weiter zurück. Wenn Jozefina Dzierwa tatsächlich Blanka war, dann waren nur die SMS vor Ende Januar interessant. Er schaute auf das Datum. Es blieben genau fünf Stück. Alexander überflog sie. Sie waren alle auf Polnisch. Mittlerweile war Krol mit den belegten Brötchen zurückgekommen. Alexander biss gerade hinein, als er bei der letzten SMS stockte. Er verstand den Inhalt nicht, aber er sah, dass hier Namen geschrieben waren, vor allem aber stand da auch der Name Jozefina Dzierwas. »Krol, wirf mal einen Blick auf diese SMS und übersetz mir die bitte!«

Krol nahm das Handy. »Aber Sie wissen, Chef, mein Polnisch ist nicht so perfekt wie Sie denken.« Er begann auf Polnisch zu lesen. Plötzlich erhellte sich sein Gesicht, als er folgenden Text übersetzte:

»Hallo, ich hoffe, ich bin richtig bei Jadwiga Kaczmarek. Wir saßen im Bus nebeneinander. Liebe Iga, melde Dich doch bitte bei mir. Vielen Dank und liebe Grüße Jozefina.«

Alexander schluckte den Bissen hinunter und legte das Brötchen sichtlich verblüfft auf seinen Schreibtisch. Er strahlte Krol an. »Ich kann es kaum fassen! Jetzt haben wir sie! Das Spiel ist aus!«

38

Jennifer und Alexander saßen auf der weißen schmiedeeisernen Bank in einem der kleinen Cafés auf der Promenade von Puerto Naos und blickten hinaus aufs Meer.

»Wie ich diesen Ausblick genieße! Diese Ruhe und Harmonie, die Insel ist einfach traumhaft. Wir müssen unbedingt mal abends hierherkommen, wenn die Sonne untergeht. Ein unbeschreibliches Farbenspiel und jedes Mal anders!« Alexander legte den Arm um Jennifer und zog sie näher an sich.

Er liebte die kleine Kanareninsel. Obwohl er Nadine stets von La Palma vorgeschwärmt hatte, war es ihm nie gelungen, sie dazu zu bewegen, mit ihm hierherzufliegen. Sie zog die Côte d'Azur, die Costa Smeralda auf Sardinien oder Portals Nous auf Mallorca vor. Dort hatte sie sich stets am wohlsten gefühlt. Für ihn dagegen waren diese Urlaube eine Tortur gewesen. Dieses ganze Schickimicki-Gehabe und das vornehme gespreizte Getue waren ihm gehörig auf die Nerven gegangen. Er wollte sich einfach nur erholen und weder zur Modenschau gehen noch sich im Smalltalk üben.

Alexander gab Jennifer einen Kuss auf die Wange: »Ich bin so glücklich, dass es mit unseren gemeinsamen Osterferien geklappt hat. Ich hätte nie geglaubt, dass sich der Fall letztendlich doch so schnell aufklärt.« Alexander nahm einen Schluck Kaffee, während Jennifer an ihrem »café cortado con leche condensada« nippte.

»Hm, pappig süß, aber köstlich!«, schwärmte sie, während sie hinunter zum schwarzen Lavastrand schaute, wo Jan mit Sly herumtobte.

Alexander folgte ihrem Blick. »Unsere beiden ›Jungs‹ haben sich anscheinend gesucht und gefunden!«, meinte er lachend.

»Ja, die beiden lieben sich fürwahr!« Jennifer seufzte. »Kneif mich mal! Ich kann gar nicht glauben, dass das alles wahr ist. Mir steckt immer noch dieser Alptraum in den Knochen. Ich muss immer noch daran denken, dass es mir um ein Haar genauso wie Jozefina Dzierwa und Renata Iwancyk ergangen wäre.« Jennifer taten die Frauen unendlich leid. Was für ein tragisches Ende! Es war so schrecklich, was ihnen widerfahren war. Nicht nur, dass diese Jadwiga Kaczmarek sie heimtückisch ermordet hatte, sie hatte ihre Körper auch noch in unbeschreiblicher Weise geschändet.

Nach allem, was man ihr erzählt hatte, waren Jozefinas sterbliche Überreste von den wild lebenden Tieren auf der Friesenheimer Insel gefressen worden und Renatas fehlende Gebeine hatten die Flüsse weggeschwemmt. Ihre Angehörigen hatten nur das wenige, was von den Frauen übrig geblieben war, begraben können. Was für eine fürchterliche Vorstellung!

Alexander sah Jennifer ihre trüben Gedanken an. »Du musst versuchen, das alles zu vergessen, mein Schatz!« Er drückte sie fester an sich.

»Ich kann es nicht vergessen, Alexander. Es verfolgt mich Tag und Nacht bis in meine Träume.« Ihre Augen füllten sich mit Tränen.

»Wenn ich dir irgendwie helfen kann, dann sag es mir, Jennifer!« Er küsste sie auf die Schläfe.

»Weißt du, in meinem Kopf ist ein absolutes Chaos. Ich kann das alles nicht verstehen, was da passiert ist, begreife einfach nicht, wie jemand solche Taten begehen kann«, sie zögerte einen Augenblick, bevor sie weitersprach. »Möglicherweise würde es mir ja helfen, wenn du mir ein bisschen was erzählen würdest, von Jadwiga Kaczmareks Geständnis zum Beispiel. Dann könnte ich alles klarer einordnen und es vielleicht auch besser verarbeiten. Würdest du das für mich tun?«

Alexander lehnte sich zurück und schaute zum Himmel. »Und ich dachte, ich bin im Urlaub!«, seufzte er. Dieser ganze Fall war so unglaublich düster, dass er ihn so schnell wie möglich aus seinem Gedächtnis tilgen wollte. Aber er sah natürlich auch ein, dass Jennifer, nach allem, was sie durchgemacht hatte, ein berechtigtes Interesse daran hatte, mehr Einzelheiten zu erfahren. Vielleicht würde es ihr ja tatsächlich helfen, diese ganzen traumatischen Begebenheiten schneller zu verarbeiten.

»Okay, Jennifer, lass uns einen Deal machen! Ich werde dir jetzt und hier alle deine Fragen beantworten und du versprichst mir im Gegenzug, dass wir das Thema danach für immer und ewig begraben. Ich möchte nicht, dass es zur unendlichen Geschichte wird. Abgemacht?« Alexander streckte ihr die Hand hin.

Jennifer zögerte einen Moment, doch dann schlug sie ein. »Abgemacht, großes Indianerehrenwort!«

»Also, schieß los, Jennifer! Was willst du wissen?« Alexander war gespannt auf ihre erste Frage.

»Mich würde zu allererst interessieren, wie du und der Psychologe es dann doch noch geschafft habt, Jadwiga Kaczmarek zum Sprechen zu bringen?«

»Na ja, wir haben sie mit allem, was wir herausgefunden hatten, konfrontiert. Und als wir sie dann am Schluss noch mit ihrem richtigen Namen angesprochen haben, da ist sie eingeknickt. Der Behrends, das ist unser Psychologe, meinte, sie zeige eindeutige Anzeichen einer gespaltenen Persönlichkeit. Ab einem bestimmten Moment war sie beide Frauen: Jadwiga Kaczmarek und Jozefina Dzierwa. Sie hat sich dann immer mehr einsuggeriert, sie sei die unschuldige Jozefina Dzierwa. Die Böse, welche all die schrecklichen Taten begangen hatte, war Jadwiga Kaczmarek und diesen Teil ihrer Persönlichkeit versuchte sie nach und nach loszuwerden. Auch deshalb mussten die Leichen verschwinden. Mit den Leichen würde auch Jadwiga gänzlich aus ihrem Leben verschwinden. Als wir sie verhafteten, existierte Jadwiga in ihrem Bewusstsein schon fast gar nicht mehr. Und als wir sie nun mit der Realität konfrontierten, brach ihre ganze schöne Scheinwelt, dieses Lügengebilde aus Hirngespinsten, in sich zusammen. Vielleicht kennst du ja die Geschichte von ›Dr. Jekyll und Mr. Hyde‹?«

Jennifer nickte: »Ja, natürlich, diese Erzählung war für mich immer wie eine Allegorie für Schizophrenie.«

»Ja, so kann man das sicher sagen«, stimmte Alexander ihr zu, »ich bin ja auch kein Psychologe, aber so ähnlich hat es mir der Behrends erklärt.«

»Mensch, das ist so was von krank! Sie hat ja dann auch überhaupt kein Unrechtbewusstsein, oder?« Jennifer fiel es schwer, das alles, was Alexander ihr da erzählte, nicht nur rational, sondern auch emotional nachzuvollziehen. »Natürlich ist sie krank!«, bestätigte ihr Alexander. »Wir haben ja anschließend auch von den polnischen Behörden sozusagen die Bestätigung unserer Vermutungen bekommen. Jadwiga Kaczmarek ist mehrfach vorbestraft und war in den vergangenen acht Jahren wegen verschiedener gewaltsamer Übergriffe inhaftiert. Beim letzten Mal hat man sie dann in die Psychiatrie überstellt. Die Frau war zweifellos schon damals hochgradig gestört. Nach dem letzten Klinikaufenthalt in Polen war sie wohl medikamentös gut eingestellt und hatte ihre Krankheit für einige Zeit im Griff. Doch leider kamen ihre Obsessionen und Wahnvorstellungen mit voller Wucht zurück.«

»Was waren das denn für Obsessionen und Wahnvorstellungen?«, wollte Jennifer wissen.

»Zum einen ist sie sicher geprägt durch die Erzählungen ihrer Eltern, die im Krieg sehr unter den Deutschen gelitten hatten. Sie mag die Deutschen nicht besonders, das wurde während der Vernehmung immer wieder deutlich. Aber besonders die alten Leute, die damals gelebt haben, die hasst sie. Und als sie dann von Renata Iwancyk über die Kriegsverbrechen von Friedrich von Sploen erfuhr, hat sich in ihrem Gehirn die eigene Familiengeschichte mit der von Renata Iwancyk vermischt und sie hat an ihm fürchterliche Rache genommen. Er musste für das büßen, was die Deutschen ihren Eltern angetan hatten.«

»Dann hat Jadwiga Kaczmarek ja eigentlich den Tod von Renatas Großmutter Marianka gerächt. Ist das nicht makaber?« Ein seltsames Gefühl stieg in Jennifer hoch. Da war einerseits die Abscheu vor der grausamen Schandtat, die Jadwiga Kaczmarek an Friedrich von Sploen begangen hatte. Andererseits konnte sie nicht verhehlen, dass sie auch eine gewisse Genugtuung darüber empfand, dass das, nicht weniger brutale, Kriegsverbrechen an Renatas Großmutter nach so vielen Jahrzehnten gesühnt worden war.

»Das ist mehr als makaber, wenn man bedenkt, dass ausgerechnet die Kaczmarek die Rolle des Racheengels übernommen hat!«, stimmte Alexander ihr zu.

»Aber warum hat sie denn dann Renata umgebracht? Eigentlich war Jadwiga Kaczmarek doch auf Renatas Seite?« Jennifer verstand die Logik nicht.

»Das stimmt schon, die Kaczmarek war auf Renatas Seite, nur umgekehrt war es nicht so. Renata hatte Friedrich von Sploen unbedingt zur Rede stellen wollen und war hinauf in sein Zimmer geeilt. Sie hatte sich nicht davon abhalten lassen. Und dort oben fand sie dann den alten Mann, hungrig und durstig, ungepflegt und augenscheinlich vernachlässigt. Er muss sie angefleht haben, ihm zu helfen. Renata hatte trotz allem, was er ihrer Familie angetan hatte, Mitleid mit ihm, sie wollte zur Polizei gehen. Das konnte die Kaczmarek nicht zulassen. Da hat sie den nächstbesten Gegenstand ergriffen und damit zugeschlagen. Das Mordinstrument war eine schwere massive Bronzebüste, die auf einer Kommode in Friedrich von Sploens Schlafzimmer stand. Renata muss sofort tot gewesen sein. Den Rest muss ich dir nicht schildern, den kennst du.«

»Die arme Renata! Was für ein furchtbares Schicksal.« Jennifer war erschüttert. Sie schlug entsetzt die Hände vor ihr Gesicht.

Alexander hielt inne. »Willst du wirklich noch mehr wissen? Möchtest du dir das tatsächlich antun?« Ihm kamen kurzfristig Zweifel, ob es unbedingt hilfreich war, ihr das alles im Detail zu schildern.

»Mir geht es schon wieder gut. Erzähl bitte weiter! Ich muss das wissen! Bitte!« Jennifers Fragen waren noch lange nicht beantwortet. »Und wieso hat die Kaczmarek Renatas Kopf in dem Bekleidungshaus entsorgt?« Diese Aktion machte für Jennifer überhaupt keinen Sinn. Die Wahrscheinlichkeit entdeckt zu werden, war doch überaus groß gewesen. Warum war sie dieses Risiko eingegangen? »Die Kaczmarek hatte das so nie geplant. Eigentlich wollte sie die Frauen möglichst weit weg von der Oststadt entsorgen. Darum hat sie Jozefinas Überreste auf der Friesenheimer Insel verteilt, aber das weißt du ja schon. Und Renata hat sie zum Rhein gebracht und den größten Teil ihrer Gebeine dort hineingeworfen. Sie musste das nach und nach machen, denn die gefrorenen Leichenteile waren ganz schön schwer. Und das letzte verbliebene Teil, den Kopf, den wollte sie eigentlich auch dorthin bringen. Aber leider saß sie ohne Fahrschein in der Straßenbahn und als dann zwischen dem Markt- und Paradeplatz die Kontrolleure einstiegen, geriet sie in Panik. Am Paradeplatz ist sie aus der Straßenbahn getürmt, aber einer der Kontrolleure, der sie beobachtet hatte, verfolgte sie. Da blieb ihr nichts anderes übrig, als sich ins Getümmel zu stürzen und sich in der Menschenmenge zu verbergen. Das funktionierte auch. Der Kontrolleur verlor sie aus den Augen. Bloß jetzt stand sie mitten im Kaufhaus. Raus konnte sie nicht mehr, schon gar nicht mit dem Kopf, das war viel zu gefährlich. Sie hätte ja draußen wieder geschnappt werden können. Und so hat sie ihn in einer der Umkleidekabinen versteckt.«

»Wenn ich nicht wüsste, dass das, was du mir gerade erzählst, tatsächlich passiert ist, würde ich denken, es ist die Handlung eines Films. Das ist alles so unfassbar.«

»Ich empfinde es genauso wie du«, pflichtete Alexander ihr bei, »deshalb möchte ich den Fall für meinen Teil auch am liebsten so schnell wie möglich zu den Akten legen. Wenn ich nur mit solchen Verbrechen zu tun hätte, würde ich wahrscheinlich meinen Beruf an den Nagel hängen!«

»Übrigens hast du mir noch gar nicht erzählt, wie und wo Jozefina Dzierwa und die Kaczmarek sich überhaupt kennengelernt haben!«, fuhr Jennifer fort.

»Darauf gibt es eine ganz simple Antwort: im letzten Sommer im Bus nach Deutschland. Die Kaczmarek hatte sich bei einer Agentur in Polen als Pflegerin beworben. Sie wurde dann von denen nach Ludwigshafen geschickt, um dort eine alte Dame zu betreuen. Und wie der Zufall es wollte, saß sie dann im Bus genau neben Jozefina Dzierwa«, berichtete Alexander weiter.

»Und Jozefina Dzierwa hat ihr dann einfach alles erzählt, das von dem Testament und dem Bargeld im Haus?« Jennifer schüttelte ungläubig den Kopf. »Wie kann man nur so dämlich sein?«

»Langsam! Es hat sich ein bisschen anders abgespielt!«

»Es war wohl so, dass die Pflegesituation im Hause von Sploen für Jozefina so unerträglich wurde, dass sie im November den Kontakt zu der Kaczmarek suchte. Jozefina hat ihr deshalb eine SMS geschickt. Dabei handelte es sich um die SMS, von der ich dir ja bereits erzählt habe. Schließlich hat die Kaczmarek sie immer mehr eingelullt und sich Jozefinas Vertrauen erschlichen. Und Jozefina hat ihr dann irgendwann von dem Testament und dem Bargeld erzählt und damit war ihr Schicksal besiegelt. Die Kaczmarek hat uns gegenüber übrigens ganz unverblümt zugegeben, dass sie alles gemacht hätte, um an das Geld ranzukommen. Die Idee, abzunehmen und sich so zurechtzumachen, dass sie Jozefina ähnlich sehe, sei ihr schon ziemlich früh gekommen. Tja, und dann musste die Kaczmarek nur warten, bis sich eine günstige Gelegenheit bot.

Im Januar haben sie sich dann einmal wieder heimlich in der Villa getroffen. Jozefina hatte mit der Kaczmarek ausgemacht, sie solle hinter dem Haus die Kellertreppe hinuntergehen. Sie würde unten die Tür offenstehen lassen. Von dort aus könne sie dann durch den Keller hindurch hoch ins Erdgeschoss kommen und in der Küche auf sie warten. An diesem besagten Tag im Januar war im Keller die Beleuchtung ausgefallen. Als Jozefina gegen

Mitternacht ihre vermeintliche Freundin gut gelaunt bis zu der äußeren Kellertür begleitete, nutzte die andere die Gunst der Stunde. Sie nahm ein Beil und hat sie damit erschlagen.«

Als Alexander die Ermordung von Jozefina beschrieb, zuckte Jennifer merklich zusammen. Trotzdem fuhr er fort: »Die Spurensicherung stellte übrigens fest, dass der ganze Kellerboden mit ihrem getrockneten, verkrusteten Blut bedeckt war.«

»Das ist ja ekelhaft!« Jennifer hatte das Gefühl, dass ihr schlecht wurde. Trotzdem fragte sie weiter: »Und was passierte dann?«

»Ja, dann ist die Kaczmarek einfach geblieben, und der alte Alzheimerkranke Friedrich von Sploen hat gar nicht gemerkt, dass es plötzlich eine ganz andere Frau war, die ihn pflegte.«

»Ist das alles furchtbar! Mit dem Beil erschlagen! Wie kann man nur so grausam mit einem Menschen umgehen. Hat diese Frau denn überhaupt keine Hemmschwelle?« Jennifer war ein solches Verhalten ein Rätsel.

»Ihre Hemmschwelle ist sehr niedrig und sie scheint auch ein sehr distanziertes Verhältnis zum menschlichen Leben zu haben. Sie hatte in Polen mit ihrem geschiedenen Mann eine Metzgerei und damals eine Metzgerlehre absolviert, das heißt, dass sie auch selbst geschlachtet hat. Für sie war da anscheinend kein großer Unterschied, ob sie einen Menschen zerlegt oder ein Tier.« Alexander stellte es bewusst drastisch dar, in der Hoffnung, Jennifer würde nun endlich zum Ende kommen und nichts mehr hören wollen.

»Und dann hat sie die Frauen einfach eingefroren wie den Schweinebraten vom Metzger an der Ecke.« Jennifer schüttelte den Kopf. »Und warum hat sie die Arme dann so nahe bei der Oststadt loswerden wollen? Die Maulbeerinsel ist ja nicht so weit entfernt.«

»Sie hatte schlicht und ergreifend Zeitdruck und sie brauchte Platz in der Kühltruhe. Friedrich von Sploen lag im Sterben und, wie soll ich sagen, vielleicht hatte sie ja auch noch andere Kandidaten im Visier ...« Alexander wollte sich nicht noch deutlicher ausdrücken.

Jennifer zuckte zusammen. »Verstehe, du denkst also, ich wäre das nächste Opfer gewesen?«

»Ich würde es zumindest nicht ausschließen. Aber du kannst diese Frau nicht mit normalen Maßstäben messen. Die ganze Idee mit dem Rollentausch und dem Glauben, sie könne sich das Testament unter den Nagel reißen, das ist so abstrus, das hätte doch nie geklappt. Am Ende hat sie das dann wohl auch erkannt und gedacht: ›Lieber den Spatz in der Hand, als die Taube auf dem Dach!‹ Allerdings wollte sie halt noch so viel wie möglich aus der Villa rausholen. Und dazu brauchte sie eben noch ein wenig Zeit. Aber da ist ihr leider auch noch ›Smart & Sly‹ in die Quere gekommen.« Alexander lächelte sie vielsagend an.

»Ganz schön ausgekocht! Für eine Kranke hat die Kaczmarek jede Menge kriminelle Energie!«, kommentierte Jennifer die Schilderungen Alexanders.

»Das finde ich auch«, pflichtete er ihr bei. »Der Behrends meinte, sie habe eine sehr komplexe Persönlichkeitsstruktur und das würde schon alles zusammenpassen. Na ja, der muss es ja wissen. Aber ich tue mich auch schwer damit, das alles nachzuvollziehen. So, mein Schatz, ist die ‚Inquisition‘ jetzt beendet?« Alexander atmete tief durch.

Jennifer zögerte. »Noch eine einzige Frage, es ist wirklich die Letzte, habe ich zum Schluss: Was passiert jetzt mit der Kaczmarek?«

»Ich kann dir nicht sagen, wann der Prozess genau losgeht, aber ich schätze, dass wird so im nächsten halben Jahr sein. Ich bin mir jedoch ganz sicher, dass sie die Höchststrafe bekommt und danach in die Sicherheitsverwahrung geht, wenn sie da nicht sogar von Anfang an sein wird, das hängt ganz vom psychiatrischen Gutachten ab. Jedenfalls glaube ich nicht, dass sie in ihrem Leben noch einmal auf freien Fuß kommt.«

»Papa, Papa«, Jan kam mit Sly zu ihnen gelaufen. »Ich habe Durst, krieg ich 'ne Limo?«

»Klar, und Sly braucht bestimmt auch eine große Schale mit Wasser.« Alexander bestellte beides bei der Kellnerin. »Und du Jennifer? Noch einen Cortado?«

»Nee, eigentlich könnte ich jetzt einen Schnaps gebrauchen.«

»Bitte noch zwei Brandy! Zwei 'Carlos I'«, rief Alexander der Kellnerin zu.

Nachdem Jan und Sly wieder zum Strand gelaufen waren, stießen Jennifer und Alexander miteinander an. »Der tut jetzt gut, nicht wahr!« meinte Alexander und fuhr fort, »so, und nun habe ich aber auch einmal eine Frage an dich: hast du eigentlich vor, die Detektei weiterzuführen?« Alexander schaute sie prüfend an.

»Warum willst du das denn wissen?« Jennifer stellte sich ahnungslos.

»Na, ja, nach der Erfahrung könnte ich mir vorstellen, dass du erst mal genug vom Herumspionieren hast, oder?«

»Mein lieber Herr Polizeihauptkommissar, du vergisst wohl ganz, dass du ohne meinen Vorstoß die Kaczmarek wahrscheinlich nie gefasst hättest.«

»Das ist schon möglich, aber ich hätte mich auch weniger am Rande der Legalität bewegt und vor allem hätte ich jetzt ein paar weniger Sorgenfalten!«

Jennifer lachte. »Du bist ja ganz schön eitel! Ich habe übrigens schon gehört, dass sie dich hinter deinem Rücken ›George Clooney vom Polizeipräsidium‹ nennen!«

»Oh, nein. Bitte nicht schon wieder diesen bescheuerten Vergleich! Tu mir das nicht an!« Alexander mochte das überhaupt nicht hören. »Und im Übrigen war das zwar ein schönes Ablenkungsmanöver, aber du hast mir meine Frage noch immer nicht beantwortet.«

»Ehrlich gesagt, ich weiß es nicht. Denn da gibt es tatsächlich eine Sache, in der ich noch recherchieren muss. Als ich in der Truhe gefangen war, ging mir nämlich etwas durch den Kopf, von dem ich dachte, das muss ich unbedingt noch erledigen.«

»Und was ist das?« Alexander war gespannt, was jetzt kommen würde.

»Weißt du, ich habe das immer so hingenommen, wenn mir meine Mutter erzählte, dass mein Vater Mexikaner sei und sie nichts über seinen Verbleib wisse. Ich habe nie versucht, nach ihm zu forschen und mich auf die Suche nach meinen Wurzeln zu machen. Das möchte ich unbedingt nachholen! Das verstehst du doch oder?« Jennifer blickte Alexander dabei so hinreißend, herzzerreißend liebevoll an, dass er ihr nicht widersprechen konnte, was Jennifer sofort ermutigte, gleich die nächste Frage nachzuschieben:

»Könntest du dir denn vorstellen, dass wir unseren nächsten Urlaub in Mexiko verbringen? Du das ist gar nicht so weit weg von hier, das liegt da hinten«, sie deutete aufs Meer hinaus, »gleich hinterm Horizont!«

Alexander lächelte amüsiert. Er zögerte einen Augenblick: »Grundsätzlich stelle ich mir das aufregend vor, mit dir in der Karibik, am weiten Palmenstrand, umspielt vom türkisblauen Meer und du von der Sonne gebräunt neben mir im weißen Sand liegend. Der Gedanke hat etwas Berauschendes. Wenn ich mir jedoch vorstelle, dass ich dich dann dort vielleicht aus den Fängen der Drogenkartelle befreien muss ...«, er seufzte, »dann finde ich unser Zusammensein ganz schön anstrengend auf Dauer!«

»Ach, Alexander, du, mein großer Held«, sie schaute ihn verliebt an, »du weißt doch, Liebe verleiht Flügel!« Jennifer wandte sich zu ihm hinüber und gab ihm einen zärtlichen Kuss auf die Lippen.